Aşkın Mavi Tonu

AŞKIN MAVİ TONU

Yazarı: Songül Ünsal
Genel Yayın Yönetmeni: Meltem Erkmen
Editör: Eren Abaka
Kapak Tasarım: Dilara Kavaklıoğlu
Kapak Görseli: www. trevillion.com

1. Baskı: Mart 2016

ISBN: 978-605-173-125-4

YAYINEVİ SERTİFİKA NO: 12280

Baskı ve Cilt: Mimoza Matbaacılık
Merkez Efendi Mah. Davutpaşa Cad. No: 123
Kat: 1-3 Topkapı-İst
Tel: (0212) 482 99 10 Fax: (0212) 482 99 78
Sertifika No: 33198

Yayımlayan:
Epsilon Yayıncılık Hizmetleri Tic. San. Ltd. Şti.
Osmanlı Sk. Osmanlı İş Merkezi No: 18 / 4-5 Taksim - İstanbul
Tel: (0212) 252 38 21 Faks: 252 63 98
İnternet adresi: www.epsilonyayinevi.com
e-mail: epsilon@epsilonyayinevi.com

Aşkın Mavi Tonu

Songül Ünsal

epsilon®

DURU

Karanlık ve soğuk bir rüzgâr yüzüme dokunuyordu. Uzun zamandır içimde yaşamadığım karmaşık durumlar artık beni iyice uçurumun kenarına sürüklemişti. Vazgeçmek için bir an bile düşünmeye mecalim dahi kalmamıştı. Sarmaşıklanan hüzünler boğazımı daha da sıkıyor, hayat ve yaşananlar takatsiz yüreğimi nefes alamaz hale getiriyordu. Genzime yapışan kekremsi bir çaresizlikti avunmama engel olan! Durup ne olacak halim diye düşünsem, aklıma hemencecik o geliyor, kendimi farklı şeylerle yalan yanlış kandırma yöntemlerine başvuruyordum. Sonunda her şeyin biteceği noktadaydım! Orada! O uçurumun kenarında! Birazcık örselense sendeleyen bedenimi salıverecektim boşluğa.

Uçurumun kenarında halsiz bir şekilde bekliyor ve ona bakıyordum.

Burak kısık gözleriyle çaresizliğimi izliyordu. Sanki benim bu halim onu daha fazla güçlendiriyormuş gibi bir gülümseme yayılmıştı yüzüne. Bir adım atmasını beklememem aptallıktı. Atlamamam için beni ikna etmeye çalışmıyordu. Gözlerimden süzülen yaşlar yanaklarımla buluşuyor ve ben Burak'a yalvaran gözlerle bakıyordum. Ağzından çıkacak tek bir kelimeye ilk defa bu kadar ihtiyaç duyuyordum! Susmaya devam ediyor, öylece birbirimize bakıyorduk!

"Sen beni anlamak için bir kez bile bakmadın yüzüme, şimdi giremediğim hayatından uçuruma atıyorum hayallerimi."

Burak yavaş yavaş ilerliyordu ve benim çaresizliğimi görmeyecek kadar kördü! Onun bana karşı körlüğü benim dünyamı karartıyordu. Yavaşça yüzünü önüne eğip sakince arkasını döndü. Sonra sisler arasında kayboldu silueti.

Kayboldu düşlerim, düştü düşümden gülüşlerim. Tekrar vücudumu boşluğa çevirdim umutsuzca. Bir bitişin başlangıcını hediye ediyorum ona. Emindim boşluğa atacaktım acıyla kaplanmış bedenimi. Ama boşlukla buluşan bir ses tüm dikkatimi kendisine çekiyordu.

Bir bebek ağlama sesi duymaya başladım, derinlerden geliyordu. Ve ilk kez böyle bir sesle karşı karşıyaydım. Ellerimi kulaklarıma götürdüm, hiçbir sesi duymak istemiyordum. Siyah saçlarım birbirine karışmış ve yüzümden terler akıyordu. Nefes nefese bir sağa bir sola bakınıyor ama kimseleri görmüyordum. Kafamı kaldırınca artık Burak karşımda değildi.

Ne kadar kötü değil mi? Uğruna ölümü göze aldığın insanın gözlerinin seni görmemesi.

Gücümü toplayarak uçurumdan aşağı baktım ama tam atlayacaktım ki Burak'ın sesi kahkaha sesleriyle karışmıştı. Şaşkınlık içerisinde arkama dönecekken kuvvetli bir eli sırtımda hissettim. Ayağımın kaymasıyla içimde büyük bir boşluk duydum. Düşmekle uçmak arasındaydım ve tam yere çakılacakken kan ter içinde uykumdan sıçradım.

Saçlarım terleyen yüzüme yapışmış, kalbim ise yerinden çıkacak gibi atıyordu. Yatağımın yanındaki kırmızı masamdan bir bardak suyu yudum yudum içip sakinleşmeye çalıştım.

"Neydi bu şimdi?" dedim kendi kendime. Yatağımın ortasına oturmuş sakinleşmeye çalışıyordum. Kahretsin hâlâ etkisindeydim!

Bardağı yerine bırakırken telefonumdan Burak'ın numarasını bulup onu aradım.

Havayı derin derin ciğerlerime çektim. Telefon kulağımda, boş boş kapıya bakarken gözümü bile kırpmıyordum.

Telefonda, "Alo, alo Duru? Sesim geliyor mu?" diyen Burak beni kendime getirdi. Ve istemsizce de olsa ağlamaya başladım. Ağlama sesini de duyan Burak daha fazla meraklandı ve üst üste sorular sormaya başladı.

"Duru neler oluyor sabahın beşinde aradın. Ağlıyorsun, nefes nefesesin ve bir şey demiyorsun. Gerçekten çok merak etmeye başladım neler oluyor?"

"Burak çok özür dilerim, seni de telaşlandırdım. Ama bunu anlatacağım kimse yok inan."

"Ya onun farkındayım. Deli etme beni, neler oluyor anlatsana?"

Burak'ın sesi hem biraz şefkatli hem de biraz gergin geliyordu. Olayı toparlamak adına elimin tersiyle gözyaşlarımı sildim, doğrulup derin bir nefes alarak rüyamı anlatmaya başladım. Burak, ağlama sebebimin rüya olduğunu öğrenince olayı büyüttüğüm için bana kızsa da fazla uzatmadı. Telefonun başında bir teselli beklerken Burak'ın bu sessizliği beni üzmüştü. Sanki karşımdaymış gibi yüzümü astım.

"Burak özür dilerim, belki bir rüya için ağlamam sana saçma geldi ama kötü oldum bir an."

Burak kendisini daha fazla tutamayıp sesli bir şekilde güldü. "Her şeyi geçtim, inan çok karışık bir rüya ama saçlarının siyah olması olayı bitirdi. Yani o sapsarı saçlarının rüyada bile siyah olduğuna inanmam. Neyse bebeğim ben kapatıyorum, gece geç uyudum. Öptüm."

"Tamam," diyebildim sadece. Başka ne diyecektim ki? Konuşma bitince telefonu sıkı sıkı tutan parmaklarım gevşedi. Hayatta ilk kez kendimi yalnız hissediyordum. İçimden, babam dışında aslında hiçbir erkeğe güvenmemem gerektiğini geçirsem de söz konusu Burak olunca içimden geçenler içimde kalıyordu.

Yataktan sakince kalktım ve aynanın karşısına geçtim. Ah, ne kadar da bitkin ve mutsuz görünüyordum. Sarı saçlarımı omuzlarımdan arkaya atıp kendime baktım. Sessizce, "Of!" dedim. İçten, çaresizce sadece bir of.

Sanki karşımda birisi varmış gibi, içimi kendime döktüm.

Yalnız değildim, içimde koca bir dünya AŞK vardı. Beni benden başka anlayan yoktu. İçime ateşler düşüren bu aşkı kime anlatmalıydım? Beni hiç umursamayan Burak'a mı? Ya da tek dertleri kıyafetler olan biricik dostlarıma mı?

Sahi, onlar birisini böyle delice hiç sevmiş miydi?

Titreyen çenemi elimle tuttum. Gözlerimden dökülen damlalar usulca yanaklarımdan süzüldü. Burnumu çekerek aynadan uzaklaştım. Dağınık masamın üzerinde bir mendil bulup gözlerimi ve akan burnumu sildim. Yatağıma geçtim tekrardan. Burak'ın saçlarımla ilgili dedikleri geldi aklıma. Ne kadar da iyi biliyordu saçlarımı ne kadar çok sevdiğimi. Aslında beni çok iyi tanıyordu ama benim ona beslediğim aşkı bilmiyordu.

Bilirsiniz, bazı şeyler bilinse de fayda etmez. Onu tamamen kaybedebilirdim ve bunu kaldıracak birisi değildim. Hatta ondan uzak olmak için üniversiteyi okumaya İstanbul'a gelmiştim.

Bazen gitmen gerekir, sevdiklerinden bile.

Gözlerim yavaşça kapandı ve derin bir uykuya daldım.

Uykusuz kalmayı hak etmeyecek kadar temiz bir kalbi olanlar, her zaman siyah kalplerde huzur ararlardı.

Burak, belki de birçok kızdan bile daha bakımlıydı. Ah, ne kadar çok seviyordu kendisine bakmayı. Dünya onun için dönüyor, istediği her kızı elde etmek için uğraşıp elde ettikten sonra umursamaz birisi oluyordu. Onun bu ulaşılmazlığı ona müthiş bir haz veriyordu.

Daha yirmisine yeni girmiş olmasına rağmen, sırf maddi açıdan rahat olduğu için kendisinden yaşça büyük kızlar bile peşindeydi. Evet, çevresindeki birçok insan onu parası ve yakışıklılığı için arzuluyordu.

Ve Burak hiçbir zaman fark edemeyecek olsa da onu karşılıksız seven tek kişiydim ben.

Hayat hiç kimseye eşit davranmıyordu. Hani, ne kadar seversen o kadar sevilirsin ya, inanmıyorum ben o söze. Ne kadar seversen o kadar siliniyorsun kendinden, geleceğinden, çevrenden. Büyüdükçe hayallerin küçülecek. Sonrasında insanların ne kadar kötü olduğunu göreceksin.

Aç uyuduğun günlerin olacak. Yokluktan değil yorgunluktan, kalabalıktan. En sevdiğin içecek çay, kahve olacak ve insanlardan kaçmak için geceyi bekleyeceksin sabırla.

Alarmın sesiyle yatağımdan nasıl fırladığıma şaşırdım. Uykulu gözlerimle sersem sersem dolandım evde. Yeni taşındığım için ortalık biraz karışık görünse de burayı hayallerimdeki yuvaya dönüştürecektim. Ayna karşısında saçlarımı düzleştirdim, ağlamaktan şişen gözlerime hafif bir makyaj yapıp, mavi gömleğimi ve siyah pantolonumu giydim. Tam kendime bakıp hayallere dalacaktım ki okul geldi aklıma, hemen telefonuma baktım.

"Yuh, saat ne çabuk geçti ya! Off, ilk günden geç kalıyorum. Eh, be Duru ne vardı yani bu kadar ağlayacak zırlayacak. "

Hızlı bir şekilde aşağıya indim, tam caddeye çıkacaktım ki yanıma ne defter ne de kalem aldığımı fark ettim. Elimi sinirle bacağıma vurup hızlı hızlı merdivenlerden çıktım. Ayakkabımı çıkarmaya üşendiğim için parmak uçlarıma basa basa girip çıktım evden. O kadar telaşlı ve dalgındım ki merdivenlerden hızlı bir şekilde inerken basamağı fark edemediğim için dengemi kaybedip düştüm.

"Off, bu ne aksilik ya. Evren sana sesleniyorum, hayırdır benimle sıkıntın mı var?!"

Acele etmemeye karar verdim yavaş yavaş, salına salına gidecektim okula.

"Niye acele ediyorum ki? Hayır yani, zeki bir kızım ben, yetişirim bütün derslere. Ay, ya zorsa? Bu okulu kazanmak bir dert, sanırım bitirmek bir dert olacak. "

Kendi kendime mırıldanırken beni durakta izleyen kişinin farkında bile değildim, kafamı kaldırdığımda çaktırmadan gülümsüyordu. Durağa yaklaşınca normale döndüm. Saatime baktıktan sonra telaşlı telaşlı otobüsün geleceği yöne bakıyordum. Bana daha demin bakan çocuk yanıma yaklaşıp, "Merhaba, sanırım yenisiniz?" dedi.

Şaşkın bir yüz ifadesiyle, "Ne yenisi, anlamadım," dedim. Okulu soruyordu, meraklı şey.

"Okulu soruyorsunuz sanırım. Evet, yeniyim. İlk senem, ya siz?"

"Benim ikinci senem. Nereden geliyorsun?"

"Ankara," diyebildim sadece. Ne çok yaşanmışlıklarım vardı o şehirde. Elimden gelse Ankara'ya ait her şeyi silecektim hafızamdan. Farkında olmadan ona nereden geldiğini sormamıştım. Uzun boylu, kaslı ve yakışıklıydı, görenlerin dönüp tekrar baktığı bir delikanlıydı. Ve bir kızın bu kadar ilgisiz olmasına alışkın değildi sanırım. Kendisine güveni sonsuz olmalı ki rahat rahat konuşup tanışmaya çalışabiliyordu.

"Peki adın ne?"

Gözlerine bakarak sessiz bir şekilde, "Duru" dedim. Ve yola baktım.

Onun adını sormadım, çünkü başka bir adamın sıfatını merak etmiyordum.

Devam etti meraklı adam: "Ben de Ömer."

Benim baktığım yöne geçti ve gülümseyerek, "Ben de Ömer dedim, sormadın da," dedi.

Ömer'in gülümsemesine dayanamayıp gülümseyerek karşılık verdim ben de.

Kazandığı galibiyeti kutlarcasına içtenlikle gülümsedi tekrardan, dayanamaz bana kimse diye geçirdi, sanırım içinden. Aptal erkeklerden bir tane daha. Bakışlarımı tekrar çektim yüzünden.

"Gülümsedim diye belki de çok mutlusun, değil mi? Aslında evet gülmekte haklısın, çünkü gülünecek durumdasın. Hayatta o kadar olaylar olurken sen kızları ayarlamayı başarı olarak görüyorsun. Ah pardon, sen yakışıklısın bu nedenle kızlar kendiliğinden geliyordur sana, değil mi?"

Ömer neye uğradığını şaşırmış kendisini savunmadan bekliyordu. Onun yüzüne bakarak devam ettim: "Yaptığının benim lügatimde yeri yok. İlle de bir isim koyulacaksa, gel buna rezillik diyelim."

Rezillik kelimesini bastıra bastıra söyledim. Ve gelen otobüsün heyecanıyla mutlu oldum. Aynı anda otobüse bindik. Çantamda İstanbul kartı bir türlü bulamadım. Ömer iki kez kartını okuttu ekrana.

"ilerle bastım," dedi. Sesi bozuktu, sanki kırk yıllık tanıdığımmış gibi trip atıyordu.

Açıkçası, daha az evvel söylemiş olduğum sözler için pişmanlık duyuyordum. Otobüste sadece iki kişilik boş yer vardı. Cam kenarına geçtim ve Ömer ayakta kalıp, az da olsa gülümseyerek, "İstersen oturmayayım. Sen şimdi bana yanına oturdum diye sapık da dersin," dedi.

Yüzünü sempatik bir şekilde ileriye çevirdiğinde gülümsedim.

"Ya haklısın, tamam önyargılı davrandım. Özür dilerim, geç otur," dedim elimle yanımı göstererek.

Yolculuk boyunca ikimizin de sesi çıkmadı. Bir an düşündüm de Ömer benim okula gideceğimi nereden bilmişti? Koca şehirde elinde defter olan herkes okula mı gidiyor sanki. Çok fazla üzerine gittiğimden bu soru işaretini unutmayı denedim. Okula geldik. İçeri girip sınıfımı aradım. Gözüme bir yer kestirip oturdum ve bir daha Ömer'i görmeyeceğimi umut ederek defterimi açtım...

Hiç kimseyle tanışmak içimden gelmiyordu ama 4 sene boyunca bu sınıfla beraber olacağımdan bir arkadaş edinmem gerektiğini biliyordum. Derin bir nefes aldım. Kapıdan esmer, kısa saçlı, pozitif enerji saçan, üzerinde şort, beline bağlanmış bir gömlek ve sırt çantası olan birisinin bana doğru geldiğini gördüm. Boş yanımı kırmızı ojeli parmağıyla göstererek, "Merhaba, yanınız boş mu?" diye sordu.

O kadar içten ve canlı bir sesi vardı ki aradığım arkadaşı bulmanın mutluluğuyla, "Boş," dedim.

Her şey yeni bir başlangıçla böylelikle başlamış oldu. Bakalım hayat neler getirecek. Yenilikler yenilgilerle mi başarılar mı sonuçlanacak?

Bana bakan simsiyah gözlerin içine bakarak, "Merhaba, ben Duru," dedim.

"Ben de Ezgi," diyerek elini uzattı. Ve yeni hayatımın ilk arkadaşlığı başlamış oldu.

Kapıdan gelen gideni izlerken onun hiç acemilik çekmediğini fark ettim. Dayanamayıp sağ tarafımda oturan Ezgi'ye, "Çok rahatsın acaba hep mi böylesin? Yani merakımdan soruyorum, yanlış anlama ama sanki ilk senen değil gibi," dedim.

Ezgi çantasıyla uğraşmayı bırakıp gülümseyerek bana baktı.

"İlk senem değil zaten," deyip çantasında aramaya çalıştığı şeyi nihayet bulmanın sevinciyle, "Oh be!" diye bağırdı. Ve tekrar bana dönüp elindeki telefonu göstererek, "Şu koca telefonu bir kere de elimi çantama attığım gibi bulayım."

"Çantanda belli bir göze koy o zaman."

"Ya öyle de aniden çıkıyorum, geç kalıyorum, yapım bu. Her işimi son dakikaya bıraktığımdan ben de rastgele atıyorum çantaya."

"Çantanı düzenle o zaman."

Ezgi çantasını sıraya koyup tekrar bana döndü.

"En fazla 10 dakika dayanıyor. Ya sen kız kısmının çantasının düzenli ve aradığını anında bulduğunu hiç gördün mü?"

İkimiz birden gülmeye başladık. Ve dostluğumuzun ilk temelleri böylelikle atılmış oldu. Hani bazı insanlar vardır, ilk gördüğünde ya seversin ya sevmezsin. O dakikadan belli olur ileride neler yaşayacağınız ve nasıl bir dostluğunuzun olacağı. Ben de anlamıştım, hatta benim çantam çok düzenli olmasına rağmen ortam bozulmasın, laf soktuğumu düşünmesin diye bahsetmemiştim.

Ezgi çantasından çıkarmış olduğu telefonun büyük ekranından ince parmaklarıyla birisini arayıp telefonu kulağına götürürken, parmağıyla bir dakika dercesine izin istemişti. Telefon ısrarla çalmasına rağmen bir türlü açılmıyordu. Bana bakıp gülümseyerek, "Açmıyor neyse," dedi. "Şimdi senin kafan karışmıştır, nasıl ilk senem değil diye."

Tatlı bir tebessümle Ezgi'nin yüzüne bakıp, kafamı yukarı aşağı sallayarak dediklerini onayladım.

"Bak Duru'cum şimdi ben gördüğün gibi biraz deli bir kızım. Geçen sene ilk senem olduğundan arkadaşlarla neredeyse hiç gelmedik okula. Hatta daha demin aradığım arkadaşım da senden iyi olmasın çok iyidir, ne zaman gelmesem o da gelmedi ve devamsızlıktan dolayı bu birkaç dersi tekrar alıyoruz. "

Kaşlarımı kaldırmış pür dikkat Ezgi'yi dinliyordum.

"Şimdi anladım. Umarım bu sene bütün derslerini verirsin," diyerek elimi Ezgi'nin omzuna götürdüm. Tam o sırada telefonu çaldı, zil sesinden ürküp bir anda elimi çektim ve gözlerimi açtım.

Ezgi gülerek telefonu cevapladı. "Neredesin sen yaa, gelir gelmez ilk günden kız avına mı çıktın? Tamam, tamam hadi bekliyorum." Telefonu kapatıp sesli bir şekilde gülerek, "Ya sen neden korktun böyle?" dedi.

"Dalmıştım. Daha doğrusu ben çabuk korkarım, bir anda ses de öyle gelince."

Ezgi, benim yüzümü avuçlarına alarak, "Ay kıyamam ki ben sana," dedi.

Birlikte gülerek kapattık konuyu.

Sınıfta birkaç kişi dışında herkes sus pus oturmuş, ilk sınıf olmanın getirmiş olduğu sıkılganlıkla boş boş etrafa bakınıyordu.

Biz gülüşürken, kapıdan yanımıza doğru Ömer'in geldiğini gördüm. Her ne kadar şaşırmış olsam da çaktırmadım ve gözlerimi masaya diktim. Ezgi yerinden kalkıp sıkı sıkı Ömer'e sarıldı. Sonra geri çekilip, "Oğlum çok özlemişim ben seni," diyerek tekrar sarıldılar. Ömer Ezgi'ye sarılırken benimle göz göze geldi.

"Bak tanıştırayım, bu sınıftaki ilk arkadaşımı buldum ben." Eliyle beni göstererek devam etti konuşmasına. "Bak bu şirin kızın adı Duru."

Ömer galibiyetin getirmiş olduğu gülümsemeyle, "Biliyorum," dedi

Ezgi şaşkın şaşkın bir bana bir Ömer'e bakıp, hafifçe geriledi.

"Yok artık, bu ne hız Ömer?"

Ömer derin gözleriyle bana bakıp, "Durakta karşılaştık. Otobüste de birlikte geldik," dedi. Ezgiye dönüp, bir nevi ben getirdim, dercesine gülümsedi.

Ezgi, Ömer'in kolunu tutarak, "İyi hadi gel otur," diyerek onu sıraya oturttu.

Ezgi'ye, "Hocalar neden yok? Hep böyle geç mi gelirler?" dedim.

"Hayır canım, ilk günlerde genelde gelmezler."

"Biz neden geliyoruz o zaman?"

"Sağları solları belli olmaz. Bugün paso tanışma günü zaten. Sen merak etme, haftaya yorucu olmaya başlar her şey."

Tam o sırada içeriye uzun boylu, oldukça zayıf, elindeki deri çantası kitap taşımaktan eskimiş, gözlüğü boynunda, saçları sarı olsa da diplerinden beyazların geldiği uzaktan bile fark edilen kadın hoca girdi. Yerine geçip gözlerini kısıp sınıfa bakarken, aynı zamanda gözlüğünü takmaya çalışıyordu. Daha dönemin başında hayattan bıkmış gibi görünse de zor bir öğretmen olduğu belliydi.

Duruşunu düzelterek, ellerini hızla birleştirip gür bir sesle sınıfa seslendi.

"Merhaba arkadaşlar, ben tarih öğretmeniniz Nebahat. Yaklaşık 5 yıldır burada görev yapıyorum. Şimdi sırayla herkesi tanıyalım."

Sesi yaşına göre çok daha genç çıkıyordu. Bakımlı olduğu her halinden belliydi. Sınıfta herkesle tanışırken sıra en sonunda Ömer ve Ezgi'ye geldi. Hoca kafasını uzatıp gözlerini tekrar kısarak, "Ooo siz de mi buradasınız. Bakın arkadaşlar, benim dersimden bir saat bile eksiğiniz olsa kalırsınız. İşte örnekleri," diyerek incecik buruşuk parmağıyla Ömer ve Ezgi'yi gösterdi.

Hallerinden pek de şikâyetçi olmayarak onlar da kendilerini tanıttı. Ömer sebebini bilmese de bu sınıfta olduğu için mutluydu. 45 dakika dolunca hoca ara verdi. Elimi çeneme koymuş dalgın dalgın bakınırken, Ezgi ve Ömer çoktan ayağa kalkmışlardı bile.

Ezgi, "Biz gidiyoruz. Devamsızlıktan bırakırım demesi korkutmasın seni, ilk hafta kimse yoklama almaz. İstersen sen de gel bizimle," dedi.

Elimi çenemden kaldırmadan gülümseyerek, "Yok, sağ olun siz bakın keyfinize. Tanıştığıma da memnun oldum," dedim.

"Görüşürüz." Ömer hiçbir şey demeden gitmişti. Değişik bir çocuktu. Yine bana darıldı diye geçirdim içimden. Sonra telefonumu elime alıp Burak'ı tam arayacaktım ki hemen kapat tuşuna bastım. Pişman olmuştum. Ne de olsa yeni gelen bendim, Burak'ın beni araması lazımdı. Ama artık çok geçti, çünkü çağrı Burak'a gitmiş olacak ki beni arıyordu. Hafifçe elimi masaya vurarak, "Kahretsin ya, ne şaşkın kızım ben böyle. Bu kararsızlık beni öldürecek," dedim kendi kendime.

Telefonu açtım.

"Efendim?"

"Asıl ben efendim, hayırdır çaldırıp açma dönemine geri mi döndük?"

"Abartma istersen. Aradım, sonra vazgeçtim ama o ara çalmış telefonun."

"Neden vazgeçtin peki?"

"Çünkü biz eski arkadaşız ve senin araman gerekirdi, sonuçta bugün okulda ilk günüm."

"İyi de akşam arayacaktım zaten. Aşk olsun buna mı alındın sen?"

"Tamam haklısın. Neyse ben kapatıyorum."

"Kızdın mı?"

"Hayır tabii ki, ortada kızacak bir şey yok."

"Peki, öptüm görüşürüz."

Telefonu kapattım, elimi alnıma koyup derin bir nefes aldım. Hep acele ediyordum ve bir şeylerin olacağı varsa da bu nedenle olmuyordu.

Bütün günü yerimden kalkmadan geçirmiştim. Son derse de pek az kişi kalmıştık. Neyse ki ders bitti. Çantamı toplayıp tam ayağa kalkacaktım ki Ömer'le göz göze geldik...

Hayat bakalım bundan sonra neleri getirecek gözümüzün önüne...

Kafamı kaldırıp Ömer'le göz göze gelince aniden hızla geri çekildim. Sonra sakin bir şekilde çantamı da alarak yarım ağızla "Görüşürüz," deyip yanından ayrıldım. Neden böyle yaptığımı ben de bilmiyordum ama sanırım sessizliğe ihtiyacım vardı. Evet, ilk günden yorulmuştum bu okul denen tiyatrodan. Tiyatro diyorum, çünkü insanların dürüst ve karşılıksız bir şeyler yapabileceğine inanmıyorum. Aman Allah'ım, daha yaşım ufak ve ben kimseye şimdiden güvenmiyorum. Tebrikler karşılıksız sevdam!

Okuldan uzaklaşırken Ömer'in arkamdan geldiğini hissediyordum. Usulca adımlarımı yavaşlatarak yanımdan geçmesini bekledim. Ama lanet olsun ki birkaç saniye sonra yanıma gelip gülümsedi. Elimde olmadan ben de güldüm fakat sinirlendiğimi anlasın diye kendimi toplayarak, "Neden arkamdan geliyorsun?" dedim.

Ömer zekice gülümseyerek kafasıyla çıkış kapısını gösterdi. "Çıkış bu tarafta ondan olabilir mi acaba?"

Tatlı bir şekilde kaşlarımı çatarak kafamı geriye attım. "Aman iyi o zaman, çıkış senin buyur devam et," dedim elimle çıkış kapısını göstererek.

Kaldırdığım elimi yavaşça aşağı indirdi ve sessizce önüme geçti. "Sadece yardım etmeye çalışıyorum. Arkadaş olmak, seni insanlardan korumak istiyorum. Sen bilmezsin İstanbul ağır gelir sana."

Evet, fazlasıyla sinirlenmiştim. Bu karşımdaki kim oluyor da beni korumak için can atıyordu? Derin bir nefes aldım. "Hayırdır, sen kimsin ki? Acaba sen ne kadar güvenilirsin ki beni koruyacaksın? Seni tanımıyorken bir de sana mı güveneceğim? Lütfen gider misin?" Sesim yükselmiş olacaktı ki etrafımızdakiler bize bakıyordu. Sanırım ileri gitmiştim.

Ömer kafasını sağa sola sallayıp, "Çok yazık," diyerek benden uzaklaştı.

Allah'ım ne olacak bu fevri hallerim? Durduk yere kırdım çocuğun kalbini. Ne de aptalım! Arkasından sessizce gittim; özür dileyecektim. Kalabalıktan uzaklaşmasını bekledim, çünkü sinirlenmişti ve beni rezil edebilirdi. Neyse, sessiz bir şekilde durağa gelince hemen kolundan tuttum. Yüzüme bile bakmadan kolunu silkerek elimi uzaklaştırdı. Önüne geçtim, başı yerdeydi ve bana bir türlü bakmıyordu. "Ya tamam özür dilerim! Yaptığım saçmaydı, affeder misin?"

Donuk bir yüz ifadesiyle gözlerime baktı. "Sana yardımcı olmak isteyenlere hep böyle mi davranırsın? Hayır, yani ne yaptım da sana öyle bir tepki verdin? İnsanlar kötü, sadece arkadaş olalım dedim."

"Tamam haklısın. İstersen bir kahve ısmarlayayım sana, ne dersin?" Başı ilerideydi, bakmadı bile yüzüme. Önüne geçtim, masum bir kedi gibi, "Hem tanımış olurum seni," dedim.

Dayanamadı gülümsedi. "Peki, peki güzel bir yer var. Hadi gidelim."

***

Geldiğimiz yer oldukça güzele benziyordu. Kafenin kapısı çok büyüktü, sanki eskiden bir sarayın parçasıymış gibi duruyordu. Ömer kapının yanında kenara çekilerek, "Buyurun Bayan Ukala," deyince sadece gülümsedim, çünkü haklıydı, kendimi savunacak değildim. Dar merdivenlerden yukarı çıkarken oturalım diye ilk katı gösterdim. Ama o emin bir şekilde eliyle yukarıyı göstererek devam etmemi söyledi. Bir kat daha çıktık ama ben o kadar dalmıştım ki hâlâ merdiven çıkmaya devam ediyordum. Tam o sırada Ömer beni durdurmak için elleriyle belimi kavradı ve beni sağ tarafa yönlendirdi. Refleks olarak dirseğimle elini ittim ve sinirli sinirli bir masaya geçip oturdum. Utancımdan mı yoksa sinirden mi bilmiyorum ama yüzümün yandığını hissedebiliyordum.

Ömer yaptığı yanlışı fark etmiş olacak ki, "Kusura bakma," dedi.

"Tamam Ömer," dedim yüzüne bile bakmadan.

"Yüzüme bakar mısın o zaman?"

Sakince başımı kaldırıp ona baktım. "Bak Ömer, yanlışlıkla da olsa bir daha bana dokunma."

"Tamam, tamam sakin ol. Bu kadar kızacağını tahmin etmemiştim, kusura bakma lütfen."

"Tamam." Yüzüne bakmak için kafamı kaldırdığımda güldüğünü gördüm.

"Neden gülüyorsun?" dediğimde, istifini bozmadan yanıt verdi.

"Değişik bir kızsın, yani üniversiteye başlamışsın ve hâlâ 10 yaşındaki bir kızın ürkekliğine ve-" Gülümsemesi solmuş, sözünü tamamlamak istemiyor gibi bir hali vardı ama ben de oldukça merak etmiştim.

"Ve ne? Lütfen devam eder misin?"

Lafı uzatmasını beklerken, hafifçe bana doğru eğildi ve gözlerime daha da anlamlı bakarak devam etti: "Ve saflığına sahipsin, adının anlamını gerçekten taşıyorsun. Bak sakın bölme beni şu an, belki de herkese böyle sözler sarf ettiğimi düşünüyorsun ama inan böyle bir şey yok. Genelde onlar gelir beni bulur ve ertesi gün tanımam bile. Ama seni gördüğüm andan itibaren beni büyüleyen bir şey var."

Ömer'in gözleri o kadar güzel ve derin bakıyordu ki kim olsa etkilenirdi. Hatta bu kadar konuşmasına gerek bile kalmazdı. Ama benim kalbim Burak için atıyordu. Bunu herkesten gizlediğim gibi Ömer'den de gizlemeye karar verdim.

"Bana sebepsiz bir güven aşıladın belli ki kalbin çok güzel, çünkü ben kolay kolay insanlara güvenemiyorum ama senden ricam beni dosttan öte görme olur mu?" Yalvaran gözlerle bakıp devam ettim: "Lütfen."

Özgüven patlaması yaşayan diğer erkekler gibi geriye yaslanıp, "Sıkıntı yok," dedi. Ah, şu erkekler tam bir oyuncu! Aslında reddedildiğinden içi içini yiyordu. Neyse, niyetim üstelemek değildi.

Elimdeki menüyü öylesine açıp baktıktan sonra gülümseyerek, "Ee kahven nasıl olsun?" diye sordum.

"Sen mi yapacaksın?"

"Hayır tabii ki."

"Sade içerim ben."

***

Sohbeti çok güzeldi, kahvelerimizi de içmiş ortamı çoktan yumuşatmıştık. Gerçekten bir insanı çok çabuk bağlayabilirdi. Sohbeti o kadar çekiyordu ki, o anlatsın ben hep dinlerdim. Aslında sürekli telefonla oynaması dışında her şey çok güzeldi.

Kolumu rahatsız eden saatime bakınca zamanın ilerlediğini fark ettim. Bir lavaboya gider sonra kalkarız, diye düşündüm. Ve yerimden doğruldum. "Geliyorum hemen," deyip bana doğru gelen güler yüzlü, gamzeleri derin garsondan lavabonun yerini öğrenerek, saçımı düzeltip masamıza döndüm. Ama Ömer masada yoktu. Oturup biraz bekledim. Gelmedi. Evet, sanırım sebepsizce gitmişti. Muhtemelen hesabı ödememiştir, diye içimden geçirmiştim ki hesabı isteyince haklı olduğumu anladım. Sinirlerim bozulsa da çaktırmıyordum. Hesabı ödeyip sinirli bir şekilde evin yolunu tutmuştum.

En sonunda kendimi yatağa atarak uzun bir süre tavanı izledim.

Hayatıma giren her insan beni yalnızlığıma âşık ediyordu.

Ömer'in yaptığı saygısızlığı çok düşünmek istemiyordum. Aptallık bende aslında, bilmediğim bir şehir bilmediğim bir insan sonuçta. Daha kötü bir şey de olabilirdi.

Düşüncelerim beynimde dans ederken telefonumun çalmasıyla her şey durdu. Arayan Burak'tı!

Sanki karşımdaymış gibi yatağımdan doğrulup saçlarımı düzelttim.

"Efendim?"

"Nasılsın sarı çikolata? Söyle bakalım ilk gün nasıl geçti?" Sesi o kadar neşeliydi ki beni huzura davet ediyordu.

"Gayet güzeldi," desem de inanmamış olacak ki biraz çıkıştı.

"Hey sesin kötü geliyor, iyi misin?"

Derin bir nefes aldım. "İlk gün işte. Klasik yani, yorucu geçti biraz."

Biraz daha rahatlamışa benziyordu. "Anladım, aman iyi ol bir de aklımız sende kalmasın. Evdekilerle konuştun mu hiç?"

Eyvah, tamamen unutmuştum. Alt dudağımı panikten ısırdığımın farkında bile değildim. "Ya ilk gün telaşıyla unuttum ben."

Gülmeye başladı Burak. "Hep böyle aklın bir karış havada mı olacak senin?"

Yüzüme yayılan gülümsemeyle, şimdi korkmadan cesurca 'aklım sende' demek vardı. Evet, tam 'aklım sende' diyecektim ki telefonun diğer ucundan gelen, "Burak, aşkım hadi seni bekliyoruz!" sözlerini duydum. Sinirlenmiştim. "Ben kapatıyorum," deyip, cevabını bile beklemeden telefonu kapattım. Hızla yatağımdan kalkıp mutfağın yolunu tuttum. En büyük hatam buydu belki de. Onun hayatında başkası hep olacaktı. Mutfak kapısına gelip içeriyi süzdüm. Her şey çok düzenliydi. Bir çay içmek iyi giderdi şimdi. Küçük bir balkonum vardı, sanırım daha önce bu evde yaşayanlar çiçekleri seviyor olmalıydı. Çünkü kurumuş da olsa birçok çiçek vardı. Aklıma Burak gelmesin diye en saçma detaylara bile takılıyordum. Kim bilir Burak yine hangi âlemlerdeydi, yanındaki kimdi... Seviyor ama hesap soramıyordum. İçimde kendi kendime kıskanıp kendimi bitiriyorum. Burak'ın hiçbir suçu yok, çünkü onu ne kadar çok sevdiğimi bilmiyor. Belki de çevresi yüzündendir. Çevresinde bu kadar kız olmasa cesaret ederdim bir şekilde, hatta o beni fark eder içinde bir şeyler bile olabilirdi. Rüzgârın önüme getirdiği saçlarımı kulağımın arkasına atıp içeri geçtim. Az da olsa açlık hissediyordum. İçeride çalan telefonumun sesine aldırmadan masaya bir şeyler koyup yemek yedim. Ah, ne kadar da iştahsız olmuştum. Gözlerimden yavaş yavaş yaşlar süzülüyordu. Zor yutkunuyordum. Şu halime acıyordum.

Elimin tersiyle gözlerimi silip masayı toplamadan odama geçtim. Her zaman yaptığım gibi aynanın karşısına geçip kendimle konuştum. "Güçlü ol Duru! Aşk senin zayıf değil, en güçlü yanın aslında." Başımı kendinden emin bir şekilde kaldırıp gözlerimin içine baktım. Bakışlarım sabah dağıttığım etrafa göz attım. Bir-iki gün olmuştu buraya geleli. Zor olacak gibiydi eve alışmam. Telefonumdan güzel, canlı bir müzik açıp etrafı toparlayarak düşüncelerimi dağıttım. İlerleyen saatlerde annem ve babamla da konuşup seslerini duyunca kendime gelmiştim. Güzel bir film açıp izledim.

Gece ansızın uyandığımda saat 02:45'ti; her zamanki gibi filmin ortasında uyumuştum. Yorgun bedenimi sürükleyerek yatağıma geçtim. Ellerimi yastığın altına koyup sitem etmeden uyudum bu kez...

Durmadan çalan kapının zil sesi sinirlerimi bozmuştu. Sinirli bir şekilde kapıyı açtım. Karşımda elinde bakkal sepetiyle zayıf bıyıklı bir amca vardı.

"Buyur kızım ekmeğin."

"Teşekkür ederim," diyerek uzattığı ekmeği aldım, kapıyı kapatıp ekmeği mutfağa bıraktım ve kendimi yüzüstü yatağa attım. Bir süre öyle kaldıktan sonra, birkaç spor egzersizi yaparak kendime geldim. Güzel bir kahvaltı yapıp nihayet okula ulaştım.

Ezgi'yle çok güzel anlaşıyorduk. Onun olmadığı zamanlarda yanımda getirmiş olduğum moda dergilerini inceliyor, fikirler üretiyor ve çizim yapıyordum. Son derse Ömer geldi, yanımda oturan Ezgi'yi uzaklaştırdı. Yüzüne dahi bakmıyordum. Ama Ömer buna aldırmadan konuşmaya başladı. "Bak Duru, bana kızgınsın biliyorum ama lütfen beni dinle." Kaşlarımı çatıp yüzüne baktım. "Dinliyorum konuş."

"Bilmiyorsun ama ben Mardinliyim, aşiretiz yani-"

Sözünü bitirmesine izin vermeden araya girip, "Aşiret olman sessizce çıkıp gitmeni mi gerektiriyor?" diye sordum.

Gözlerini devirdi ve derin bir nefes alıp devam etti. "Ailem birkaç günlüğüne buraya gelmiş. Sürpriz yapmışlar, aradılar koşarak gitmek zorunda kaldım."

"Ha iki dakika bekleyip Duru'ya haber vereyim demek zor mu geldi?" Çok sinirlenmiştim. Tekrardan yüzümü dönüp tahtayı izledim.

"Aşiretiz dedim onlar gelince koşarak gitmek zorundaydım. Özür dilerim. İster inan ister inanma ama bu böyle, herkes alıştı halime."

"Merak ediyorum, koskoca aşiret ağasının oğlu neden moda tasarımı seçti?" Yan yan yüzüne baktım. Cevabını merak ediyordum.

Kendinden emin bir şekilde, "Çünkü tekstil ve deri fabrikalarımız var. Öyle bir konuştun ki sanki moda okumak sadece kızlara özgü bir şey. Bir aşiret mensubu olunca modadan uzak mı kalınıyor?" dedi.

Fena köşeye sıkışmıştım. "Konuyu nerelere çektin! Allah aşkına, ben onu demek istemedim ki, bunu sen de iyi biliyorsun."

Ezgi neşeli sesiyle araya girdi. "Hoop gençler ne oluyor bakalım? Birbirinizi yediniz."

"Yok bir şey," dedi Ömer, umursamaz bir tavırla.

Ezgi, "Peki," deyip kapattı konuyu. Ömer yerinden kalkıp gitti. Çenem yüzünden yine haklıyken haksız duruma düşmüştüm.

Dersin sonunda Ezgi'yle birlikte biraz dolaşıp çizim için malzemeler almıştık. Bir yerde oturup çok güzel vakit geçirdik. İnsanın hayatında böyle neşeli birisinin olması şarttı. Saat ilerledikçe evin yolunu tuttuk.

"Canım görüşürüz," deyip taksiye bindim. Eve gelince almış olduğum malzemeleri masaya koyup duşun altına girdim. Banyodan çıkınca saçlarımı havluya sarıp bir şeyler yedim. Dün yarım bıraktığım filmi bitirmek için yine açtım. Ayaklarımı uzatıp bilgisayarı da kucağıma aldım. Kapı çalınca yine kapıcıdır zannedip, 'kim o' demeden kapıyı açtım. Karşımda duran Ömer'di.

"Hayırdır eve gelenleri böyle sadrazam gibi mi karşılıyorsun?" Onu karşımda görmenin şokuyla yaptığı şakayı kaçırmıştım. "Anlamadım," dedim. Gözleriyle başımdaki havluyu gösterdi ve ellerini küçükken okulda yaptığımız gibi göğsünde bağlayıp duvara yaslandı.

"Hayırdır?" dedim yaptığı şakaya gülmeden.

Ömer içeriyi göstererek, "Eve davet etmeyecek misin?" diye sordu.

"Hayır tabii, ayrıca evi nereden biliyorsun?" dediğimde yine o sinsi gülümsemesi yüzünde belirdi.

"Takip ettim, ne çok dolaştınız ya? Siz kadınların şu alış verişi hiç bitmez."

Tek kaşımı kaldırdım. "Sanırım çok kadın tanıdın."

"Neyse bu konuyu tartışmaya niyetim yok. Görüşürüz," dedi ve tek elini sallayıp gitti. Arkamı dönüp tam oturacaktım ki yine kapı çaldı. "Ne var?" diyerek kapıyı sertçe açtım. Ama karşımda, kucağıma sığmayacak büyüklükte güller vardı. Merdivenlerin aşağısına baktım ama kimseler yoktu. Gülleri yatağıma koyup üzerindeki özür notunu okudum. Ömer numarasını yazmayı da ihmal etmemişti. Ama arayıp teşekkür etmektense mesaj attım sadece. Her genç kız gibi fotoğrafını çekip sosyal medyaya attım. Açıkçası çok hoşuma gitmişti ve mutlu olmuştum. Fotoğrafı Burak'ın görmesi için dua ediyordum.

Telefonuma gelen mesajla gözlerimden yaşların süzülmesi bir oldu.

Elim ayağım titrerken, buğulanan gözlerim telefonun ekranını bulanık görmeme sebep oluyordu. Tekrar tekrar başa alıp okudum mesajı. Kalp atışım hızlandı nefes alışım artık normal değildi.

Evet, bir kız için, hatta gerçekten seven bir erkek için bile katlanılması güç olan şey başıma gelmişti. Dün gece Burak'ı ararken ona seslene sevgilisi bugün bana mesaj atmıştı. Hem de Burak'ın telefonundan. Burak buna izin verecek kadar düşmüştü. Sonuçta ben onun yıllardır arkadaşıydım. Belki haberi yoktur, diye içimden geçirsem de ağlamama engel olamıyordum.

İçim gidiyordu ama o içimden gitmiyordu...

Sakın bir daha Burak'ı arayıp rahatsız etme. Biz onunla çok mutluyuz ve bir mutluluğa engel olacak kadar kötü bir kız değilsindir değil mi?

Cevap vermek vardı şimdi, ama sanırım en güzel cevap sessizlik olacaktı. Burak'ı telefonumdan ve bütün sosyal ağlardan sildim. Yerimde doğrulup eşyaların arasında deli gibi bir defteri aramaya başladım. Her tarafı aramama rağmen nereye koyduğumu bilmiyordum. İki elimi başımın arasına alarak düşünmeye başladım. Bir o yana bir bu yana koşturuyor, hatta mutfağa dolaplara bile bakıyordum.

Kısa bir uğraşın ardından nihayet defter elimdeydi. Hemen arasından ikimizin fotoğrafını hızla buldum. Evet, bu son şeyi de yapacak, fotoğrafımızı yırtıp atacaktım. Derin bir nefes alarak son bir kez yüzüne baktım. Sanki karşımdaymış gibi, yalvarırcasına baktım gülen gözlerine. 'Ah, gülüşüne âşık olduğum adam, bir görsen bendeki seni, kimsenin seni sevmesine izin vermezdin bilirim. Madem mutlusun mutluluk senin olsun,' diye geçirdim içimden.

Zaten sevdiğimden haberin olmamıştı, vedalarım incitmezdi seni. Zaten kanayan yüreğime merhem olmaya niyetin yoktu, bırak bari dokunma duygularıma da yaralarım kabuk bağlasın.

Fotoğrafı ellerimin arasında parçalayıp, avucumu yumruk halinde kalbime koymuştum. Bir yandan ağlıyor, diğer yandan fotoğraf tuttuğum elimle gözyaşlarımı siliyordum.

Elimi yüzümü yıkayıp dışarı çıkmak, nefes almak için hazırlandım. Merdivenlerden inerken ayağım takıldı ve düşmekten son anda kurtuldum. Dışarı çıkmak istiyordum, dışarı çıkmak, nefes almak, bilmediğim bir yerde içimden geldiği kadar ağlamak. Kapının önüne inince bir taksinin karşı daireye birilerini getirdiğini gördüm. Taksi tam gidecekti ki göz göze geldik ve elimi kaldırdığımı fark etmişti. Hemen arka koltuğa geçip, dikiz aynasından bana bakan simsiyah gözlere, titreyen sesimle, "Gidelim," dedim.

Nereye diye sormadı taksici. Ben de nereye süreceğine dair fikir yürütemiyor, hatta hiçbir şey düşünemiyordum. Taksinin camından kendisini gecenin koynuna bırakan İstanbul'u izliyordum. Şoför genç olduğundan olsa gerek, dinlediği müzik arabesk değil slow'du.

Ah şu müzikler ruhun gıdası, aşkın acısı gibi. Nerende yaran varsa, tam da orayı tutup acıtıyordu.

Ellerimi dudaklarıma götürmüş tırnaklarımı kemiriyordum. Sesim çıkmasın diye cebelleşirken, taksici bana bakarak, "İçinden ne yapmak geliyorsa onu yap," dedi.

O kadar yumuşak ve teselli eden bir sesi vardı ki, gözyaşlarım daha da hızlandı. Bu hep böyledir zaten, hani zar zor tutarsın da kendini birisi sana 'neyin var' dediğinde içinde ne varsa dökersin ya, işte benimki de o hesap.

Yol boyunca hiç cevap vermedim, taksici de başka bir şey demedi. Keşke deseydi. Bana teselli edecek bir umut verseydi. Çok geçmeden yüksek bir yere getirdi beni. Taksiyi durdurduğunda hızlıca arabadan inip kapımı açtı. Masum bir bebeğin annesine bakar gibi gözlerine baktım. Taksi şoförü yüzüme bakmadan eliyle İstanbul manzarasını gösterip, "Bak burası İstanbul!" dedi. Sesinde biraz sitem biraz nefret ve biraz da şefkat vardı.

"İşte burası yıllarca filmlere konu olmuş, nice canın uğrunda öldüğü, nice imparatorluğun hayalini kurduğu o büyülü şehir. Kimisinin hayalini kurduğu kimisinin de kaçmaya çalışıp asla kaçamadığı bu şehre dök içini."

O konuştukça ben ağlıyordum. Yüzüme götürdüğüm elimi usulca tutup indirdi ve, "Bağır," dedi gözlerini kısarak. "Bağır ki derdin içinde kalmasın. Kalırsa yara yapar. Bak ben ne zaman bunalsam gelir buraya bağırır çağırır rahatlarım." Arkasını dönüp ilerledi ve arabaya bindi. "Dök içini bu koca şehre ve rahatla. Utanma. Bu şehir sana bu sıkıntıları yüklerken utanmadı, sen de içini dökmekten çekinme."

Gülümseyerek bastı gaza ve biraz ileride durdu. Yol boyunca ağlamıştım ve yüzüm ateş gibi yanıyordu. Beynim fokurduyor, gecenin serin olması üşütmüyordu beni. Bir yandan Burak, diğer yandan okul ve en önemlisi paramparça olmuş ailem. Bir insanın hayatta hiç mi bir şeyi yolunda gitmez. Düşündükçe nefes alışım hızlandı ve nasıl olduysa, son defa nefesimi verdiğimde ellerimi iki yana açıp, "YETEER!" diye bağırdım. Hızımı alamayıp devam ettim, haykırarak, "Yeter ne olur, yeter dayanamıyorum bu kadarına. Canımdan can gidiyor, nefesim kesiliyor, dayanamıyorum!"dedim. O kadar çok bağırmıştım ki sanki bütün İstanbul camı pencereyi açıp 'ne oluyor' diyecek gibi geldi. İstanbul'a ağır gelecek yaralar vardı bende. Taşıyamıyordum. Ve en sonunda dizlerimin üstüne çöküp, yüzümü avuçlarımın arasına alıp hıçkıra hıçkıra ağladım.

20 Dakika Sonra

Derin derin nefes alıyor betonun soğukluğunu hissediyorum artık. Savaştan yeni çıkmış asker gibiydim. Güçsüz, halsizdim. Sanki daha demin bağıran ben değilmişim gibi bütün enerjim çekilmişti. O kadar kendimi kaybetmiştim ki kolumu tutup bana destek olmaya çalışan taksiciyi yeni fark ediyordum. Arkamdaydı ve kafamı çevirince göz göze gelmiştik. 'Beni bu hayattan kurtar' der gibi bakıyordum gözlerine. Ve nasıl olmuşsa onun da gözleri dolmuştu. Hiçbir şey demeden beni arabanın ön koltuğuna oturtup emniyet kemerimi taktı. Bana doğru eğilirken, taksici olduğundan olsa gerek benzin kokusu geldi burnuma. Sarhoş gibiydim. Yol boyunca sessizlik hâkimdi ve bu sessizliği teşekkürlerim bozdu. Evet, biraz daha iyiydim. Sol yanıma dönüp, "Teşekkür ederim. Sen olmasan belki de bir yere gider, sessizce ağlar geri gelirdim. Ama bu o kadar iyi geldi ki bana," dedim.

Dikkatli bir şekilde arabayı kullanıyordu. "Önemli değil, hepimiz insanız ve dertler bizim için var. Az da olsa yardım edebilmişsem, ne mutlu bana. Ama bak, ben buraya gelip ağladıktan sonra Kafe var, oraya gider güzel bir kahve içerim."

Bir erkeğin ağlaması tuhaf gelmişti bana. Başımla onayladım teklifini. Çok sürmeden gelmiştik dediği yere. İçeride loş bir ışık vardı ve sanırım 1970'lerin popüler şarkıları çalıyordu. Masa ve sandalyeler rengârenk boyanmış, duvarda eski sanatçı ve oyuncuların fotoğrafları vardı.

Bir masa seçip oturduk. Artık ağlamıyor, hatta sebepsizce gülümsüyordum. Çünkü karşımdakini bunaltmaya hakkım yoktu.

"Kaç yaşındasın?"

"Efendim?" dedim şaşkın şaşkın bakarken.

Gözlerini kısarak güldü adam. “Kaç yaşındasın?” diye tekrarladı sorusunu.

“Ah, pardon, 20 Ekim’de 20 olacağım. Ya sen?” diye sorarken, kaldırdım kaşlarımı.

“25,” dedi adam kısa ve net bir şekilde. Başını yana eğip, “Çok mu derdin var?” diye sordu. Tam o sırada garson gelip sohbeti bölmüştü. Siparişlerimizi verip öylece sessizliğe gömülmüştük. Kahveler gelince elimle zarif fincanı tutup, “Çok sıkıntım var,” dedim. Sessizliği en acımasız acıyan yanımla bölmüştüm. Gözlerim kahvede, parmaklarım fincanın etrafındaydı. “Ona âşık olduğumdan habersiz umursamaz bir adam; tek derdi çalışmak olup ailesine zaman ayırmayan bir baba; sosyeteye gösteriş yapmaktan çocuklarını unutmuş bir anne; madde bağımlısı, eve ne zaman geleceği belli olmayan bir kardeş.”

Sadece gülümsedi. Evet, hiç yorum yapmadı ya da teselli etmedi. “Hayırlısı,” diyebildi sadece.

Beni yıkan bu dert onu hiç etkilememişti. İlginç!

“Senin bir hikâyen var mı?” dedim meraklı gözlerle.

“Var olmaz olur mu? Ama bir geceye bu kadar acı yeter öyle değil mi? Başka zaman da ben anlatırım. İşte, o zaman yaşadıklarının ne kadar da hafif kaldığını göreceksin.” Tam da karşı çıkıp derdimi küçümsediği için kızacaktım ki, ağzımı açmama izin vermeden devam etti. “Elbette senin derdini küçümsemiyorum ama şunu bil ki beterin beteri var. Sana söz veriyorum senin derdinin hafif kaldığını ispatlayacağım sana.” Kahvesinden bir yudum alarak geriye yaslanıp gülümsedi.

2 Saat Sonra

Beni eve bırakmış, taksi parası da almamıştı. Tam mutfağa girip çay demleyecektim ki, taksicinin ne adını ne de nerede çalıştığını bildiğimi fark ettim. Evet, yıllar sonra yarama iyi gelecek bir dert ortağı bulmuş, şaşkınlığım yüzünden de o gece kaybetmiştim onu...

2 Hafta Sonra

Sabah erkenden uyanmış kahvaltı masamı hazırlıyor, diğer yandan telefondan sevdiğim müziği açıp huzurun keyfini çıkarıyordum. Evet, az da olsa iyileşmiş, kendime gelmiştim. Okuluma, öğretmenlerime, hatta Ömer'e bile alışmıştım.

Burak aklıma gelmesin diye elimden gelen her şeyi yapıyordum. Hele ki o son yaptığı hâlâ canımı yakıyordu. Düşünceler arasında gezinirken kahvaltı masasına geçip çayımı yudumlamaya başladım. Sonra müzik bir anda kesildi ve telefon çalmaya başladı.

Elimdeki bardağı masaya bırakırken, arayan kişinin Burak olduğunu gördüm. Sabah sabah araması beni şaşırtsa da hiç bozuntuya vermeden resmi şekilde açtım telefonu. "Efendim Burak?" Sesim kendinden emin çıkıyordu.

"Oo Duru Hanım, gittin İstanbul'a unuttun bizi."

Kaşlarım çatılmıştı, ne demekti bu şimdi? Burak bir insanın ne kadar yüzsüz olabileceğinin yaşayan bir kanıtıydı.

"Unutmadım, sadece sevgilin arama dedi ve ben de aramıyorum."

Rahat sesi yerini meraka bıraktı. "Bir dakika, bir dakika ne sevgilisi? Ne araması?"

İnanmıyorum ya, haberi bile yokmuş!

"Bilemiyorum, sevgilimi arama dedi birisi. Muhtemelen kırıklarından birisidir. Neyse Burak, bunun çok önemi yok. İyi ki aradı da gözümdeki perde kalktı sayesinde."

Burak daha da meraklanırken sesi ilk kez bu kadar sinirli çıkıyordu.

"Bak Burak, sen hep umursamazdın. Bir dünyan var ve o dünya senin etrafında dönüyor sadece. Bu yüzden görmedin bile beni. Ya da başka kızlardan ve egondan sıra gelmedi bana."

"Duru ne oluyor ya? Günaydın demek için aradım, duyduklarım şu an şaşırttı beni. Arkadaşlıktan öte bir duyguya bürünmüşsün ve bunu bana söylemedin, burada benim suçum ne?" Sesinde sitem vardı.

Madem giriş yaptım, devamını getirecektim. Masadan kalkıp cam kenarına geçtim.

"Bak Burak, açık açık söylemedim ama hep sevdim seni, sadece sen fark etmedin. O kadar umursamazdın ki cesaret edemedim. Ancak şunu inkâr etme; az da olsa hissettin sevdiğimi, senin için birçok kez ağladığımı biliyordun, hatta buraya bile senin aşkından kurtulmak, senden uzak durmak için geldiğimi bilecek kadar zekisin. Ya benim senden başka kimsem olmadı. Senin gözlerine bakarken içindeki mutluluğu sokaktaki çiçek satan teyzeler bile anladı." Gözlerimden yanaklarıma hızla boşalan yaşlar vardı. Gözyaşlarım canımı yakıyor, tuz parçaları yüreğimdeki yaralara değiyordu.

"Duru ne diyeceğimi bilmiyorum, çok ani oldu bu. Evet, farkındaydım ama üzgünüm ben sana hiçbir zaman umut vermek istemedim."

Ne dese haklıydı. Âşıktım ve vazgeçmem gerekiyordu. Vazgeçmeye karar vermiştim.

"Görüşürüz," deyip cevap bile beklemeden kapattım telefonu. Tekrar aradı ama açmadım. Telefonu sessize alarak soğumuş çayımdan bir yudum aldım.

Gözleri sana kör birisine körkütük âşık olmak, hayatın en kötü engeliydi.

İçimi döktüğüm adam ortalığı dağıtıp gitmişti. Yüreğim bir enkaz yerinden farksızdı. Şimdi zor günler beni bekliyordu. Onu asla aramayacak ve yeni hayatıma mutluluk katacak insanları sokacaktım.

Hani insanlar kendisini iyi tanır ya, işte ben de kendimi tanıyordum; ben iyi bir insandım. Sokaktaki kedinin bile haline ağlayacak kadar insandım. Ve biliyordum ki Burak yanlış insandı. Mutlaka kalbime layık birisi bulacaktı beni.

Düşüncelerimi bir kenara atıp, çizdiğim ve yarım bıraktığım tasarıma devam etmek için çalışma odama geçtim.

Tam her şeyi tamamlamıştım ki gözlerimden akan yaşlar kâğıdın üzerine düştü ve iki günlük çalışmamı mahvetti. Sinirlerim hepten bozuldu. Elimdeki kalemle üzerini karalayıp kalemi bir kenara attım.

Odada sadece hızla alıp verdiğim nefes sesim vardı. Zil sesini duyunca ağır ağır kapıya yöneldim. Karışımdaki elbette Ömer'di. Beni böyle görünce çok fazla telaşlanmıştı. Elindeki çantasını yere bırakıp bana sarıldı. Bir anda böyle yapınca ne tepki vereceğimi bilemedim. Yüzümü iki elinin arasına alıp akan gözyaşlarımı sildi. O böyle yapınca ben daha fazla ağlıyordum. İçeri geçtik. Çalışma masamdaki üstü karalanmış çizimi görünce üzüldü. Yanıma oturdu.

"Bak Duru, bir şeyler yolunda gitmiyor farkındayım ama her ne olursa olsun ben hep yanındayım."

Parmağıyla gözyaşlarımı silerken gözleri dudaklarımdaydı.

Elleriyle saçımı geriye atarken bana yaklaşacağını hissettim ve ondan uzaklaşınca rahatsız olduğumu anladı. Mutfağa gidip bana su getirdi. Teşekkür eder gibi başımı salladım. Tekrar mutfağa gitti ve uzun bir süre gelmedi. Ben ağlamayı bırakmış kendime gelmiştim, mutfak kapısından geçtiğimde istemsizce gülmeye başladım. Ömer önlük takmış, ıslık çakarak mutfağı temizliyordu.

Beni görünce gülümseyip, yaptığı menemeni elindeki bulaşık süngeriyle gösterdi.

"Gördüm ki kahvaltını yapmamışsın, ben de hemen bir şeyler hazırlamak istedim."

Ellerimi göğsümde bağlamış başımı kapıya yaslayıp onu izliyordum.

Bu adam da ne gizli bilmiyorum ama bana iyi geliyordu.

Kahvaltı masasını hazırladı, birlikte kahvaltı yapmaya başladık.

"Ee küçük hanım, anlat bakalım neyin vardı?"

Yalvarır gibi baktım gözlerine. "Lütfen sorma."

"Olmaz, o kadar menemen yaptım, karnını doyurdum. Hadi anlat."

"Israr etme Ömer." Bu sefer sesim daha da ciddi çıktı.

"Peki," deyip başını öne eğdi ve kahvaltısını yapmaya devam etti. Kahvaltı bittikten sonra bulaşıkları birlikte yıkadık. Odaya geçtik. Bana yardımcı olmak istemişti sadece ve onu kırmıştım. Yanına gidip gönlünü almaya karar verdim.

"Bak Ömer, amacım asla seni kırmak değildi. Sadece duygularını çok belli eden birisi değilim."

Başını hafifçe kaldırıp gülümsedi ve bana yaklaştı. Nefesini hissediyordum. Yavaşça başını bana doğru eğip dudağımın kenarına bir buse kondurunca, refleks olarak onu ittim.

"Ne yaptığını zannediyorsun sen ya? Ne bu rahatlık! Çık odamdan!" diyerek parmağımla kapıyı gösterdim.

Hem üzülmüş hem kırılmıştı. Sessizce yerde duran çantasından ödev için hazırlamış olduğu çizimi aldı ve masaya bırakıp odanın kapısını kapatmadan çıktı dışarı.

Yatağın tam ortasına oturmuş, düşünceler arasında gidip geliyordum. Nasıl yapıyordum bunu bilmiyorum, ama her zaman haklıyken haksız duruma düşürüyordum kendimi. Kafamı kaldırınca gözlerim Ömer'in masada bıraktığı çizime takıldı. Masaya doğru yönelip çizimi elime aldım. Gerçekten büyüleyiciydi. Kırmızı, ayaklara kadar uzanan tüller ve önünde cesurca bir yırtmaç vardı. Bu dersten bu kadar başarılı olup da nasıl kalmıştı, hiç anlamış değilim. Bunu kendi çalışmam diye hayatta veremezdim. Ki versem de inanmazlardı zaten. Sınıftaki insanların da hakkını yiyemezdim.

Elimdeki kâğıdı çantama yerleştirip dolaptan siyah bir gömlek ve buz mavisi pantolonumu çıkardım. Saçlarımı doğal seviyordum, fazla işleme ihtiyacı yoktu. Dudağıma kırmızı bir ruj sürüp daha da belirginleştirdim ve gözlerime de rimel kullanıp makyajımı bitirdim.

Merdivenlerden aşağı inip kapıya yönelince bir taksi gördüm. Koşarak indim merdivenleri, günler sonra adını bile bilmediğim o insanı görmenin sevinci vardı bedenimde. Taksi şoförünün beklediğim kişi olmadığını görünce, kimseye bir şey belli etmeden nefes nefese durağın yolunu tuttum.

Okula geldiğimde herkesin kendi halinde olduğunu gördüm. Kimileri yeşilliğe uzanmış, kimileri bir şeyler tartışıyor, kimileriyse kahkahanın doruğunda olacak ki artık gülmekten yorulmuş olan karnını tutuyorlardı. Sebepsiz gülümsedim. Sahi, ben en son ne zaman kahkahalar atmıştım? En son ne zaman çok güldüm diye karnımı tutmuştum? Okulun büyük kapısından sınıfa doğru yol aldım. Dersin başlamasına 5 dakikadan az bir süre vardı ve Ömer yoktu sınıfta. Hemen Ezgi'nin yanına gittim, telefonla konuşması bitince sarıldı bana.

"Nasılsın buz küpüm?"

"Ya aşk olsun neden öyle diyorsun?"

Eliyle sınıfı göstererek, "Şu koca sınıfta benden başka konuştuğun kimse yok, he bir de Ömer var," dedi.

"Evet, ama dünya da milyonlarca insan var ve herkes farklı özelliklere sahip. Ben de buyum, bunu defalarca konuştuk. Neden beni böyle kabul etmek yerine değiştirmek istiyorsun?" diyerek sitem ettim. Suratımı asıp yerime oturunca Ezgi hemen önümdeki sıraya geçti ve tuhaf tuhaf hareketler yaptı. Kendimi zor tuttum ama en sonunda dayanamayıp güldüm.

"Ya kocaman kızsın yaptığın hareketlere bak," diyerek parmağımla yüzünü işaret ettim.

Ezgi inci gibi dişleriyle gülümseyerek, "Yapacak bir şey yok, beni böyle kabul edeceksin. Ben içimde bir çocukla yaşıyorum."

Gülümseyerek, "Peki küçük hanım," dedim. Aklıma Ömer gelince yüzümde ciddi bir tavırla Ezgi'ye, "Ömer nerde?" diye sordum.

"Bilmem, bugün proje ödevini getirmesi lazımdı. Gelir, merak etme," dedi rahat bir tavırla.

"Anladım canım."

"Sen neden arayıp sormuyorsun?"

"Numarası yok bende."

"Ne demek numarası yok?" dedi gözlerini büyüterek.

"Ya hemen büyütme gözlerini, yok işte," diyerek başımı öne eğdim. "Yok, çünkü sildim."

"Aman siz benden de delisiniz," dedi.

Sınıfın gürültüsü ve bizim sohbetimiz bir anda hocanın içeri girmesiyle kesildi.

Ezgi yerine geçip, "Ara olunca konuşacağız bu konuyu," dedi.

"Tamam."

Az sonra bütün projeler toplanmaya başlandı. Hoca, Ezgi'ye bakarak, "Ömer yine mi yok Ezgi?" diye sordu.

"Evet hocam."

"Bu gidişle bu sene de devamsızlıktan kalacak, üstelik proje ödevini teslim etmesi gerekiyordu."

Sınıftan birisi meraklı bir şekilde konuya atladı. "Hocam pardon ama, biz ilkokul muyuz? Yoklama, proje falan nedir derdiniz?"

Hoca gözleriyle konuşan öğrenciyi arayıp buldu ve hafifçe başını kaldırarak konuşmaya başladı. "Yavrum biz mi yazdırdık seni bu okula, hepiniz yetenek sınavıyla kendiniz geldiniz. Ve birçoğunuz seçilmiş insanlarsınız. Elbette proje yapıp derse gireceksiniz. Asıl maraton şimdi başlıyor."

Sonradan isminin Berk olduğunu öğrendiğim bu kişi, yüzünde alaycı bir gülümsemeyle küpesiyle oynuyordu. Aslında verecek çok cevabı vardı ama o susup gülümsemeyi tercih etmişti. Hep sevmişimdir böyle insanları.

Hoca projeleri masaya isteyince çantamdan Ömer'in çizimini çıkarıp onun adını ve soyadını yazıp masasına götürdüm.

"Hocam bu Ömer arkadaşımızın, kendisi bir dahaki derse girecek."

"Peki senin projen nerede?" dedi elindeki çizimi diğer çizimlerin üzerine bırakarak.

"Hocam bir talihsizlik yaşadım. Üzerine su döküldü."

Hoca burnundan nefesini vererek, "Buyur bakalım, ilkokul değil burası. Neyse geç yerine, bir daha olmasın kızım. Önümüzdeki derse mutlaka istiyorum," dedi.

"Çok teşekkür ederim," diyerek geçtim yerime.

Ezgi çizimini bitirmemişti, tam verecekti ki durdurdum onu. Kâğıdı elime aldım, basit birkaç renklendirmeyle tamamlanmış olmasa bile anı kurtardı. Ezgi'nin çizimi onun ruhunu anlatıyor gibiydi. Deli dolu çılgınca bir elbise çizmişti.

Çizimi verip yanıma gelince kulağıma eğildi. "Ömer'in çizimi neden sende ve senin çizimin neden yok?"

"Boş versek?"

"Gebertirim seni," diyerek gülümsedi. Oldukça meraklı arkadaşım her şeyi anlatmadan beni rahat bırakmayacaktı.

"Tamam, ders bitiminde konuşuruz."

"Peki," diyerek dudaklarını büzdü.

Hoca projeleri toplayıp erkenden çıkmıştı. Biz de bahçede boş bir masaya oturmuş çay içiyorduk.

"Ee anlat hadi her şeyi."

"Sabah bir haber aldım. Moralim bozulmuştu, kahvaltımı yarım bırakıp kafam dağılsın diye çizim yapmak istedim. Ama gözlerimden yaşlar boşalmış ve çizim ıslanmıştı. Ben de sinirlenip karaladım."

"Ya kıyamam, ne oldu neden moralin bozuldu?"

Burak'ı ilk kez birisine anlatmak üzereydim ve anlatacaktım da. İçimde kalması anlamsızdı. İçimde kaldıkça yara oluyor, gecelerimi ve bedenimi esir alıyordu.

"Ben birisine âşıktım, ama inan çok iyi birisiydi. Sevgimden habersizdi. Ona açılamadım ve uzak durmak için buraya geldim."

"Peki ne zamandır tanıyordun?"

"Liseden beri, ama son birkaç yıldır ve özellikle bu yıl duygularım çok yoğunlaştı."

"Ee neden açılmadın?"

"Çok umursamaz Ezgi ve çevresinde çok kız vardı. Yani sürekli sevgilisi vardı, farklı kişiler ya da günü birlik de olsa vardı işte. Olmazdı yani, olmadı da zaten."

Başladım anlatmaya, anlattıkça ağlıyor ve ağladıkça rahatlıyordum.

Ezgi ellerimi tutarak gözlerime baktı "Bak güzelim, ben senden yaşça büyüğüm ve çok şey yaşadım. Asla kendini üzme, anladığım kadarıyla seninki aşk değil, sadece ulaşamadığın için istiyorsun. İnsanoğlu böyledir ulaşamadığı ne varsa onu ister."

"Âşık olmadığımı nereden biliyorsun?"

"Çünkü âşık olsan kaçmazdın, canın yansa da için acısa da dibinde dururdun, ama onsuz duramazdın. Yapma bunu kendine, yapma. O ne kadar yakışıklıysa, sen de o kadar güzelsin. Bak demedi deme, o sana geri dönecek. Şuna da inanıyorum; İstanbul sana onu unutturacak, yoğun bir bölümün var, amacın ve hayallerin var. Seni gittiğim gitar kursuna da götürürüm kafan dağılır. Kız sen benimle takıl, ne acın kalır ne dert," diyerek itti beni. Birlikte güldük.

"Ben gitar çalmayı biliyorum," dedim.

Hayranlıkla gözlerini açtı. "Vayy bizim sarı civcivin de 10 parmağında on marifet, e başka bir şey çalıyor musun?"

"Keman ve biraz da yan flüt."

"Piyano da de bari de şuracıkta bayılayım."

"Bir de o var. Ya ben içime kapanık birisi olduğumdan ailem beni hep sanata yöneltti. Hani en azından bir şeylerle uğraşmak belki beni değiştirir diye, ama olmadı. Lise de bile bir arkadaşım oldu sadece, o da trafik kazası geçirince hepten yalnız kaldım. Kendime gelemedim, bu nedenle üniversiteye gelmek istemedim."

Hüzünlü gözlerini bana dikerek, "E Burak'la ne zaman tanıştın?" diye sordu.

"Burcu tanıştırmıştı. Cenazeden sonra birbirimize destek olduk. Ben de o anlık boşlukla âşık olmuştum."

"Tatlım lütfen şuna aşk deme, aşk daha senin kapını çalmadı bile. O senin için sadece alışkanlık. Ya değer mi üzülmeye? 5 sene sonra aklına bile gelmeyecek bir insan için kendini üzüyorsun ve o seni görmeyecek kadar körse boş ver gitsin. Belki bundan sonra daha güzel bir kapı açılacak, bunu bilemezsin ki."

"Haklısın."

Evet, gerçekten haklıydı; ben Burak'ta imkânsızlığı seviyordum. Ama bunun sonu yoktu, o beni sevmeyecekti. Doğru diyordu Ezgi, en güzel dönemimi üzülerek geçirmek istemiyordum. En iyisi yeni bir sayfa açmak. Bugünden sonra anmayacaktım adını.

"Ee Ömer mevzusuna gelelim kuzum."

"Sabah bana geldi."

Kem küm ediyor, beni öptüğünü itiraf edemiyordum. Ezgi hiç durur mu sıkıştırdı beni ve ben de olan biten her şeyi, hatta onu ittiğimi bile anlattım.

Ezgi gülmeye başladı.

"Ne oldu?" dedim merakla.

"Kuzum çocuk sana bir adım atmış, sen ona resmen uçan tekme atmışsın."

Başladık birlikte gülmeye ama kafamı kaldırınca gözlerim bize doğru gelen Ömer'e takıldı. Ezgi baktığım yöne dönüp bana bakıp pis pis güldü. Ayağa kalkıp Ömer'e sarıldı. "Oo kankam nerelerdesin ya? Ödevini Duru'ya vermişsin, hayırdır ergenlik triplerine mi girdin?"

Ömer merakla bana bakınca başımı öne eğdim. Birkaç dakika sonra Ömer Ezgi'yi göndermiş ve baş başa kalmamızı sağlamıştı.

"Duru bana bakar mısın?"

Başım hâlâ önümdeydi. Sebebini bilmiyordum ama utanıyordum. Ben bakmayınca konuşmaya devam etti.

"Bugünkü davranışım için çok özür dilerim, amacım seni üzmek değildi ama nedense bir şey beni sana itti," diyerek eliyle çenemi tuttu ve gözlerini gözlerime kilitledi. "Ayrıca çizimi ben sana bırakmıştım."

"Olmaz öyle, onu kabul edemezdim. Zaten dersten kalmışsın."

"Hadi sınıfa gidelim," diyerek yürümeye başladık. Sınıftan içeri girerken eli omzuma tam değmişti ki hemen geri çekip özür diledi.

Birlikte gülümseyerek sınıfa girdik.

5 Saat Sonra

Yorucu bir günün ardından eve gelmiş, yemek yemiştim. Rastgele kanallar arasında gezinirken sebepsiz bir gülümseme almıştı yüzümü. Ezgi'yle konuşmak rahatlatmıştı beni. Sanki yüreğimde ölü bir kuş vardı da cenazesini kaldırmıştım.

İlk kez bir erkek bana bu kadar ilgi gösteriyordu. Ya da soğuk olduğumdan kimse cesaret edememişti.

Telefonuma mesaj geldi, çok önemsemedim. Daha doğrusu, diğer odaya gidip almaya üşendim.

Gündüz olduğundan televizyonda hiçbir şey yoktu. Çay koyup balkona geçtim.

Ama telefonum beni rahat bırakmıyordu, çünkü bildirim üstüne bildirim geliyordu. En sonunda gidip aldım. Sosyal medyadan bildirimler ve Burak'tan da bir mesaj vardı.

Sadece, "*DURU...*" yazmıştı. Tuş kilidini kapatıp bıraktım telefonu.

Canım yansa da uzak duracaktım. Evet Burak sadece yara olarak kalacaktı bende. Ve o yara kapansın diye geldim ben buraya, kanatmaya niyetim yoktu.

5 Saat Sonra

Aksam yemeğini yemiş, bulaşıkları yıkayıp balkona geçmiştim.

Hava kararmış, sokak hareketlenmişti. Gözüm bir çifte takıldı. Seslerini duymasam da hareketlerinden kavga ettiklerini anlayabiliyordum. Muhtemelen çocuk kız arkadaşının kalbini kırmıştı ve sürekli kızı kolundan tutarak bir şeyler açıklıyordu. Ama pek başarılı olamıyordu. En sonunda kız eliyle yolu göstererek gitmesini istedi ve kaldırıma oturdu. Kız arkadaşına baka baka gitti çocuk. Ellerini saçlarının arasından geçirerek öylece oturdu kaldırımda.

Üşüdüğümü hissedince ellerimle kollarımı sarıp içeri geçtim. Bir hırka alıp, balkona geri dönünce kızın olduğu yerde hâlâ oturduğunu gördüm. Çok geçmeden kızın sevgilisi elinde kocaman bir ayıcıkla geri geldi ve kızın yanına oturdu.

Kız, çocuğun bir süre yüzüne baktıktan sonra kahkahalar atarak sevgilisine sarıldı ve neşeyle yürümek için yerlerinden kalktılar.

Onlara bakınca sebepsiz gülümsedim.

Hani kızları anlamak zor diyorlar ya, külliyen yalan!

Biz kızları anlamak için bir erkeğin kalp taşıması yetiyor.

Bir ayıcık, bir çikolata, bazen de bir çiçekle gönül alınabiliyor.

Telefonum çalınca kendime geldim ve gözlerimi barışmış olan çiftten alıp ekrana baktım.

Arayan Ezgi'ydi. "Efendim?" deyip içeri geçtim.

"Ne yapıyorsun tatlım?"

"Balkona geçmiştim, şimdi de çay içmek için mutfağa geldim."

"O afiyet olsun, hiç beni çağırma zaten."

Aslında sitem etmekte haklıydı, çünkü onu eve hiç davet etmemiştim.

"Aşk olsun canım benim, telaşımı sen de biliyorsun. Buralarda mısın şimdi gelir misin?"

Neşeli bir ses tonuyla, "Kapıyı aç," dedi.

Koşarak kapıya yöneldim. Elimde telefonla karışımda Ezgi ve Ömer'i buldum.

Hemen Ezgi'ye sarıldım, Ömer'e dönüp, "Hoş geldiniz," dedim.

Ezgi ellerindeki poşetleri göstererek, "Bunları nereye bırakalım?" dedi.

Boş gelmemek için bir şeyler almışlardı.

Çaylarımızı koyup masayı donatmıştık, Ömer de bize yardım ediyor ve Ezgi'ye takılıyordu.

Ömer elindeki çatalla Ezgi'yi göstererek, "Bir ara bunun bir sevgilisi vardı," dedi.

Ezgi araya girip, "Yaa Ömer sus, anlatma, aşk olsun ya!" dedi.

"Ya olsun dur bir anlatayım," deyip tekrar bana döndü Ömer.

"Çocuk buna ben çok zenginim deyip almış arabaya, götürmüş eski yıkık dökük bir eve!" Ara ara Ezgi'ye bakıp gülüşüyorlardı, enerjileri o kadar yüksekti ben de gülümseyerek onlara bakıyordum.

"Çocuk buna evim bu, 5 kardeşim var demiş. Ezgi tabii gitmek istiyor ama nafile, çocuk kapıları kapatmış. Ama Ezgi çirkeflik yapınca çocuğun annesi bundan bana gelin olmaz deyip gizli gizli çıkarıyor evden. Bizim bu şaşkın gece yolda kalıyor, bir adam musallat olunca da o sinirle adamın cinsel bölgesine tekme atıp kaçıyor. Sokaktan geçen polis bunun kaçtığını görünce de arabaya alıyor."

Ezgi devamı gelmesin diye araya girdi. "Ya of, yeter neyse aldılar beni hiç dinlemeden doğru merkeze götürdüler. Durumu anlatınca serbest bıraktılar, ama o saatte eve gidemeyeceğim için sabaha kadar orada uyudum."

Ömer'e dönünce bana hayran hayran baktığını gördüm, sanki konuşan benmişim gibi Ezgi'yi değil de beni izliyordu.

Masaya oturmuş sohbet ediyorduk, Ömer lavabonun yerini sorup gitti.

Ezgi'yle gülüşürken çalan telefonum için diğer odanın yolunu tuttum. Kulağım Ömer'in telefon konuşmasına takıldı. "Canım idare et işte, arkadaşlarımla ders çalışacağım."

Dinlemek ayıp olur diye karar verip, ısrarla çalan telefonuma doğru koştum.

Arayan Burak'tı. "Efendim?"

"Nasılsın Duru?"

"İyiyim sen?" Sesim çok soğuktu.

"Duru kırgın mısın hâlâ bana?"

"Burak ne kırgın ne de dargınım, Allah yolunu açık etsin."

"Ne oluyor ya, sevgin bu kadar basit miydi senin?"

"Burak senin benim sevgimi ölçmeye hakkın yok."

Arkadan bir kız sesi gelince, "İyi akşamlar Burak, artık arama beni," deyip kapattım telefonu. İyicene sinirlenmiştim. Başka bir kızın yanında kalkmış beni arıyor, bir de benim sevgimi sorguluyordu. Arkamı dönünce Ömer'in bana baktığını gördüm. Beni dinlemişti ama hiç çaktırmadan gülümsedi bana. "Ee misafirim ben, hani çaylar?"

Birlikte mutfağa girince Ezgi bize manalı manalı bakıp güldü.

Saat ilerledikçe gidecekler diye bekledim ama gitmediler. Ömer'i evde misafir edemezdim ama kovamazdım da. Odanın kapısını kilitleriz diye düşündüm.

Sohbet muhabbet derken saat gece ikiye geliyordu. Ezgi erkek arkadaşını aramak için balkona geçti. Sessizliğin hâkim olduğu odayı Ömer'in, "Erkek arkadaşın mıydı?" demesi bir jilet gibi kesti.

Yüzüne bakmadan, "Hayır," dedim.

"Duru bir yüzüme bakar mısın?"

Efendim dercesine baktım gözlerine. "Canını mı yakıyor o kişi? Seni insanlardan soyutlayan o mu?"

Elimle saçlarımı kulağımın arkasına atıp, "Hayır Ömer, sevgilim falan değildi o. Sadece bir zamanlar bağımlı olduğum ve adına aşk dediğim birisiydi," deyip önüme baktım.

Ezgi kapının önünde dikilmiş esniyordu. "Uyuyalım artık," deyip başını masum bir çocuk gibi yana eğdi.

Ömer'e ayrı oda hazırladım, Ezgi'yle de yan yana uyuduk.

1 Saat Sonra

Ezgi kendisini çoktan uykunun kollarına bırakmıştı. Ben de onu rahatsız etmek istemiyordum, ama uykum gelmediğinden bir sağa bir sola dönüyordum.

Su içmek için mutfağa gittim. Elimi tezgâhın üstüne koyup dalmıştım. Işığı kapattım, arkamı dönünce Ömer'le çarpıştım. Korkudan çığlık atınca, Ömer elleriyle kollarımı tutup sakin olmamı söyledi.

Çocukluğumdan bu yana ilk kez bu kadar çok korkmuştum geceden. Nefesim hızlanmıştı. Mutfağın ortasında karanlıkta Ömer'le dip dibeydik. Nefesini hissediyordum. Eliyle saçlarımı arkama atıp yüzünü biraz daha yaklaştırdı bana. Ve kulağıma, "Kalbindeki yaralara şifa olmaya, yüreğindeki acıları durdurmaya geldim," dedi.

Kalbim hiç bu kadar hızlı atmamıştı. İlk kez bir erkekle bu kadar yakındım. "Sen istesen de istemesen de senin dünyana geldim. Beni senden mahrum etme Duru," deyip dudaklarımı öptü. Bu sefer karşılık olarak itmemiştim. Elini yavaşça yüzünden çekerek bir bardak su doldurdu bana. Teşekkür edip yatağıma geçtim.

Kendi kendime gülüyor, dudaklarını kalbimde hissediyordum.

En sonunda kendimi uykuya bıraktım. Bir anda gözlerimi açtım Ömer karşımda gülümseyerek beni izliyordu.

"Ne yapıyorsun, çabuk çık odadan!" dememe rağmen beni dinlemedi, üzerindeki battaniyeyi kaldırıp beni yataktan çıkardı. Elimi sıkıca tutup beni balkona götürdü. Arkamdan belime sarılıp boynumu kokluyordu. O kadar sıkı sarıldı ki sanki yıllardır hayatımdaymış gibiydi. Kollarından çıkıp yüzümü yüzüne döndüm. Başımı göğsüne koyup yan taraftaki balkona baktım.

Balkonda küçük bir bebek dikkatimi çekince Ömer'in kollarından sıyrıldım. Biraz eğilip bebeğe baktım, arkamı dönünce Ömer'in arkamda olmadığını fark ettim. Balkonun bir köşesine sıkışmış derin derin nefes alırken, bebeğin ve Ömer'in aşağıda olduğunu gördüm. Koşarak merdivenlerden aşağı inmeye başladım ve bir basamağı atladığım için düştüm.

Arkamdan, "Duru Duru, kendine gel!" dendiğini duydum. Gözlerimi açtığımda, her şeyin rüya olduğunu fark ettim. Ama uyku sersemi de olsam rüyanın fazlasıyla etkisindeydim.

Saat dokuzu geçiyordu, Ezgi'yi uyandırdım. Ömer'in kapısına gelip birkaç kez tıklayıp çıkmasını bekledim ama ses gelmeyince yüzümü ellerimle gizleyip kapıyı açtım. Elimi yavaş yavaş yüzümden çekince, odanın bomboş olduğunu gördüm. Evet, Ömer yine sessizliğe adım atmış gitmişti.

Ezgi'yle yavaştan hazırlandık. Üzerime beyaz bir gömlek, siyah deri ceket ve kot giyip saçlarımı tepeden toplamıştım. Dışarıda kahvaltı yapmaya karar verdik. Merdivenlerden ağır ağır indik. Dün çok geç uyuduğumuz için konuşacak halimiz yoktu. Biraz yürüdükten sonra nihayet durağa gelmiştik. Ama sabah saati olduğu için otobüsler hep doluydu. Ezgi bana dönerek, "Tatlım ben çok yoruldum, sana bahsetmedim ama benim erkek arkadaşım buraya çok yakın oturuyor. Onu çağıracağım gelsin alsın bizi," dedi.

Hem yorgun hem de uykusuz olduğumdan, kabul etmekten başka çarem yok gibiydi. Sadece gülümseyerek, "Olur," dedim.

Biraz bekledikten sonra önümüzde simsiyah camlarıyla beyaz bir araba durdu. Camını yavaş yavaş indirince karşımdaki Ömer'den başkası değildi.

"Hadi kızlar gidiyoruz," derken gözleri sadece bendeydi. Kafamda sürekli soru işaretleri bıraktığından çok kızmıştım ona. Ezgi ellerini beline koyarak, "Ama olmadı bu şimdi, ben erkek arkadaşımı aramıştım, o gelip alacaktı bizi."

Ezgi ve Ömer bana baktı. Evet, ikisinden birisini seçmem gerekiyordu. Biraz kem küm ettikten sonra, Ömer arabadan indi ve yanıma geçti. "Ezgi o zaman sen erkek arkadaşını bekle, ben Duru'yu kaçırıyorum senden," dedi. Arabanın ön kapısını açıp sol elini uzatarak, "Buyurun Duru Hanım," deyip kısılmış gözleriyle bana gülümsedi.

Ezgi o kadar anlayışlı bir insandı ki hiç trip atmadı. Arabaya bindiğimde el sallayıp yolcu etti bizi.

Arabanın hızla hareket etmesiyle geriye savruldum. Derhal emniyet kemerimi taktım. Daha fazla dayanamadığım için sola dönüp, "Ömer çok hızlı gidiyorsun, yavaşla lütfen!" dedim. Gözleri yolda olan Ömer yavaşladıktan sonra özür diledi.

"Korktun mu?" dedi bana.

Dönüp elimle yolu gösterip, "Önüne bak, kaza yapacaksın," dedim.

Ama beni dinlemiyor, hâlâ bir şeyler mırıldanıyordu. Bana bakınca arabanın önüne fırlayan kediyi görmedi ve ben var gücümle direksiyona atılıp sağa kırdım. Kedi ezilmekten kurtuldu. Ömer neye uğradığını şaşırdı ve arabayı durdurdu. Hızla kapıyı açıp yavru kedinin yanına gittim. Eğilip kucağıma alınca kalbinin hızlı atışını hissettim. Bembeyaz uzun tüyleri ve açık mavi gözleri vardı. O kadar şirindi ki sevmeye doyamadım.

Arabadan hızla indiğim için Ömer de paniklemiş ve yanıma gelmişti. Benim aksime o pek kedi sevmemiş gibi duruyordu. "Duru korkuttun beni, ben araçtayım bekliyorum."

Açıkçası korkmuş olmasını hiç umursamadım. Bana tavır almaya da hakkı yoktu. Kediyi yolun kenarına bırakıp, arabaya doğru yönelirken kedinin cılız miyavlamasını duydum. Arkamı dönünce ayaklarımın yanında olduğunu gördüm. Kucağıma alıp arabaya geçince Ömer'in gözleri açıldı. "Niye aldın onu yanına?"

"Ne bu tavır? Alt tarafı bir kedi peşimden geldi. Ben de yanıma aldım okulun bahçesinde oynar."

"Duru ondan değil," diyen Ömer hapşırmaya başladı. "Benim alerjim var," derken bir kez daha hapşırdı. Camı açıp yola devam etti. Neden kedileri sevmediğini şimdi anlıyordum.

Biraz daha ilerledikten sonra ağaçlık bir yere girdik. Açıkçası biraz korkmaya başlamıştım. Çok geçmeden manzarası İstanbul olan bir yere çıkmıştık. Evet, burası o gece taksiciyle geldiğim yerdi.

Yol boyunca ikimiz de konuşmamıştık. Duygularımızı daha sakin bir zamana saklamış, sessizliğe teslim olmuştuk. Geldiğimiz yer piknik alanı olduğundan masalar vardı. Ömer bana dönerek, "Sen hiç bir şeye dokunma, ben her şeyi hazırlamak istiyorum," deyip arabanın arkasına yöneldi ve almış olduğu malzemeleri masaya koymaya başladı.

O masayı düzenlerken ben de ellerimi göğsümde bağlamış, öylece boşluğa bakıyordum. Bu kez ne Burak'ı ne okulu ne de ailemi düşünüyordum. Bu kez sadece boşluğa bakıp hiçbir şey düşünmek istemiyordum. Ömer'in eli sağ omzuma değdiğinde irkildim.

"Pardon, yine mi korkuttum?"

İstemsizce geri çekilip, "Önemli değil," deyip gülümsedim.

Arkamı dönüp masaya baktım, neredeyse yok yoktu. Hızlı adımlarla ilerleyip arkamı döndüm, "Hadi gel, çok açım ben," dedim. Ortamı yumuşatmayı başarmış, Ömer'in yüzünde bir gülümsemeye sebep olmuştum. Kedi için salam ve sucukları doğrayıp, biraz uzakta bir tabak hazırlamıştı.

"Meyve suyun neyli olsun?" derken elinde vişne suyu vardı Ömer'in.

"Şeftali," dedim gülümseyerek ve uzanıp kendim aldım.

Meyve suyunu bardağa boşaltırken Ömer'in erkenden neden gittiğini anlamıştım. Muhtemelen araba onundu ve gösteriş yapmamak için okula arabayla sık gelmiyordu.

Dün gece dudaklarıma busesini bıraktığını hatırlayınca hem sebepsiz güldüm hem de kalp atışım hızlandı. Kafamı kaldırınca Ömer'in beni izlediğini fark ettim. Yakalandığımdan ellerimle ağzımı kapattım ama gözlerim o kadar içten gülüyordu ki gizlemek istesem de başaramadım.

Başını yana eğip gözlerini kısarak baktı. Gözlerime ve masaya biraz daha yaklaşıp, "Dünü düşünüyorsun değil mi?" dedi.

Kalbimi yerinden çıkarıp atmak istiyordum. Hem heyecanlıydım hem de hiç bilmediğim bir adamla bilmediğim bir yerdeydim. Cevap vermemeyi tercih edince o da çok fazla ısrar etmedi ve ekmeğinden bir lokma aldı. O kadar çok utanıyordum ki yüzümün ateş gibi yandığını hissedebiliyordum. Elini yanağıma getirip geri çekti.

"Sakin ol Duru, korkma benden. Benim amacım sadece kalbindeki yaralara iyi gelmek. Lütfen bu yüzden utanma."

Çok zeki olduğundan mı yoksa benim duygularımı hızla belli etmemden mi bilmiyorum, ama aklımdan geçenleri okuyordu.

"Ömer gece uyuyunca çok kötü bir rüya gördüm," derken gözlerimdeki korku Ömer'in gözlerine endişe olmuştu. Cevap vermeden, devam et dercesine kafasını salladı. Ben rüyayı anlatınca çok etkilendi. Açıkçası bu kadar etkilenmesini beklemiyordum. "Neyse rüya işte," deyip kahvaltısına devam etti.

Ömer ve Ezgi, bana Burak'a karşı büyüttüğüm o acının aşk değil de sadece takıntı olduğunu öğretmişlerdi.

Kahvaltımızı yaptıktan sonra birlikte topladık. Ezgi bizi aramış ve dersin olmadığını haber vermişti.

Ömer şeker görmüş çocuk sevinciyle bana baktı. "Bugün bütün gün benimsin sarı papatya"

Sanırım bugünden sonra bana 'sarı papatya' diyecekti. Nedense içimden bir ses uzak durmam gerektiğini söylüyordu. **Belki Ömer de bir hevese karışıp gidecekti bu siyaha boyanmış ömrümden.**

<u>**2 Saat Sonra**</u>

Ömer'le birlikte eve gelmiş, kedi için mama almıştık. Kedi kucağımda olduğu için kapıyı Ömer açtı. Girmem için öncelik tanıyınca, "Teşekkür ederim," deyip içeri girdim. Sabah erkenden çıktığımız için ve camları da açmadığımızdan ev biraz havasızdı. "Kusura bakma, sabah erkenden çıktık, dağınık etraf." Yüzümdeki ifade tamamen mahcubiyete bürünmüştü.

"Önemli değil, sıkma canını. Hadi, kediyi balkona bırak birlikte temizleyelim." Ben arkamı dönmüş giderken hapşırdığını duydum.

Birlikte evi temizledik. Sonradan çay demleyip odaya geçtik. Televizyonun karşısına oturup çayımızı yudumlamaya başladık. Tam çayımı sehpaya bırakacaktım ki Ömer'in bana çarpmasıyla elimdeki bardak ayağıma döküldü.

"Eyvah yandım," deyip eğildim. Terlik olduğundan çok canım yanmamıştı. Ya da henüz hissedemiyordum. Hızla çorabımı çıkarıp önümde eğildi Ömer, buzdolabından buz torbasını getirip ayağımı avuçları arasına aldı.

"Çok canın acıyor mu?" Aslında çok acımıyordu ama benimle o kadar güzel ilgileniyordu ki şimdiye kadar kendimi hiç bu kadar özel hissetmemiştim. Ayağımı hemen kucağından çekip "Yok, acımıyor terlik vardı zaten, gerçekten iyiyim. Lütfen böyle yapma, alışkın değilim."

Dizleri üzerine oturup bana yaklaştı. Yüzümü tutmuş bana bakıyordu. "Bak Duru, anlıyorum canın yandı ama lütfen beni başkalarıyla karıştırma olur mu? Ve benden utanma lütfen."

Evet, bu adam benim için uğraşıyordu ve beni kendisine âşık etmeye niyetlenmişti.

"Ben üstümü değiştirip geliyorum," dedim. Konuyu dağıtmak değildi amacım, ama ne diyeceğimi bilememiştim. Üstümü değiştirip aynada kendime bakınca kendimden utanmıştım, saçım başım o kadar dağınıktı ki. Saçımı toplayıp akan makyajımı sildim. Aynada kendimi izlerken kapı sesiyle irkildim. Dışarı fırladım merdivenlerden hızla inen birisinin adımlarını duydum. Giden Ömer'di.

Hemen balkona çıktım, kedi sıcağın etkisiyle mayışmış ve kapının kenarına kıvrılmıştı. Ömer'in hızla koştuğunu gördüm. Sinirden ellerim titriyordu. Adam akıllı ne konuşabilmiş ne de çay içebilmiştik.

İçeri geçerken kediyi kucağıma alıp kanepeye uzandım. Günün yorgunluğunu yeni hissediyordum vücudumda. Her şey çok ani gelişiyor ve bu sırada canımı acıtıyordu. Kediyi kucağımda öylece tutarken, düşüncelerim arasında savruluyordum.

Ömer'i düşünmek istemiyordum. Ve yavaş yavaş da olsa onun bu ansızın gidişlerine alışıyordum. Hatta yavaştan Ömer'e de alışıyordum. Gelecek olmasının vermiş olduğu sevinçle okşadım kediyi. Burak'ta duyduğum hırs ya da kızgınlık yoktu bu sefer.

Bu sefer, daha yoğun bir özlem vardı. Bu sefer hüzünler yerini sıcacık çayla gelen mutluluğa bırakmıştı. Yerimden doğrulup kollarımı yukarı kaldırarak gerindim.

Aklıma hocanın verdiği çizim ödevi gelince, düşüncelerimden sıyrılıp odama geçmeye karar verdim. Kediyi tek elimle tutup uzandığım yere bıraktım ve tüylerini sağ elimle okşadım. Dışarıdan gelmiş olmasına rağmen temizdi. Ama akşama yine de yıkamam lazımdı.

Yorgun, fakat bir o kadar da sebepsiz bir sevinçle odama geçtim. Çizim yapmaya başlarken elbette müzik şarttı. Güzel bir fon müziği seçtim. Sözsüz ama anlam yüklü olan o müzikleri hep sevmişimdir.

Yarım Saat Sonra

Çizimi yavaştan bitirmiş, elbisenin şeklini veriyordum. Sadeliği seven ben, bu sefer kendimi bile şaşırtacak derecede havalı bir elbise tasarlamıştım. Özel bir günde giyilebilecek bir elbiseydi bu. Nedense, çizdiğim her elbiseyi kendi üzerimde hayal eder öyle tasarlardım. Su içmek için mutfağa gidiyordum ve kapının çalmasıyla açmam bir oldu.

Evet, kapıdaki Ömer'di. Elinde pamuk şeker ve DVD vardı.

Neşeyle, "Film izleriz diye düşündüm," dedi. Gülümsemesine benden karşılık gelmeyince yüzü düştü. İçeri girip kapıyı kapadıktan sonra yüzünü mahcup bir şekle sokarak, "Ben özür dilerim, aniden gittim ama sürpriz yapmak istemiştim," dedi.

Ciddi bir havayla yüzüne baktım.

"Neyin sürprizi? Sürpriz dediğin bir insanı mutlu eder, öyle değil mi?"

'Evet' diyecek gibi oldu ama ben izin vermedim buna ve gözlerimi kısarak devam ettim. "Ama bak, beni mutlu etmedi. Aksine sinirlendirdi, üzdü. Ömer sen bu şekilde mi yaralarıma ilaç olacaksın?"

Yavaştan gözlerim dolmuş ve ellerim titriyordu. Ellerimi yüzüme götürüp kendimi bıraktım. "Anlasana yorgunum ben! Sen herkesi hayatıma aldığımı mı zannediyorsun? Bak ben yalnız olmayı isterken, sen ısrarla hayatıma girdin. Ve şimdi sürekli ortadan kayboluyor ve haber bile vermiyorsun! Bu mu verdiğin değer?"

Gözyaşlarım özgürlüğe kavuşmuş mahkûmlar gibi akın ediyordu yanaklarıma.

Ömer yaptığı hatasını anlamış ve gözleri dolmuştu. Beni kendisine çekip başımı omzuna yasladı. Başımı tutup saçlarımdan öpüyordu. Gözyaşlarım Ömer'in boynunu ıslatırken kulağıma eğildi.

"Sen benim Sonbaharda açan sarı papatyamsın. Seni her kırdığımda gönlümden yapraklar dökülsün. Sen benim karşıma ansızın çıkan yıllardır aradığımsın."

Usulca ve derinden konuşuyordu. Kafamı kaldırıp yüzüne bakmaya çalıştım ama beni tekrar omzuna yatırıp buna izin vermedi.

"Bakma yüzüme Duru, bakarsan lâl olur dilim, anlamını kaybeder kelimelerim. Bakarsan gözlerime, gizlediğim yaşlar intihar eder. Sana söz veriyorum kalbindeki yaraları hatırlayamayacağın kadar mutlu edeceğim seni." Elleriyle o kadar yumuşak bir şekilde dokunuyordu ki saçlarıma. Bana bu kadar alışmasını bir anda yüreğimde hissedebilmiştim.

Annesinin sesini duyunca ağlamayı kesen bir çocuk gibi susmuştum. Ellerini yüzüme getirip gözlerime baktı. Hiçbir şey söylemeden derin derin gözbebeklerime baktı. Baktıkça kurutuyordu gözlerimdeki yaşları.

Yere atmış olduğu pamuk şekeri ve DVD'yi alarak bana uzattı. "Bu kadar dram yeter, komedi filmi almıştım zaten izleyelim," deyip gülümsedi.

Gülümseyerek başımı öne eğdim. Çok utanıyordum nedense.

DVD'yi Ömer'e uzatıp, "Dün geldiğinizde mısır da almıştınız ama unuttuk patlatmayı. Sen filmi aç ben de mısırları patlatıp geliyorum," dedim.

"Tamam," dedi gülümseyerek.

Mısırı patlaması için ocağa koymuştum, yavaştan patlamaya başladığından yanmasın diye arada bir tencereyi elimle sallıyordum.

Ömer'i arkamda hissettim, arkama bakıp gülümsedim. Elini yaramaz çocuklar gibi tencerenin kapağına götürünce patlamış mısırlar etrafa saçıldı.

"Ömer ne yapıyorsun ya! Lütfen ver şunu," deyip elinden kapağı aldım ve tencereye kapattım. Birlikte gülüp yere düşen mısırları toplamaya başladık. İkimiz de eğilmiştik ve tam doğrulurken kafa kafaya çarpıştık. Başımızı tutarken sebepsizce kahkahalar atıyorduk. "Ya çok sertmiş kafan be!" dedim ayağa kalkarak. Mısırlar aklıma gelince hemen ateşi söndürdüm. "Hadi git getiriyorum ben," dedim. Gidince kendi kendime gülmeye devam ettim.

Mısırları tabaklara koyarak içeri geçtim. Oturmadan elimdeki bir tabağı Ömer'e uzattım. Film hazırdı. Arkama yaslanınca Ömer hızlıca yerinden kalktı ve perdeleri kapattı. Eline aldığı birkaç mısırı ağzına atıp, "Tam bir sinema havası olsun istiyorum," dedi ve filme daldık. Kahkahalar atarken Ömer'in beni tebessümle izlediğini ona bakmasam da görebiliyordum.

Nihayet film bitti ve mısırları ben patlattığımdan Ömer çay demleme işini üstlendi.

Birlikte balkona geçip sohbet etmeye koyulduk.

Kedi de uyanmış ve yanımıza gelmişti, eğilip kucağıma aldım.

"Duru, sen bu kediyi eve aldın ama yıkamadık. Ya mikrop kapmışsa?"

"Zannetmiyorum, temiz bir kedi," dedim kediye bakarak. "Hem minnacık bu ya, bunda mikrop olmaz ki," deyip dudaklarımı büzdüm.

Ömer yerinden kalkıp, "Hayır benim içim rahat değil, yıkayalım," dedi.

"Senin alerjin yok mu?"

"Yapacak bir şey yok, hapşıra hapşıra yıkarız artık."

Gülerek banyoya geçtik. Suyun sıcaklık seviyesini ayarlayıp kediyi duş teknesinde yıkamaya başladık.

Ömer duş başlığını tutuyor ben de yıkıyordum. Bir anda hapşırınca duş başlığından fışkıran su üzerime geldi. Ayağa kalktım sitemli bir şekilde.

"Ya Ömer ne yaptın?"

Ömer pis pis gülüyordu.

"Ya bilerek yaptın değil mi? Çok kötüsün," deyip elindeki duş başlığını alarak ona doğru tuttum. Benden kaçmaya çalışırken ikimiz de ıslanmıştık. Yerlerin ıslanmasıyla ayağım kaydı ve kedi korkup içeri kaçtı. Ömer düşmemi engellemiş ve belimden tuttuğu gibi beni kendisine çekmişti. Yorulduğumuz için göğüs kafesimiz hızla kalkıp iniyordu. Tek eliyle suyu kapatırken diğer eliyle de kaçacakmışım gibi beni tutuyordu. Bana doğru daha da yaklaştı. Nefesini yüzümde hissediyor ve heyecandan derin derin nefes alıyordum. Islanmış saçlarımı yüzümden çekip bana baktı. Gözlerimiz sanki konuşuyor, birbirine gülümsüyordu.

"Hoş geldin hayatıma," derken sesi hem yorgun hem de sessizdi. Elleriyle yüzümü tutup beni kendisine çekti. Dudakları artık dudaklarımdaydı. Gözlerimi yummuş, ben de onun öpüşüne karşılık vermiştim. Belimden kavrayıp beni kendisine çekti ve sımsıkı sarıldı. Üstümüz başımız ıslanmış ama bu ikimizin de umurunda değildi. Aklıma kedi gelince Ömer'in kollarından sıyrıldım.

"Kediyi unuttuk," deyip içeri geçtim. Kedi minderin üzerinde oturuyordu. Hemen havlu alıp Ömer'e verdim. İçeri geçip üstümü değiştirdim. Ömer de o ara hapşıra hapşıra kediyi kurutmuştu.

Yanına gidip, "Ya senin bu sırılsıklam halin ne olacak?" dedim.

"Ben onu hallettim. Buraya yakın bir yerde şubemiz var. Elemanlardan birisi getirir."

"Kediyi kurutmuşsun," dedim gülerek.

"Çok üşüdü, daha fazla ıslak kalmasını istemedim," dediği zaman Ömer'in ne kadar da iyi bir insan olduğunu bir kez daha anladım.

Çok geçmeden kıyafetleri geldi ve giyinmek için odama gitti.

Bir kadın olarak ben daha çabuk giyinmiştim. Yaklaşık yarım saat geçince dayanamayıp kapıyı çaldım.

"Ömer yarım saat oldu iyi misin?"

"Geliyorum canım, az bekle."

Canım demişti bana, kendi kendime gülümseyip yerime geçerken meraktan ölmek üzereydim.

Nihayet kapının açılma sesini duyduğumda, merakla arkamı döndüm ve çizmiş olduğum elbiseyi Ömer'in elinde gördüm.

Elbiseyi maviye boyamış ve birkaç yerini değiştirmişti.

Hızla yerimden kalkıp elindeki kâğıdı aldım.

"Ya çok güzel olmuş."

"Evet, senin eserin."

Kâğıda hayranlıkla bakıp, "Senin ellerin can verdi," dedim.

Kâğıdı yerine koyup kedinin yanına geldik. Ömer kediye bakarak, "Ee adı ne olacak bu kedinin?" diye sordu.

Hiç düşünmeden cevap verdim. "Mavi, adı mavi olacak bundan sonra."

Gülümseyerek saatine baktı. "Ben yavaştan kalkayım, çünkü saat gerçekten ilerledi. Evden ararlar şimdi."

"Evden derken?" dedim merakla yüzüne bakarak.

"Yani ev arkadaşlarım falan. Dün de gitmedim, gönül koymasınlar şimdi."

"Tamam," deyip başımı yana eğdi. Öylece baktı gözlerime.

Ömer'i kapıda uğurlarken, alnıma bir öpücük kondurdu ve merdivenlerden inmeye başladı. Kapıyı kapatıp balkona geçtim.

Çok geçmeden dış kapıdan çıktı. Arkasını döndü el sallayıp gitti.

Mutfağı temizleyip odaya geçince ıslak kıyafetlerini gördüm. Onu aramak için telefona uzanırken birden çalmaya başladı.

Telefonu açıp kulağıma götürdüm. "Alo, ya senin kıyafetlerin burada kalmış."

"Evet canım, ben de o yüzden aradım. At istersen onları, kokar zaten ıslak ıslak," dedi. "Tamam, görüşürüz."

"Görüşürüz."

Elbiseleri tabii ki atmayacaktım. Yıkamak için makineye attım. Saat çok ilerlemişti ve ben yavaştan acıkıyordum. Mutfağa gidip bir şeyler hazırlayacaktım ki kapı çaldı. Ömer zannedip koştum kapıya. Kapıda elinde pizza kutusu olan birisi vardı.

"Ömer Bey'in siparişi, afiyet olsun efendim," dedi güler bir yüzle.

"Teşekkür ederim, çok sağ olun."

Kapıyı kapatıp mutfağa geçtim.

1 Gün Sonra

Sabah okula gelmiş ilk dersi Ömer ve Ezgi olmadan atlatmıştım. Çok alışmıştım onlara. Nihayet Ezgi ve Ömer kapıdan şakalaşarak içeri girdiler.

Ömer, "Nasılsın hayatım," deyip sarılınca ne tepki vereceğimi şaşırmıştım.

Ezgi merakla bize dönüp, "Ay inanmıyorum, siz ne ara sevgili oldunuz?" diye sordu.

Ömer bana bakıp Ezgi'ye cevap verdi.

"Doğar doğmaz. Biz zaten bize aittik sadece yan yana değildik."

Yanaklarım yine kızarmıştı.

"Vay, vay, vay bizim çapkın Ömer ilk kez âşık olmuşa benziyor," dedi Ezgi ve bana bakıp.

"Canım bir senedir kimsenin yapamadığını yaptın helal olsun sana."

Hep birlikte güldük.

Elim çantama takılınca içindekileri yere döktüm. Toplamama yardım ederken Ömer kimliğimi alıp incelemeye başladı.

Hemen elinden kapıp, "Biliyorum çok kötü çıkmışım fotoğrafta. Ama okul için acele çekmek zorunda kaldım," derken kimliği ve diğer eşyaları çantama doldurdum. Ders arası bittiğinde Ömer ve Ezgi kendi sınıflarına gittiler. Ömer kapının önünde Ezgi'ye gizli gizli bir şeyler söylerken birlikte bana bakıp gülümsediler ve el salladılar.

12 Saat Sonra

Evde uzanmış dizi izliyordum. Gündüz birlikte bir yerlere gitmiştik. Ömer ve Ezgi bana rehberlik ediyorlardı. Ezgi bazen beni soru yağmuruna tutsa da her şey gayet güzeldi.

Gözlerim kapanıyordu artık. Yatağıma geçip yumuşacık yastığımın altına elimi koyup uyumaya tam dalacakken telefonun çalmasıyla yerimden fırladım. "Efendim?" Sesim uykulu ve kalındı.

"Doğum günü çocuğunu uykusundan mı ettim yoksa?"

"Hayır tabii ki Ömer."

Gündüz kimliğimden doğum günümü görmüş olmalıydı. Çok sevinmiş ve yataktan doğrulup oturmaya başladım.

"Hadi balkona çık."

"Ne?"

"Balkonun icadından haberin yokmuş gibi tepki verdin Duru'cum. Hadi balkona çık."

Uykulu uykulu yerde sürünen pantolon paçalarımla balkona çıkınca ayıldım. Ve sevinç çığlıkları atarak terliklerle aşağıya koştum...

Merdivenlerden hızlı hızlı koşarken basamakları ikişer üçer atlıyordum. En sonunda kapıdan çıkınca Ömer'e sımsıkı sarıldım. Sanki o hep vardı ve hep benimleydi. Ellerimi ensesinde tutup saçlarıyla oynarken, kafamı geriye atıp gözlerini seyre daldım.

Ömer elimi tutup, "Doğum günün kutlu olsun sarı papatyam," dedi. Ellerimi yüzüme götürüp parmaklarımı aralayıp yüzüne baktım. Dudaklarımı şımartılmış bir tebessüm esir almıştı. Ömer'den zorla da olsa gözlerimi ayırdım ve kendi etrafımda dönüp Ömer'in sokağı baştan başa güllerle çevirdiğini görünce bir kez daha boynuna atladım. Belimden tuttuğu gibi çevirince, kollarımı iki yana açıp gözlerimi kısarak yüzümü gökyüzüne kaldırdım. O kadar mutlu ve o kadar heyecan doluydum ki gözlerimi açınca herkesin bizi balkonlarda ve camda izlediğini fark ettim. Hemen kendimi toplayıp Ömer'in kollarından sıyrılınca, yere bıraktığı kocaman güllere sarıldım. O kadar büyüktü ki kucağıma zor almıştım.

Kapıdan içeri girince Ömer beni kucağına aldı.

"Dur, ne yapıyorsun?" derken aslında halimden memnun bir şekilde ayaklarımı sallıyordum. Ömer gözlerini kısan gülüşüyle, "Doğum günü çocuğunu evine götürüyorum," dedi.

Kucağımdaki gülleri koklayıp güldük birlikte.

Kapıya gelince ayağıyla kapıyı itip içeri girdik. Bir an önce kendimi yere attım, çünkü beli ağrısın istemedim. Gülleri kanepeye koydum ve Ömer'i geride bırakıp koşarak balkona geçtim. Manzara harikaydı. Yakmış olduğu yüzlerce mum yavaş yavaş sönse de güllerin kırmızılığı baş döndürücüydü.

Ömer bilgisayarımdan müzik açıp ellerini karnıma doladı ve dudaklarını boynuma getirdi.

"Duru?"

Tam arkamı dönüp cevap verecektim ki beni engelledi ve usulca devam etti.

"Dur dönme. Buna alış artık, ben güzel sözleri senin gözlerine bakıp söyleyemem. Ben senin gözlerine bakınca denizlerde boğulur gibi oluyorum. Sen hayatıma gireli bir ay bile olmadı ama sanki hep varmışsın hissi var bende."

Gülümseyerek, "Ömer, inan ben de senin gibiyim. Daha dün ağlamaktan gözlerim yanarken bugün mutluluk çığlıkları atıyorum," dedim karnımdaki ellerini daha da sıkı tutarak.

Ellerimi tutup beni kendisine çevirdi. "Hadi gel benimle," dedi. Tek elini Belime koyarak diğer eliyle ellerimi tuttu. Hemen kendimi geri çekip koşarak yanan ışıkları söndürdüm. Sokaktan eve giren loş ışık ve sonbaharın vermiş olduğu esinti beni rüyalar âlemine götürmüştü.

Sanki her şey bir rüyaydı sanki. Allah'ım ne olur bu sefer rüya olmasın derken, gözlerimi fazla kısmıştım.

"Ne oldu Duru?"

"Bana bir çimdik atsana."

Şaşkınlıkla kafasını geri atıp, "Anlamadım," dedi

"Ya her şey rüya gibi inanamıyorum. Gerçek olduğunu öğrenmek için koluma çimdik at," dedim sağ kolumu elinden çekip ona doğru uzatarak.

Elimi tutup dudaklarına götürdü gözlerini kısıp avuç içlerimi kokladı ve elimi beline götürüp beni kendisine yaklaştırdı. "Her şey rüya olmayacak kadar gerçek Duru."

Başını yana eğdi, o sevimli gülümseme öyle bir yayıldı ki yüzüne yanaklarını sıkıp yüzünü sağa sola çekiştirmemek için kendimi zor tuttum. Yüzümü göğsüne bastırıp gözlerimi yumdum.

Ömer, yüzümü ellerinin arasına alıp dışarıda buz kesen dudaklarını dudaklarıma yapıştırmıştı. Elleri saçlarımda dolaşırken diğer eliyle belimi kavradı ve beni kendisine kenetledi. Kalbinin atışını kalbimde hissediyordum. O da en az benim kadar heyecanlıydı.

Dudaklarını kulağıma götürüp, "Seni Seviyorum" dedi ve sıcacık olmuş dudaklarıyla köprücük kemiğime bir buse bıraktı. Çok utanmış ve sadece gözlerine bakmıştım. Kollarından sıyrılıp ışıkları açınca gözlerimiz istemsizce kısıldı. Ömer saatine bakıp, "Ben çıkayım, tekrardan doğum günün kutlu olsun sarı papatyam," deyip alnıma bir öpücük kondurarak kapıya yöneldi. Ellerimi göğsümde bağlamış, kapıdan gidişini izlerken koşarak geri döndü ve dudaklarıma bir öpücük daha kondurunca elimle onu itip etrafa baktım. "Ömer dur, çok ayıp. Hadi git, görüşürüz." El salladım.

Koşarak balkona geçip binadan çıkışını izledim.

***

Sabah uykumdan kapı sesiyle uyanınca Ömer zannedip kapıya koştum. Kapıda kimse olmayınca merdivenlerden aşağı baktım. Tam kapıyı kapatacaktım ki kapının önündeki minik paket dikkatimi çekti. Hemen açıp içine baktım, üzerinde 'Mavi' yazan bir kolye vardı. Sevinçle yerimden zıplayarak kapıyı kapattım ve kolyeyi takmak için aynanın karşısına geçtim. Belli ki Ömer'in sürprizleri bitmemişti.

Elimi yüzümü yıkayıp kahvaltı masasını hazırladım ve Ömer'i arayınca ulaşamamanın verdiği hüzünle kahvaltı masama geçtim. Kahvaltı masasını öylece bırakıp, büyük mavi kupaya çay doldurup balkondan dışarıyı seyre durdum. Gül yapraklarının birçoğu uçmuş kalanları da sokağı süslüyordu. Gözlerim güllerin arasından Ömer'e takılınca, beni görmediğine sevinip hemen içeri geçtim.

Aynadan kendime bakıp masanın önündeki pembe rujumu bir çırpıda dudağıma sürdüm, ellerimle saçlarımı düzeltip kapıyı açtım. Sessizce beklerken Ömer'in sesini duydum. Sesinde sebepsiz öfke ve sitem vardı. Belli ki yukarı çıkmıyor ve telefon görüşmesini sonlandırmaya çalışıyordu. Onu daha iyi duyabilmek için kulağımı merdiven tarafına koyup gözlerimi yan daireye diktim.

"Ya işim vardı çıktım işte, uzatma kapat şu telefonu. Off, uğraşamayacağım seninle. Hadi kapat şu telefonu, işine bak," derken muhtemelen telefonu karşıdakinin suratına kapatmıştı. Ayak sesleri gelince bozuntuya vermeden gelişini bekledim. Onu görünce kollarımı açıp sımsıkı sarılarak kokusunu içime çektim.

Kapıdan içeri girmeden elimle kolyeyi göstererek, "Dün akşam yaptıkların yetmezmiş gibi bir de sabah kolyeyi getirmişsin," dedim. Ömer anlamsızca kolyeye bakarken devam ettim. "Niye geri gittin insan elleriyle takardı."

Ömer gözlerini gözlerime dikince içim ürperdi. İlk kez gözlerinde bu kadar çok şüphe vardı.

"Bu kolyeyi ben almadım," dedi sertçe. Kalp atış hızım değişmiş, merakım artmıştı. Ne demek yani? Ben şimdi kimin aldığı belli olmayan bir kolyeyi mi takıyordum?

Yere dalmış meraklı gözlerimi Ömer'e dikerek parmaklarımı kolyeye götürdüm.

"Ben sen aldın sanmıştım," diyerek yutkundum. Bir çuval inciri mahvetmişlik hissi vardı kalbimde.

"Tamam, neyse artık, madem beğendin ve taktın kalsın boynunda. Annenler alıp göndermiş olabilir," diyerek içeri geçti.

Benim bildiğim Ömer kıskançlık krizine girer ve tuttuğu gibi koparırdı kolyeyi.

Arkasından gidip önüne geçtim ve kollarımı iki yana açıp başımı omzuna koydum.

Gözlerinin kısılmasıyla bana karşı içinde kırgınlık olmadığını anlamış ve ben de gülümsemiştim.

"Gel buraya sarışınların en güzeli," diyerek sımsıkı sarılmıştı.

Burnumu, boynuna götürüp nefesini çekmiştim içime. Hissediyordum, şu anda ciğerlerim bayram ediyordu.

1 Saat Sonra

Ömer biraz durduktan sonra gelen telefonla gitmişti.

İkinci sınıf olduğundan dersleri daha yoğundu, ben de saygı gösterdim. Sonuçta dün yapması gereken her şeyi yapmıştı. Şımarıklık yapmanın lüzumu yoktu.

Oturduğum yataktan dolabıma yönelip kapısını açınca gözüme ilk çarpan mavi kısa elbisem olmuştu.

Elime alıp aynadan kendime baktım. Elbiseyi giyip saçlarımı da toplamıştım bu defa. Dar kesim olan elbisenin etek kısmı genişti. Üzerime siyah kısa deri ceketimi alıp kollarını da yukarı kıvırmıştım. Çok makyaj yapmayı sevmediğimden sadece hafif dokunuşlarda bulunmuştum yüzüme.

Gözlerim kolyeye gitti. Aslında kimin aldığını çok merak ediyordum ve hiç tahmin yürütemiyordum.

Burak alamazdı, çünkü adresimi bilmiyordu.

Kimin aldığını bilmiyordum ama içim ısınmıştı.

1 Saat Sonra

Okul için az da olsa abartılı olan elbisemle sınıfa girince, gizli gizli konuşan Ömer ve Ezgi hayranlıkla bana baktı.

Ömer, yanına gitmemi beklemeden yerinden kalkıp hızlı adımlarla bana doğru gelmişti. Sımsıkı sarılıp, "Çok güzel olmuşsun hayatım," dedi. Yüzümü ellerinin arasına alıp başparmağıyla yüzümü okşuyor, gözleri hayranlıkla beni izliyordu.

"Ya bakma öyle utandım," diyerek sıyrıldım yanından.

Ezgi oturmadan bana sarıldı. "Doğum günün kutlu olsun güzellik."

"Teşekkür ederim bebeğim," dedikten sonra hesap sorar gibi baktım ikisine de. "Neden buradasınız bakalım siz? Sizin dersiniz yok ki bugün."

Ömer araya girerek, "Biliyoruz ama seni özledik, ne yani gelemez miyiz?" dedi.

"Ya elbette gelebilirsiniz de ne bileyim, merak ettim."

"Hadi bakalım, biz gidelim o zaman. Çıkışta güzel bir planımız var, sen de geliyorsun Duru'cum," diyerek Ezgi'yi önüne katarak gitti Ömer.

Sınıfa dönüp bakınca kimseyle samimi olmadığımı fark ettim. Ufaktan da olsa birkaç kişiyle konuşmaya karar verdim. Yanımda konuşan iki kişinin sohbetini bölerek, "Merhaba," dedim. İki arkadaş konuşmayı kesip bana bakınca sebepsizce paniklemiştim. "Merhaba," dedi simsiyah küt saçlı olanı, gülümseyen dudakları diş tellerini sergiliyordu.

"Merhaba ben Yeşim," dedi diğeri.

"Ya fark ettim de çok geri kaldım sınıftaki arkadaşlardan."

"Evet, genelde üst sınıftakilerle konuşuyorsun. Olsun ama, insan kiminle rahatsa onunla olmalıdır değil mi?"

"Evet," diyerek gülümsedim.

<u>5 Saat Sonra</u>

Ezgi sınıfa gelip beni alınca hızlı hızlı merdivenleri indik. En sonunda durup, "Ya bir dur gideceğimiz yer kaçıyor mu ne bu acele?" dedim.

"Ya sevgilim gelecek cicim, heyecanlıyım."

"He ondan bugün bu kadar şıksın."

"Evet," diyerek kocaman gülümsedi Ezgi.

Kapıdan çıkınca arabasıyla bizi bekleyen Ömer'in yanına gittik. Ben ön koltuğa geçtim.

Ömer'i öpüp, "Açıkçası gideceğimiz yeri çok merak ediyorum," dedim.

"Aslında gideceğimiz yer için daha zaman var. Önce bir şeyler yiyelim, biraz gezeriz sonra Ezgi'lerle buluşuruz."

Arkamı dönüp Ezgi'ye baktım. "Ne buluşması zaten bizimle değil misin?"

"Hayır tatlım, biricik aşkım beni bekliyor."

"Aman iyi ki bir sevgilin var, sanki bizim yok," diyerek Ömer'in elini tuttum.

Dikkati yolda olan Ömer, bana bakmadan gülümsedi.

Çok geçmeden Ezgi randevusu için indi. Ömer'le yemek yedikten sonra sinemaya girdik.

Bu sefer komedi değil, romantik bir film seçmişti.

Birlikte sinema salonuna geçtik, içeride bizden başka kimse yoktu.

"İstediğin yere geç," diyerek gülümsedi.

"Ya inanmıyorum, salonu mu kapattın?" diyerek atladım boynuna.

"Evet, seninle izlediğim filmlerde kimse yanımızda olmasın."

"Çok teşekkür ederim canım."

Evet, ona ilk kez canım demiştim, çünkü bana değer veriyordu ve beni gerçekten mutlu ediyordu.

Filmi izlemek için seçtiğimiz koltuğa doğru ilerledik. Ben başımı omzuna koymuş filmi izlerken, oyuncuların yerine kendimizi koymuştum. Çok seven adam bir anda değişmiş ve sevdiği kadına yabancı olmuştu. Ömer böyle bir şey yaparsa ne yaparım, diye geçirirken içimden, filme ara verilmişti. Başımı omzundan kaldırıp Ömer'e döndüm.

"Sen de bir gün gider misin böyle?"

"O nerden çıktı?" deyip çattı kaşlarını

"Hayır bir yerden çıkmadı. Baksana, adam ne kadar âşıktı ama gitti."

"Hayatım bu sadece bir film," diyerek başımı tekrar omzuna yasladı.

Film tekrar başlamış ve sonu hüzünle bitmişti. Saat 8 olmuştu. Ömer telefonuna bakınca, "Ooo Ezgi kaç kez aramış hadi acele edelim," dedi.

Birlikte arabaya geçtik.

Ömer arabayı bir mekânın önünde durdurunca merak dolu gözlerle binaya baktım. Gelen seslerden de anlaşılıyordu ki içeride canlı müzik vardı.

Masaların arasından geçerek bize el sallayan Ezgi'nin yanına gittik. Tam da sahnenin önündeydi masa.

Ezgi bizi sevgilisiyle tanıştırdı. Sebebini bilmiyorum ama içim hiç ısınmamıştı Emrah'a.

Merhaba faslı bitince yerimize oturduk. Sezen Aksu'nun Vazgeçtim şarkısı çalıyordu. Gözlerimi kaldırıp solistle bakışınca şaşkınlık içinde olduğum yerde kalmıştım.

Bu adam beni gezdiren ve bana moral veren isimsiz taksiciydi. Onu bulmuş olmanın verdiği mutluluk yüzümden okunuyordu. Evet, nihayet beni fark etmişti. Gözleri elimi tutan Ömer'e takılınca başka yöne bakıp şarkısını söylemeye devam etti.

Ömer, Ezgi ve Emrah sohbete dalmış beni unutmuşlardı. Ki şu an umurumda değildi bu.

"Arkadaşlar minik bir aradan sonra yine buradayız," diyerek programına ara vermişti. Çok geçmeden doğum günü şarkısıyla birlikte masamıza pasta geldi ve bütün gözler bize çevrildi.

Taksici, "Doğum gününüz kutlu olsun," dedikten sonra şarkısına devam etti.

Mumları üflerken dilek olarak sadece huzur dilemiştim.

Pasta kesilip bize tekrar geri getirildi. Ben bana düşen pasta dilimini sahnedeki taksiciye götürürken Ömer'in yüz ifadesini yalnızca tahmin edebiliyordum.

Mikrofonu kenara bırakıp teşekkür etti, biraz kırgın biraz mutlu o yanıyla.

Tam gidecekken kolumdan tutup kulağıma eğildi. "Kolye yakışmış, tekrardan nice senelere."

Yerime geçince Ömer öfke dolu gözlerle bana baktı. Yanına oturunca kolumu sıkıp "Kim bu herif Duru? Nereden tanıyorsun onu?"

"Kolumu bırak canımı yakıyorsun."

"Kim bu hesap ver!"

"Ya bir sakin ol, sadece arkadaşım."

"Hadi gidiyoruz," deyince Ezgi'yi öpüp beni bekleyen Ömer'in yanına gittim.

Kapıdan çıkmadan arkamı dönüp taksiciye bakınca onun artık yerinde olmadığını gördüm.

"Ömer bırak kolumu, gerçekten canımı yakıyorsun," deyip bileğimi sıkıca kavramış olduğu kuvvetli elinden bir hışımla çektim.

Yüzüme gelen saçlarımı arkaya atarak Ömer'e diktim gözlerimi. "Ne yaptığını zannediyorsun? Bugün doğum günüm benim ya! Ne hakkın var beni üzmeye! Biraz düşünceli ol lütfen!"

Sesim gür çıkmıştı. Sokak boş olsa da kafelerden gelen sesler uğultu halinde birbirine karışıyordu.

Ömer sessizce bana bir adım atınca kendimi geri çektim. Sıkıca sarıldı bana. Kollarım aşağıda hiçbir tepki vermeden öylece bekledim. Hiçbir şey söylemeden el ele tutuşup arabaya doğru gittik.

Kemerimi takıp başımı cama yasladım. Neydi şimdi bu yaşananlar? Kapının önüne geldik nihayet. Kemerimi tam açmak üzereydim ki Ömer ellerimi tuttu. "Canım özür dilerim. Çok kıskandım Duru, bir an gideceksin avuçlarımdan kayacaksın zannettim."

O kadar tatlı bakıyordu ki gözlerime affetmemek olmazdı. Ama klasik kız tribini atmasam içim rahat etmeyecekti. "Ya tabii kıskandım de ki ben de hemen affedeyim, öyle mi?"

Ömer bana doğru dönerek, "Ne yani affetmiyor musun şimdi?" diyerek tek kaşını kaldırdı. "Evet," deyip gülümseyerek kafamı çevirdim.

"Öyle mi? Peki bunu sen istedin," deyip hızla arabayı tekrar çalıştırıp kapıları kilitledi.

"Ya ne yapıyorsun!" diye panik yaparken beni duymazdan gelip yoluna devam etti.

"Emniyet kemerini tak."

"Bana ne ya! Nereye gittiğimizi söylemezsen takmam," deyip inat edince frene hızla basıp emniyet kemerimi taktı, sonra da alnımı öptü.

"Tamamdır prenses, artık uçabiliriz," deyip aynı hızla devam etti.

"Ya korkuyorum, yavaş git," dedim gülerek.

"Bir kere öpersen elbette yavaş giderim." Parmağıyla yanağını gösterdi.

Yerimden doğrulup yanağını öptüm. Başımı yaslayıp

onu izledim yol boyunca. Nereye gittiğimiz konusunda fikrim yoktu. Merak da etmiyordum, çünkü o yanımda olunca kendimi çok güvende hissediyordum.

Ömer bana dönüp, "Demek beni affetmiyorsun, öyle mi?" dedi.

"Hı, hı," deyip şımarık bir şekilde kafa salladım.

"Bekle bakalım küçük hanım," deyip güldü derinden.

Radyodan müzik açıp yolun akışına bıraktım kendimi. Çok geçmeden Boğaz Köprüsü'ne geldik. Klasik İstanbul trafiği burada da bizi esir almıştı. Ömer arabayı durdurup hızla inince peşinden ben de indim. Ömer yolun ortasına geçip iki kolunu yana açarak, "Beni affet sarı papatyam!" diye bağırınca trafikteki herkes kafasını bana çevirdi. Hiç bu kadar utanmamıştım.

"Affettin mi?"

"Ömer, evet affettim. Lütfen gel buraya," deyip elimle onu çağırdım.

Geldiği gibi beni kollarına alan Ömer, boynumu koklayıp, "Canımsın," dedi kulağıma.

Korna sesleri eşliğinde koşarak arabaya bindik. Birbirimize bakıp sesli bir şekilde gülmeye başladık.

"Delisin Ömer ya!"

"Senin delinim," deyip yanağımdan makas aldı.

Başımı koltuğa yaslayıp onu izlemeye başladım tekrar. Beni çok iyi tanıyor ve benim için uğraşıyordu. Evet, evet bu adam bana âşıktı. Yol uzadıkça gözlerim kapanıyordu. Gözlerimi ellerimle ovalayıp Ömer'i biraz daha izlemek için uykumu uzaklaştırdım.

En sonunda gözlerimi yumunca çalan telefon sesiyle biraz ayıldım ama sonra yine yumdum gözlerimi, Ömer'in şiddetli telefon görüşmesi beni rahatsız etmişti ama önemli bir konu olduğunu düşünerek konuşmasını bölmedim.

"Ya sen ne diyorsun? Sıkma canımı, gelemiyorum dedim eve, uzatma hadi," derken karşıdan gelen ışıkla yerimden doğruldum. Ömer sinirinden arabayı ne kadar hızlı kullandığının farkında bile değildi. Durumu yeni idrak eden Ömer hızlıca direksiyonu yana kırmaya ve hızını azaltmaya çalıştı. Ama karşıdan gelen araba çok hızlıydı.

Elim ayağım birbirine girmişti, kalp atışlarım göğsümü yırtacak gibiydi.

"Ömer bir şeyler yap."

"Korkma, lütfen sakin ol."

Hızlı hızlı nefes almaya başladım. Çok geçmeden gelen sarsıntıyla kafam cama savruldu.

"Duru, Duru uyan artık, kendine gel."

Yüzüme değen soğuk bir el uyandırdı beni. Yavaş yavaş gözlerimi açıp bana gülümseyen Ömer'e baktım.

"Canım meraklandırdın beni."

"Ne oldu ki bana?" diyerek saçlarımı geriye atıp yattığım yerden doğruldum. "Canım benim arabada bir uyudun daha da uyanmadın, ben de uyandırmaya kıyamayıp seni buraya getirdim."

"Nasıl bir uyku bu ya, hiç mi uyanmadım?"

Gülümseyerek kaşlarını kaldırdı. "Hayır, hiç uyanmadın."

Ben boş boş etrafa bakarken beni kendisine çekti Ömer. "Neyin var sarı papatyam?"

"Çok kötü bir rüya gördüm Ömer." Sesim korku doluydu. Başım onun göğsünde çok mutluydum.

Ömer hayatıma girdiğinden beri renkler anlam buldu. Siyah beyaz dünyam maviye boyandı.

Ama gerçek bir şey vardı ki, ben Ömer'e âşık değildim. Burak'tan sonra aşk anlayışım değişmişti.

Anladım ki aşk kolay kazanılmıyordu.

"Canım hadi bir çay yap içelim," dedi ellerimi tutup.

"Tamam," deyip kalktım yanından. Suyu koyup yanına geldim. Yatağın bir ucunda oturmuştu. Uzanıp dizlerine yattım. En güzel dokunuşlarıyla dans ediyordu parmakları saçlarımda.

"Duru," dedi emin bir sesle.

Hani bazı anlar vardır, karşındakinin ses tonuyla bile ne diyeceğini tahmin edebilirsiniz. Evet, belli ki Ömer ciddi bir şey diyecekti. Doğrulup yüzümü ona döndüm. "Efendim?" dedim meraklı bir şekilde.

"Aklın hâlâ o çocukta mı?"

Hızla yerimden doğrulup yerimden kalktım. "Ne demek bu Ömer? Yani nereden çıktı bu?"

"Bir yerden çıkmadı, merak ettim."

Sinirle ona baktım hiçbir şey demedim. Diyemedim.

"Bunları neden konuşuyoruz ki? Ne gerek var şimdi Burak mevzusunu açmaya? Ya her şey yolunda gidiyor derken, neden bir şeyler çıkıp beni mutsuz ediyor..."

Ömer'e sırtımı dönüp cama yöneldim.

Öylece bekledim, aklıma kaynayan su gelince de mutfağın yolunu tuttum. Suyun altını kapatıp çayı demlemedim. Demlenen yüreğim varken çayı neylesin bu kız.

Balkona geçip kollarımı göğsümde bağladım. Hiçbir şey düşünmek istemiyordum ama düşünceler beynimi kemiriyordu.

Sanki gitmek için bir bahane arıyordu Ömer.

"Canım ben sadece öylesine sordum. Lütfen beni yanlış anlama, neden bu kadar tepki verdiğini anlamadım, evet ya da hayır demen yeterdi."

Arkamı bile dönmedim, çünkü cevap vermek istemedim. Omuzlarımdan tutup beni kendisine çevirdi.

Gözlerimden boşalan yaşları parmaklarıyla silerken sormuş olduğu sorunun pişmanlığı vardı yüzünde.

"Ömer, sen git artık geç oldu zaten."

"Duru lütfen öz-"

Cümlesini bitirmesini bile beklemeden sıyrıldım kollarından ve kapıya yöneldim. Başım önde onu bekledim. Kapıdan çıkınca merdivenlerden bana baktı. Tam kapıyı kapatacakken koşarak kapıyı itti ve kollarımdan tutup dudaklarıma yapıştı. Ne kadar çırpınsam da güçlü kollarından kurtulamadım. Gözlerimi kapatıp kollarımı gevşettim. Sımsıkı sarıldı bana. O kadar sıkı sarıldı ki sevdiğini hissettim, bir kez daha.

"Bana bak papatya, bugünü unutuyoruz ve soruyu sormadım sayıyoruz, tamam mı?"

"Tamam Azizim," deyip gülümsedim. Çalan telefonla ikimiz de irkilip sesin geldiği yöne döndük. Telefonu elime alınca korkuyla Ömer'e baktım.

***

Gözlerimi kaçırıp gelen aramayı hemen meşgule aldım. Ömer gözleri telefondaydı, bana doğru yaklaşıp ona sarılmak için uzattığım kollarımı indirip, elimdeki telefonu almak istedi.

"Ömer lütfen."

"Telefonu verir misin Duru?"

"Tamam, ama kızmak yok?"

"Pazarlık yapma, ver şu telefonu." Sesi kesin, net ve sertti. Emir vererek konuşmasına rağmen kızamıyordum. Sanırım kıskanılmak hoşuma gitmişti.

"Kızmak yok tamam mı?" Telefonu yavaşça onun eline verdim. Tuş kilidini açtı, arama kaydına girince son arayan numarayı aradı.

"Hayırdır kardeşim kimsin sen?" dedi direkt olarak.

Ömer o kadar sinirlenmişti ki göğüs kafesinin hızla kalkıp indiğini görebiliyordum.

"Bana bak, ne olursa olsun bu numarayı bir daha aramayacaksın!"

Telefonu kapatıp avucuma sert bir şekilde koydu ve arkasını döndü.

Hızla koşup kapının önüne geçtim.

"Bak Ömer, yanlış yapıyorsun."

"Duru çekilir misin önümden?"

"Hayır çekilmiyorum. Çocuk değiliz biz, telefonla arayan birisi için beni yargılayamazsın."

Soğuk ama derin bir şekilde gözlerime baktı.

"Arayan kişi senin bir zamanlar uğruna gözyaşı döktüğün kişi olunca yargılarım, kızarım."

Sesinde acı var gibiydi. Ne diyeceğimi bilemedim. Ellerini tuttum sımsıkı. "Ömer bak, bir yaram vardı ve sen ilaç oldun. Kendini asla kimseyle kıyaslama olur mu?"

Ellerimi beline doğru götürüp sarıldı bana. "Ben seni bulmuşken kaybetmek istemiyorum, sen içinde kıvrandığım bu dünyama melek olarak geldin. Mutluluğumsun."

"Neden mutsuzdun Ömer?"

"Şşş bozma bu anı," deyip boynumu koklayarak öptü. "Şimdi gitme vakti sevdiğim," dedikten sonra alnımı öptü.

Kapıyı örtüp sırtımı kapıya yasladım ve gözlerimi kapattım. Şimdi bana mutlu musun diye sorsalar, bilmiyorum derim.

Belki nankörlük belki de şımarıklık derler buna ama bir kadının içinde huzursuzluk varsa er ya da geç kötü şeyler olur mutlaka.

Hemen elime telefonu alıp son arayan numarayı aradım. İkinci çalışında, "Efendim?" dedi karşıdaki.

"Burak, arayan erkek arkadaşımdı."

"Belli oluyor o Duru, doğum gününü kutlamak için aramıştım sadece."

"Tamam, teşekkür ederim ama senden ricam bir daha beni arama."

"Biliyorum seni çok üzdüm ama ne yalan söyleyeyim, telefonu bir erkek açınca içim sızladı."

"Neyse Burak bunları konuşmak anlamsız, benim yeni bir hayatım var ve bu hayatımda sen yoksun. Artık gözyaşı dökmeden uyuyorum."

"Peki, senin adına sevindim. Mutlu olmayı hak ediyorsun."

"Kendine iyi bak."

"Sen de."

<u>1 Ay Sonra</u>

Yaz yerini yavaş yavaş sonbahara bırakırken, artık dışarıyı balkonda değil pencereden izliyordum.

Perdeyi hafif aralamış ve elimdeki kahve bardağıyla avucumu ısıtıyordum.

Saat oldukça geçti. Gündüz Ömer'le birlikte çizim

yapmıştık ve aniden gelen bir telefonla hastaneye gitmişti. Akrabası rahatsızlanmış. Bilgisayarın başına geçip film açtım her zamanki gibi. Çok geçmeden bilgisayarı da alıp yatağıma geçtim.

En heyecanlı yerinde telefonum çaldı. Oflayarak telefonu elime alınca arayan kişinin Ömer olduğunu gördüm; neşem yerine gelmişti.

"Aşkım," dedi nefes nefese. Panikleyip yerimden fırlamıştım. "Aşkım kötü bir şey mi oldu?"

"Acil aşağıya in."

"Ne oldu Ömer?"

"Soru sorma in hadi."

"Tamam," deyip üzerime uzun bir hırka aldım ve koşarak merdivenlerden indim.

"Ne oldu Ömer?" diye meraklı gözlerle ona bakarken, gülümsediğini fark ettim.

"Hiç, seni özledim," deyip kollarını iki yana açtı.

Kollarına kendimi bırakırken elimle göğsüne vurdum. "Korkuttun beni."

"Öyle mi küçük hanım?"

"Evet," dedim şımarık bir ses tonuyla.

"Hadi gidelim," dedi başını yana eğerek.

"Nereye?"

"Bilmem, nereye olursa."

"Tamam," deyip uzattığı elini tuttum.

Arabaya binip her zamanki gibi onu izledim. Yol boyunca sebebini bilmediğim bir hüzün vardı Ömer'in yüzünde.

"Ömer?"

"Efendim aşkım?"

"Neden hastaneye gittin, iyi mi hasta şimdi?"

Yutkunduktan sonra, "İyi aşkım sıkıntı yok," dedi.

"Geçmiş olsun tekrardan."

"Sağ ol bebeğim." Avucumun içini öptü.

"Yaklaşık bir saattir yoldayız ve nereye gittiğimizi sormuyorsun."

"Nereye gittiğimizin bir önemi yok ki, çünkü yanımdasın sen."

"Bak, laflara bak sen. Duru Hanım şaşırtıyorsun beni."

"Of, Ömer ya aşk olsun."

"Olsun aşkım."

Gülümseyip yola baktım.

Çok geçmeden nihayet son durağa gelmiştik. Burası pikniğe geldiğimiz yerdi.

Dışarı çıkınca esen rüzgârla içim üşüyünce hırkamı önüme doğru sardım. Ömer yanıma gelip sımsıkı sarıldı bana.

Hiç konuşmadık. Öylece sarıldık. Sanki söylenecek çok sözümüz vardı ama söylemeye cesaretimiz yok gibiydi.

"Duru."

"Efendim?" dedim başımı kaldırıp bana diktiği gözlerine bakarak.

"Seni seviyorum."

"Seni seviyorum," diyerek cevap verdim.

Beni kendisine çevirip yüzüme baktı. "Duru seni kaybetmekten çok korkuyorum."

"Aşkım o nereden çıktı ki şimdi?"

"Bir yerden çıkmadı."

"Durduk yere böyle şeyler söyleme o zaman."

"İyi ki hayatımdasın. Gerçekten hiç yaşamadığım duyguları yaşatıyorsun bana."

"Ben de ilk kez bu duyguları yaşıyorum," dedim.

"Hadi biraz yürüyelim, ısınırız."

"Tamam aşkım."

Bir süre yürüdükten sonra, "Sınavlara hazırlandın mı hiç?" diye sordum.

"Hayır," dedi

"Aferin sana yine derslerinden kalacaksın."

"Yok, boş ver kalmam ben. Gel sen bakalım buraya," deyip sarıldı bana.

"Aşkım beni hiç bırakma ne olur," dedim dudaklarımı sarkıtarak.

"Bırakmam aşkım." Rüzgârın önüme getirdiği saçlarımı yüzümden alırken dudaklarıma doğru eğildi. Soğuktan buz gibi olmuş dudakları içimi ısıttı.

Sessiz geceye tam kendimizi vermiştik ki havlayan köpek sesiyle korkudan Ömer'in arkasında buldum kendimi.

"Aşkım alt tarafı köpek, sakin ol. Ben buradayım bir şey olmaz."

"Ya tabii, tabii." Giderek yaklaşıyordu.

"Bekle burada kuzum," dedi elindeki telefonun ışığını açıp etrafa tutarken. "Bak hiçbir şey yok," demeye kalmadan karşımızda kocaman bir köpek bulduk.

"Aşkım hâlâ korkmadığına emin misin?" dedim usulca.

"Aşkım üç deyince arabaya doğru koşuyoruz, tamam mı?"

"Tamam."

"ÜÇ!"

Birlikte hızlı bir şekilde arabaya doğru koştuk. Köpek havlayarak bize yaklaştıkça korkum ikiye katlanıyordu

"Duru, korkma koş aşkım," derken hızla sırtını dönüp kontrol etti. Arabayı görünce uzaktan kilitleri açtı.

"Çabuk, çabuk!" deyip kendimizi arabaya attık.

Kilidi indirmemle köpeğin kapıya gelmesi bir oldu.

"Ömer," deyip ona sarıldım.

"Tamam aşkım, tamam geçti."

Köpek biraz havladıktan sonra sessizce geri gitti.

Arabanın arkasından su şişesini alıp kapağını açtı, bana su içirdikten sonra ancak kendime geldim.

Ömer'in önce erkeklik taslayıp sonra korkması aklıma gelince bir anda gülmeye başladım.

"Hatun kendine gel," dedi endişeli bir ses tonuyla.

"Sana gülüyorum," dedim zar zor.

"Bak sen, ya nedenmiş o?"

"Demek ki neymiş, öyle konuşmakla olmuyormuş bu işler."

"Sana da gün doğdu artık iki ay susmazsın."

Ses tonundan bozulduğu çok belliydi. Ama gülmemi durduramıyordum. Bana bakıp dayanamayıp en sonunda kendisi de kahkaha attı. Gülme seslerimiz arabada yankılanırken Ömer telefonun çalmasıyla bana sus işareti yaptı.

"Tamam, tamam geliyorum."

Telefonu kapatıp, "Aşkım hastaneden arıyorlar, gitmemiz lazım," deyip hızla arabayı çalıştırdı.

"Hastaneden mi aradılar?"

"Evet."

"Ben de geleyim mi"

"Hayır Duru."

"Canın neden sıkıldı?"

"Duru konuşmayalım."

"Benim suçum ne ya?"

Sorum cevapsız kalmıştı. Yol boyunca sessizlik hiç bozulmadı.

Evin önüne gelince kapıyı açacakken kolumdan tutup beni kendisine çekti. "Aşkım biraz gerginim, kırdığım için özür dilerim."

"Canın sağ olsun," deyip yanağını öptüm

2 Saat Sonra

Evde televizyon izlerken düşünceler arasında dans ediyordum yine. Ömer'in beni hastaneye götürmek istememesindeki sebebi anlamaya çalışıyordum. Hayır olmuyordu! Kendimce bulduğum hiçbir sebep bana mantıklı gelmiyordu. Çalan telefonumu birkaç saniye sonra fark edebildim. Buz gibi bir sesle, "Efendim?" dedim.

"Nasılsın aşkım?" diyerek neşeli bir sesle karşılık verdi Ömer, ona trip attığımdan henüz habersizdi.

"İyiyim sen nasılsın?"

"Neyin var aşkım?"

"Yok bir şey."

"Var bir şey, anlatır mısın?"

"Ya siz erkekler hep böyle misiniz?" Cevap vermesini beklemeden devam ettim. "Hayır yani, en son eve geldiğimde neden kırgın olduğumu biliyordun, hâlâ neden soruyorsun?"

"Ya siz kızlar hep böyle misiniz? Ya niye bu kadar büyütüyorsun hastane olayını? O ortama girmeni istemiyorum, ne var bunda? Sen iki saattir bunu büyütüp bana kırgınlık mı besliyorsun? Duru çocuk değiliz, böyle şeyler sadece bizi yıpratır."

Bizi yıpratır mı? Bu da neydi şimdi? Cümleleri sanki ayrılık kokuyordu. Sebebini bilmiyordum ama hani insan ayrılacağını, elindekini kaybedeceğini hisseder ya işte öyle bir his doğmuştu içime.

"Ömer hastaneye gitmek sıkıntı değil, senin benden bir şeyler gizliyor olman sıkıntı."

"Bir şeyler gizlemek mi? Duru abartma lütfen, sadece hastaneye gelip anlamsızca yorulma, boş yere gelme istedim."

"Tabii, tabii kesin öyledir."

"Hazırlan Duru, gelip alıyorum seni." Sesi hem kendinden emin hem de kızgındı.

Ya biz kızlar olayları çok büyütüyoruz ya da erkekler çok rahat.

Telefonu kapattıktan sonra odama geçtim. Elime denk gelen pantolonu ve bluzu giydim. Saçlarımı sıkı bir topuz yapıp tutturmak için toka ararken kapı durmaksızın çalmaya başladı. "Patlama," diye bağırsam da karşındaki patlamak üzereydi. Ellerimi saçımdan çekip kapıya yönelirken topladığım saçım yüzüme doğru dökülmeye başladı.

"Geldim, patladın mı?" diye kapıyı açarken Ömer'i ilk kez bu kadar sinirli görüyordum.

"Yürü gidiyoruz Duru."

"Bir kendine gel Ömer, ne oluyor? Belli ki başkalarına kızmışsın ve sinirini benden çıkarıyorsun. Çünkü benim hastanede yatan kişiyi görmek en doğal hakkım."

"Merakını geçireceğim şimdi," diyerek tek koluyla beni tutarken diğer eliyle de kapıyı kapattı.

Merdivenlerden inerken kolumu ellerinin arasından kurtarmaya çalıştım ama başarısız oldum.

Dışarı çıktığımızda tüm gücümü toplayarak onu ittim. Önüme gelen saçlarımı arkama atıp bağırmaya başladım. "Ya sen ne yaptığını zannediyorsun aptal, canımı yaktın." Gözlerimden sıcacık yaşlar dökülürken Ömer yaptığı hatanın daha yeni farkına varıyordu. Bana yaklaşmak istediğinde ben bir adım daha geriye attım kendimi.

"Ya bir insan bu kadar çabuk sürede nasıl kalpsiz birisine dönüşebilir ki? Ben sadece hastaneye gelmek, senin derdine ortak olmak istemiştim. Ama görüyorum ki sana verdiğim değerin zerresini hak etmiyorsun Ömer!"

"Duru tamam, lütfen sakin ol, özür dilerim," deyip sakince bana yaklaştı. Elleriyle saçlarımı düzeltirken gözlerime bakamıyordu. "Ben bu olayın bu kadar büyüyeceğini bilemedim. Hastanede yatan annem. Ben sadece senin üzülmeni istemedim." Elimi tutup beni arabaya doğru götürecekken elimi çektim.

"Bırak beni seninle gelmek istemiyorum."

"Lütfen yapma böyle Duru," deyip tekrar elimi tutmaya çalıştı.

"Bırak beni!" diye çığlık attım.

"Hayırdır birader, ne oluyor burada?" diyen biri, cevap vermesini bile beklemeden Ömer'e yumruk attı. Olayın şokunu atlatan Ömer, bütün sinirini çıkaracak bir kafa attı adama. Yerde yatan kişi taksiciden başkası değildi. Koşar adımlarla Ömer'i engelleyip bağırmaya başladım ama nafileydi. Birbirlerine girmiş durumdaydılar.

En sonunda taksici Ömer'in yakasını tutup, "Bana bak, erkeklik bir kızı ağlatmak değildir," dedi.

Derin derin nefes alıyor, göğüs kafesimin yerinden çıkmaması için dua ediyordum. Elleriyle taksiciyi itip, "Kes sesini be!" dedim.

Ömer yakasını düzeltirken taksici bana baktı. "Böyle erkeklerde ne bulursunuz hiç anlamam."

"Yürü git lan!" diyen Ömer koşup tekme atacaktı ki onu tuttum.

Kaldırıma oturup öylece bekledik. Araba sesinden taksicinin gittiğini anlamıştım. Bakışlarımı ayakuçlarıma sabitlemiş, neye uğradığımı şaşırmıştım.

Durmadan akan gözyaşlarımı silip duruyordum. Yere kan damlayınca hemen Ömer'e baktım. Kaşı patlamıştı.

"İçeri geçelim," deyip kalktım

"Bir şey olmaz."

"Ya Ömer kaşın kanıyor!" deyip tekrar ağlamaya başladım.

"Tamam, tamam güzelim, sakin ol."

Birlikte eve geçtik. Koşarak malzemeleri getirip pansuman yaptım. "Merak etme, çok derin değil."

Son bandı da yapıştırıp çöpleri topladım.

Elimi yüzümü yıkamaya gittim. Aynadan kendime bakarken daha çok ağlamaya başladım. Ömer sesimi duyup içeri geldi. Bana dokunmaya korkuyordu. Kendimi bir adım geriye atıp, "Sen de elini yüzünü yıka istersen," dedi. Ellerini sabunlarken aynadan bana bakan gözlerinden kaçmaya çalışsam da başarısız olmuştum.

"Duru sana böyle bir gün yaşattığım için beni affet."

Hiçbir şey demeden çıktım banyodan. Kanepeye geçtim, açık olan televizyonu kapatıp kumandayı kanepenin diğer ucuna fırlattım. Başım önde öylece düşünürken Ömer önümde diz çöktü.

"Prensesim ne olur affet beni, son zamanlarda çok kötü günler geçirdim. Bunu sana yansıtmamak için seni uzak tutmak istedim. Sen de farklı şeyler düşünüp beni yanlış anladın."

"Ömer git lütfen."

"Duru lütfen bunu bize yapma." Bacaklarıma sımsıkı

sarılmış başını dizlerime koymuştu. Yerden kaldırıp ona deli gibi sarılmak gelse de içimden, kendimi tuttum.

"Lütfen git," dedim zorlukla, tekrar hıçkırıklara boğulurken.

Birlikte ayağa kalktık, bana sımsıkı sarıldı. Ama ben hiçbir şekilde karşılık veremiyordum.

O kapıdan çıkarken bu kez ayrılık korkuyordu ev. Ardından kapıyı dahi kapatmadım.

Diğer odaya geçip perdeyi aralayarak ona baktım. Bir umutla bana bakıyordu.

Bazen canın acısa da 'git' demen gerekir, ilerde ölmemek için.

Sadece uyumak istiyorum, kimse ne arasın ne de sorsun beni. İçime ansızın çöken bu huzursuzluktan yoruldum.

Çok şey değil, sadece huzur istiyorum.

Ne zaman mutluyum desem bir aksilik gelir yapışır yakama...

Ömer'in çok fazla üstüne gitmiştim. Onu dinlemeden yargılamıştım. İçimde bir his var, bir yanım sebepsiz şüphe duyarken bir yanım çok mutlu. Kalbim, gözlerini kapat ve o adama güven diyor. Ve ben ne zaman kalbimi dinlesem pişman olurum.

***

Saatlerdir uyumak istediğim halde uyuyamıyordum. Saat gece 3'e geliyordu. Ömer'e hem kızıyor hem de onu hiç özlemediğim kadar çok özlüyordum. Daha fazla dayanamayıp telefonu elime aldım. Ekran kilidini tam açacakken bir mesaj geldi Ömer'den. 'Aşkım' yazıyordu. Hemen aradım. İkinci çalışta açtı.

"Bugünü unutalım," dedim sessiz bir şekilde.

"Balkona çık," dediğini duyduğumda koşarak aşağıya, kapıya indim. Öylece bekliyordu kaldırımda. Koşup boynuna sarıldım. Soğuktan buz gibi olmuştu yüzü. Gözlerine bakıp tekrar boynuna sarıldım. Kokusunu içime çekip, "Bir daha bitmeyelim," dedim kulağına. Evet, bu kez utanan bendim.

"Barıştığımıza göre ben artık gideyim."

"Olmaz eve gel."

"Hiç hayır deme aşkım, çok özledim seni."

Sıcacık çayı bardağa doldurup masaya da bir şeyler koydum. Ömer sadece izliyordu beni.

"Aşkım ya onca saat beni mi bekledin?"

Yüzünde utanç ve mahcubiyet vardı. "Sana değer?"

"Ya bu adam bana âşık," deyip yanaklarını sıktım.

"Ne zannediyorsun, aşığım tabii!"

"Hadi bir şeyler ye aşkım."

"Çok acıktım."

"Keşke o kadar saat beklemeseydin."

Tam o sıra hapşıran Ömer, "Sanırım üşüttüm," dedi.

"Hep benim yüzümden."

"Hayır, hayır sakın öyle düşünme," dedi gözlerini kocaman açarak. "Ben beklemek istedim ve bekledim. Olsun, senin aşkın ısıtır beni."

"Seni seviyorum."

"Seni seviyorum sarı papatyam."

Birlikte bir şeyler yiyip masayı topladık.

Ömer yan odada uyurken, ben de kendimi gönül rahatlığıyla uykuya teslim ettim.

Sabah çalan telefonum uyandırdı beni. "Efendim Ezgi?"

dedim uykulu bir sesle ama Ezgi konuşmuyor sadece ağlıyordu. Çok endişelendim ve hemen doğruldum. "Ezgi ne oldu söyler misin?"

"Duru çok kötüyüm, bunca zaman aldatılmışım."

"Tamam, neredesin?"

"Size geliyorum."

"Tamam, hemen gel."

Çok geçmeden Ezgi geldi, ağlamaktan gözleri şişmişti.

"Anlat hadi, ne oldu?"

"Duru biz birlikte olduk dün gece."

Dudaklarımı büktüm, çünkü bana uzak olan şeylerdi bunlar.

"Ee ne oldu sonra?"

"O duşa girerken ben de telefonuna gelen mesaja baktım ve tam iki aydır konuştuğu bir kız varmış. Kavga ettik, çok kötüyüm Duru."

Boynuma sarılıp ağlamaya başlayınca Ömer içeri sinirle girdi. "Ne dedin sen Ezgi?"

Ezgi çok fazla korkmuş olacaktı ki bana sığındı. Ömer'in gözlerinden âdeta ateş çıkıyordu.

Ezgi'nin kolundan tutup onu ayağa kaldırdı. "Ne yaptın kızım sen?"

"Bırak kolumu, gelme üstüme."

"Ömer sakin ol. Kız kıza konuşuyoruz, sen neden bu kadar büyüttün?"

"Duru sen lütfen karışma, bu benim ve Ezgi'nin arasında olan bir şey."

İki senenin vermiş olduğu bir dostlukla Ömer çileden çıkmıştı. Ezgi'nin yeri onda hep farklıydı, onu çok sever ve sahiplenirdi ama bu kadarını beklemiyordum.

"Ben gidiyorum," dedi Ezgi ağlayarak.

Arkasından koştum ama kapıyı çarpıp çıktı.

"Ömer çok abarttın."

Ömer derin nefes alıyor ve beni duymuyordu. Yüzünü avuçlarıma aldım. "Ömer ateşin var."

"Ya bu kıza o adamla konuşma diye yüz defa söyledim."

"Ömer tamam, lütfen kendine gel, bak ateşin çıkmış zaten."

"Neyse, hadi hazırlan dışarı çıkıp bir şeyler yiyelim, oradan da okula gideriz."

Çok öfkeliydi ve hastalığı umurunda değildi. Hemen hazırlanıp yanına geldim. Ömer oturmuş duvara bakıyordu, öylece önüne geçip dudaklarını öptüm. "Aşkım nefesin ateş gibi."

"Fazla yaklaşma sana da bulaşmasın."

Birlikte güzel bir yerde kahvaltı yaptık. Ve kahvaltı boyunca onu sakinleştirmek için ne yaptıysam beceremedim.

Okula geldik ve sınavlara bir hafta kaldığından pek kimse yoktu sınıfta. Aklım Ezgi'deydi, okula da gelmemişti.

Ömer beni eve bıraktıktan sonra hemen Ezgi'yi aradım, ama telefonu kapalıydı.

Evi toparlamaya başladım. Mutfakta bulaşıklarla ilgilenirken kapı çaldı. Ağır adımlarla kapıya yöneldim. Kapıyı açtım ancak karşımda kimse yoktu. Yere bir not bırakılmıştı. Notu okuyunca merakım ve korkum iki katına çıktı.

Başımı yana eğip notu görmezden geldim. Odama geçip bağdaş kurup öylece oturdum. Kısa sürede her şeyi yaşamıştım resmen. Minik kedimin üstüme atlamasıyla keyfim yerine geldi. Çok geçmeden buruşturduğum kâğıdı açıp notu tekrar okudum.

'Çok aptalsın, aç gözlerini!' yazıyordu. Ne demekti bu şimdi? Bir şaka mı uyarı mı koruma biçimi mi?

<u>3 Gün Sonra</u>

Saat 12'yi geçiyordu ve ben hâlâ yatakta kedimle oynuyor, keyif yapıyordum. Sınavlara birkaç gün vardı, yavaştan ders çalışmaya başladığımdan Ömer ve Ezgi'yle görüşemiyordum. Aklım Ezgi'deydi. Uzanıp masadan telefonumu aldım. Ömer günaydın mesajı atmıştı ona cevap verdikten sonra Ezgi'yi aradım.

"Nihayet açabildin ya."

"Efendim?" Sesi çok kötü geliyordu. İçim acıdı açıkçası.

"Nerdesin sen Ezgi? Neyin var, iyi misin?"

"Evdeyim, iyi değilim."

Ezgi ağlamaya başlayıp konuşmaya devam etti. İçindeki her şeyi biriktirmiş ve dökmeye niyetlenmişti.

"Ezgi bekle tamam geliyorum."

"Gelme, inan müsait değilim."

"Geliyorum Ezgi, uzatma."

"Hayır, ben birazdan çıkar gelirim."

Elimde olmadan gözlerim dolmuştu. İçim parçalanmıştı. Gidip o adamı bulup sayıp sövmek istiyordum. Ya bu kadar basit mi duygularla oynamak, hayalleri yıkmak ve hiçbir şey olmamış gibi çekip gitmek!

Kahvaltı yapmadığını tahmin edip bir şeyler hazırlamaya başladım. Ah, biz kızlar hayatımızı zar zor düzene sokarız, sonra gider en olmadık birisine âşık olup yüreğimizde depremler yaratırız.

Kahvaltı masasını düzenleyip masanın başında bekledim. Meraktan ölmek üzereydim ama sıkmamak için aramıyordum. Daha fazla dayanacak gücüm kalmamıştı. Telefonu almak için kalkınca kapı çaldı, koşar adımlarla açmaya gittim. Ezgi kocaman bir gözlük takmıştı. Kapıyı açar açmaz o kadar sıkı sarıldı ki bana, kırk yıllık hasret çekenlerin özlemi vardı sarılışında. Ağlamaya başlayıp, "Canım yanıyor Duru, uçurumda gibi hissediyorum kendimi," dedi.

Ellerini tutup, "Bak, ne olursa olsun senin burada bir kardeşin var. Sen ne yaparsan yap arkandayım, ne yargılar ne de kınarım, sadece destek olur ve mutlu olman için uğraşırım," dedim.

Ellerimi yüzüne götürüp gözlüğünü çıkarınca şoke oldum.

"Ezgi bu halin de ne böyle? Kim yaptı sana bunu?"

"Tamam, yok bir şey. Sakin ol, ufak bir kaza diyelim," dedi beni sakinleştirmeye çalışarak. Elimi belime koymuş hızla nefes alıyordum. "Geç otur şöyle. Adam gibi kahvaltı yapalım ve bana her şeyi anlat."

***

Çaylarımızı doldurup sessizce kahvaltı yaptık. Bir an önce kahvaltı bitsin istiyordum, ama Ezgi kahvaltıya devam ederken soru soramıyordum. Belki de günlerdir yemek yememiştir, diye düşünürken, rahat rahat yemesi için yavaştan ona eşlik ettim.

"Hadi bir bardak çay alıp odaya geçelim," deyip ayağa kalktı.

"Tamam, sen geç ben çayları alıp geliyorum."

Hızlıca masayı topladım, çayları da alıp Ezgi'nin yanına gittim.

Bir bardak çayı uzatıp, "Hadi anlat hemen her şeyi," dedim. Merakla bakıyordum yüzüne.

Ezgi başını önüne eğip, "Sizden sonra bir parka gittim, saatlerce oturdum. Ağla ağla mahvoldum," dedi.

"Ezgi bana önce seni bu hale kimin getirdiğini anlatır mısın? Ya kim yaptı bunu sana kim?"

Normalde çok iyi bir dinleyiciyimdir ama söz konusu kadına şiddetse sinirlerim altüst oluyor.

"Ezgi hadi bekliyorum!" Yerimde duramıyor sağa sola dönüyordum.

Ezgi usulca başını kaldırıp yaşlı gözleriyle bana baktı. "Ama lütfen aramızda kalsın." Gözyaşları daha da hızlı akmaya başlayınca benim de gözlerim dolmuştu. 'Sus ağlama her şey geçecek boş ver' bile diyemiyordum. Çünkü acı çekmek ne demek ben de biliyordum, insan canı yanmadan büyüyemiyordu bu hayatta.

Ezgi'nin dudaklarından dökülen isimle olduğum yerde oturdum kaldım. Nefes alışım yavaşlamış, düşüncelerim donmuştu.

Ezgi'nin dediğini yavaşça tekrarladım: "Ömer."

***

Ezgi söylediğine pişman olmuş gibi baktı gözlerime. Hızla ayağa fırlayıp, "Ezgi, baştan anlatır mısın Ömer bunu sana neden yaptı?" diye sordum sinirle.

"Tamam, sakin ol. Korkulacak bir şey yok, hepsini anlatacağım. Otur bir şöyle," deyip kalktığım yeri gösterdi eliyle. Kalkarken kucağımdan düşürdüğüm minik minderi eğilip yerden aldım ve her şeyi anlatması için Ezgi'nin gözlerine baktım.

"Ömer benim bu halimi görünce dayanamadı. Sen de biliyorsun, senin yanında bile kızmıştı bana."

Devam et der gibi baktım gözlerine ve başımı salladım.

"Bu adi adam benimle tekrar görüşmek istedi, özür diledi bayağı bir. Tabii o ara Ömer bana teselli vermek için yanımdaydı. Telefonu elimden çekti ve küfürleşti bunlar. Ömer sinirle kalktı gitti. Ben de koşarak arkasından gittim. Bunları uzaktan izledim. Ama Ömer o kadar sinirliydi ki konuşmadan kafa attı. Ben de Ömer'in başına bir şey gelmesin diye kavga etmesini engellemek için aralarına girdim. Tabii Ömer'den yanlışlıkla da olsa nasibimi aldım. Olay bu yani."

Soruları beynimden uzaklaştırıp, Ezgi'nin şişmiş ve yavaştan morarmaya başlamış gözaltına parmağımla hafifçe dokundum. "Hadi kalk bir doktora falan gidelim."

"Bir şey istemiyorum ben, eve gideyim." Ayağa kalkmıştı bile. İnsanları çok fazla sıkboğaz etmeyi sevmem, ama zor zamanlarında beni yanında istemiyorsa bile zorla dururum. Hemen atladım Ezgi'nin önüne ve gitmemesi için kapıya koştum.

"Gidemezsin bir yere."

"Duru lütfen." Çenesi titriyordu ve gözlerinden yaşlar gelmeye başlayınca gözlüğünü taktı.

"Bak ben derdimi insanlarla konuşarak değil, uzak durarak atlatabiliyorum. Lütfen üzerime gelme, izin ver gideyim."

Gözlerim doluyor ama elimden bir şey gelmiyordu. Sessizce kenara çekilmek zorunda kaldım. Ezgi beni öpüp çıktı evden.

2 Hafta Sonra

Sınavlar bitmiş, Ömer'le evde film izliyorduk. Sınavlar boyunca Ezgi'yi hiç görmemiştim ve telefonu hep kapalıydı. Aklımdan çıkmıyordu bir türlü. Bu sebeple iki haftadır tadım tuzum yoktu.

"Duru? Duru?"

Dalan gözlerimi televizyon ekranından Ömer'e çevirdim. Hüzünlü bir gülümsemeyle,

"Duru kendini suçlu hissetme, bence yeter artık," dedi.

"Ya onu bırakmamalıydım, sınavlara da giremedi. Aklıma gelince içim parçalanıyor."

Beni kendisine çekip sıkıca sarıldı.

"Benim güzel kalpli sevgilim, sen düşünme bunları. Bak birazdan gideceğim ve aklım sen de kalsın istemiyorum."

"Lütfen ondan haber alır almaz bana ulaş, olur mu?"

"Olur tabii sarı papatyam."

***

Ömer gitmiş, ben de yarın ki yolculuğum için son hazırlıklarımı yapıyordum. Ömer sabah erken gelip beni uçağa yetiştirecekti.

Erkenden uyumak için yatağa gireyim dedim ama havalar soğuduğundan koca yatak buz gibiydi.

Geceyi ayrı bir seviyorum. Herkes elden ayaktan çekilir, koca şehir içinde çığlık atan her şeyi sessizliğe teslim ederdi. Kimisi gündüz yüzüne taktığı mutluluk maskesini çıkarıp ağlarken, kimisi ise yıllarca beklediği mutluluğu yaşıyordu belki de.

Acaba Ezgi ne yapıyordu şimdi? Neden çıkıp gitmişti

ki? O neşeli halini özlüyordum. İnsanlar neden bu kadar kötü? Masum bir tebessümü neden çok görürler ki bize?

Erkekler bence bir kadının ruhuna asla dokunamayacaklar. Her zaman başkaları olsun, günümü gün edeyim ama evleneceğim kadın da tertemiz olsun düşüncesindeler.

Adalete bak!

Uykum fazla geldiğinden daha fazla düşünemedim. Yavaş yavaş uykunun kollarına bıraktım kendimi.

Güneşin yüzüme vurmasıyla yatağımdan fırlamam bir oldu. Hazırlanıp valizimle nasıl dışarı çıktığımı hatırlamıyorum bile. Sanırım şanslı günümdeydim, çünkü caddeye çıkar çıkmaz bir taksiye atladım. Arka koltuğa kendimi attığımda kalbim göğüs kafesimden fırlayacak gibiydi. Taksici yaşlı amca dikiz aynasından bana bakıp, "Kızım su alayım mı sana? Nefes nefese kalmışsın," dedi.

"Çok teşekkür ederim. Uçağı kaçıracağım diye korktum."

"Peki kızım," deyip yoluna devam etti. Biraz kendime geldikten sonra telefonu elime aldım. Tuş kilidini açınca özel numaradan birisinin beni aradığını gördüm ama önemsemedim, çünkü Ömer'i aramam gerekiyordu. Telefon kısa çaldı ve hemen meşgule düştü. İkinci aramamda ise telefon kapalıydı. Oysa bugün beni havaalanına Ömer bırakacaktı.

Zar zor uçağa yetiştim. Havalanmaya başlamadan önce telefonum çalmaya başladı. Ezgi'nin aradığını görünce Ömer'e olan sinirim uçup gitti aklımdan

"Alo, efendim Ezgi? Neden ağlıyorsun? Alo? Lütfen bir şey söyle."

Ezgi sadece ağlıyor ve adımı tekrarlıyordu.

En sonunda da uçak havalanmış ve sesi tamamen gitmişti.

Yolculuk boyunca elim ayağım titredi. Zaman geçmek bilmiyordu. Çantamdan bir ağrı kesici alıp baş ağrımı geçirir umuduyla içtim.

Uçak yükseldikçe insanlar küçülüyordu. Ne kadar da doğru; insanlar yükseldikçe başkalarını küçük görüyor. Ah, şu ego denilen lanet duygu yüzünden birçok kalp kırılmıştır eminim. Ama insanlar unutmamalıdır ki ego büyüdükçe kişilik küçülür. Kimseye yukarıdan bakmamak lazım.

İnsanları nokta kadar da olsa küçümseme, nice uzun cümleleri bile bir nokta bitirir.

Sabah çok erken uyandığımdan vücudum yorgundu. Etrafa bakındım kendimce ve gözüme hiç de yabancı olmayan birisi takıldı. Hemen gözlerimi kaçırıp düşünmeye başladım, beynimi zorluyordum ama onu nereden tanıdığım bir türlü gelmiyordu aklıma. Başımı kaldırıp çaktırmadan tekrar bakınca, bana baktığını gördüm ve hızla başımı öne eğip elimdeki telefonla oynamaya başladım. Elimi ağzıma götürüp tırnağımla oynuyordum. Ne zaman derin bir şey düşünsem elim kendiliğinden ağzıma gidiyordu. Tekrar göz ucuyla baktığımda, iri yapılı, omuzları geniş, saçları yana atılmış ve her halinden de bakımlı olduğu belli olan adam yerinde yoktu. Allah'ım yoksa deliriyor muydum? Sanırım yorgunluktan hayal görmeye başlamıştım.

Nihayet uçak indi. Beni almaya gelen şoföre teşekkür edip ön koltuğa attım kendimi. Eve gidince annem günde babam ise şirketteydi. Ah, ne güzel! Biricik kızlarını ne kadar da çok merak ediyorlardı böyle!

Odamın kapısını açtığımda her şey bıraktığım gibiydi. Duvarlar beyaza boyanmıştı, sade bir tül pencereden giren güneşi engelliyordu. Ve simsiyah dolabım hâlâ oradaydı. Özlemiştim odamı. Üzerime rahat bir şeyler alıp yatağıma attım kendimi. Geleceğimi buradaki birçok arkadaşım biliyordu. Muhtemelen Burak da.

Uyumadan önce Ezgi'yi aramak için tuşları çevirdiğimde yine ulaşamadım ona. "Of, be Ezgi neredesin neler oluyor?" Ömer'e kızgın olduğumdan ona haber vermedim. Belli ki kendisi de merak etmemiş, aramamıştı. Telefonu yastığın altına koyup gözlerimi yumdum.

Yarım Saat Sonra

Soğuk bir dudağın köprücük kemiğimi öptüğünü hissettim. Yavaşça gözlerimi açınca karşımda o içten gülümsemesiyle Burak duruyordu. Ellerimle yataktan destek alıp, hızla ondan uzaklaşarak doğruldum. Düşen askımı düzeltirken hiçbir şey söyleyemeden ona bakakaldım. Hızlı hızlı atan kalbim göğsümden çıkacak gibiydi.

"Nasıl girdin sen buraya?"

"Sakin ol, ne bu öfke?" Sakince konuşurken yüzüme dokunmak için uzattığı eli tutup ittim.

"Dokunma bana Burak! Lütfen çık odamdan!" İşaret parmağımı uzattığım yöndeki kapıyı kapatıp bana yaklaştı tekrar.

"Yanlış yoldasın Duru."

"Ne diyorsun ya sen? Ne yolu, ne yanlışı! Sen çok doğru yoldasın sanki!"

Sanırım Burak'a duyduğum samimi hisler yerini öfkeye bırakmıştı.

"Bana ne kadar öfkelenirsen öfkelen, sen kötü bir insan olmayı başaramıyorsun."

Giderek yaklaşıyordu bana ve nefesini yüzümde hissediyordum. Gözlerimi kaçırmak istediğimde eliyle çenemi tutup bana baktı. Ve ona karşı hiçbir şey hissetmediğimi anladım.

"Beni sevmediğini biliyorum. Ama boşluktasın bunu unutma. Sakın düşme." Dudağımın kenarına bir öpücük kondurup, çenemi tutan parmaklarını gevşetti. Odadan çıkarken arkasına bakmadı bile. Çok geçmeden hızla peşinden giderken ayağım sehpaya çarptı ve sarsılıp yerimden sıçradım.

"Yolculuğumuzun sonuna geldik," diyen kaptan sayesinde her şeyin bir rüya olduğunu anladım. Bana bakıp elini omzuma koyan güler yüzlü teyze, "İyi misin kızım, su vereyim mi?" dedi.

"Hayır teyzeciğim, çok sağ ol. Şimdi mi iniyoruz? Ne oldu bir aksilik mi var?"

"Yok kızım her şey yolunda, birazdan iniş yapılacak."

Sağ olun der gibi başımı salladım. Hâlâ ellerim titriyordu.

Uçak indiğinde valizimi alıp aşağı attım kendimi. Derin bir nefes alıp her şeyin rüya olduğuna mutlu oldum. Şoföre bakınırken gördüğüm ve sonradan kaybolan adamın beni izlediğini fark ettim. Gülümseyerek başını salladı. Korkutucu değildi, ama nereden tanıdığımı bilmediğimden başımı öne eğip beklemeye başladım. Dayanamayıp tekrar bakınca, yine yerinde olmadığını gördüm ve dönüp gözlerimle onu aramaya başladım. Bir el omzumdan tutunca çığlık attım korkudan.

"Duru Hanım özür dilerim. Sizi eve bırakmam için babanız gönderdi beni."

"Yok Mehmet Abi, birisine bakınıyordum. Bir an seni o zannettim."

"Anladım kızım, araba biraz ileride. Hadi gidelim," deyip elimdeki valizleri aldı.

Arkama baka baka yürüyordum. Sonra umursamadım fazla, bana öyle gelmiştir, diye düşündüm. Kendimi arka koltuğa atınca hemen Ezgi'yi aradım.

Uzun bir çalıştan sonra nihayet açtı telefonu. Sesi ağlamaklı ve kötüydü.

"Ezgi iyi misin?"

"Değilim Duru, hem de çok kötüyüm. Emrah'ı aradım arkadaşı açtı telefonu. Adi herif çıkmış gitmiş."

"Neden hâlâ onu arıyorsun ki?"

"Söyleyemem?"

Tekrar ağlamaya başlayınca ısrar edemedim. İstanbul'a gidince anlatır diye düşündüm.

"Tamam. Ben birkaç gün sonra geri gelirim, olur mu?"

"Ya benim yüzümden tatilinden olma."

"Hiç önemli değil, sen yeter ki iyi ol."

"Bekliyorum o zaman. Şimdi kapatmam lazım, kendine iyi bak."

Dıt dıt sesiyle karşılaşınca telefonu kapattım ben de.

Emrah'ın yüzünü hatırlamaya çalışınca taşlar birden yerine oturdu. Evet, bugün uçakta gördüğüm kişi Emrah'tı!

İşte şimdi hayatımın en saçma dönemindeydim. Mutlu, mutsuz karışık bir dönem işte.

Eve adım attığımda, bahçedeki masayı donatmış heyecanla beni bekleyen annemi gördüm. Elimdeki çantamı yere atıp koşar adımlarla anneme sarıldım. Ah, ne de özlemiştim anne kokusunu.

"Canım kızım benim," deyip saçlarımı okşayan annem, sıcacık gülümseyen gözleriyle bana baktığında, sebepsiz yere gözlerimden yaşlar döküldü.

"Aa kuzum yapma böyle."

"Tamam, annecim peki."

Aslında çok aç değildim, ama annem o kadar güzel bir masa hazırlamıştı ki iştahım açıldı görünce.

Babam şirkete gitmişti erkenden. Bu yüzden onu görememiştim.

"Ee kızım alıştın mı okuluna? Her şey yolunda mı?"

Çayımdan bir yudum alıp annemin yönelttiği soruya cevap verdim.

"Çok güzel annecim, şimdilik açıklanmayan sınavlar var ama açıklananlar da gayet güzel. Seneye de birçok dersimiz uygulamalı olacak, o zaman daha rahat ederim eminim."

"Aferin kızıma, senden de bu beklenirdi zaten."

Gülümseyip kahvaltıma devam ettim. Aklıma Ömer geldiğinde, sebepsizce kalbime bıçak saplanmış gibi hissediyordum. Evet, kızgındım ama annesine mi bir şey oldu diye de merak etmiyor değildim. Ama inat ettim bir kere, aramayacaktım.

"Annecim ben biraz uyuyayım, sonra da kızlarla görüşürüm, olur mu?"

"Tabii kızım, rahatına bak sen."

Uyandığımda saat çoktan ikiyi geçiyordu. Ayaklarımı yataktan aşağı atıp birkaç dakika bekledim.

Telefona bakınca birkaç mesaj ve bir cevapsız arama vardı. Eda aramıştı. Hemen hazırlanıp geri aradım ben de.

"Canım çok yorgundum, uyuya kalmışım neredesiniz?"

"Her zamanki yerde Mavi Kafe'deyiz."

"Tamam canım, on dakikaya oradayım."

Telefonu kapatıp arabaya bindim.

Çok geçmeden kafeye gelmiştim. Kızlar beni görünce uzaktan el sallayıp sevindiler.

"Yaa çok özledik kızım seni, başlarım modana da tasarımına da! Gel burada baban sana her türlü fırsatı yaratır."

Nur'u öpüp Eda'ya cevap verdim. "Ben böyleyim, bir şeyleri başardım demek için çaba göstermem lazım."

"Gitme kızın üstüne, biz onu böyle seviyoruz," derken yanaklarımı sıkıyordu Nur.

"Ee anlat bakalım, sosyal medyada fotoğraflar yıkılıyor."

Yüzüm kızarmıştı, çünkü ilk kez hayatıma birini aldığımı herkes biliyordu.

"Ya güzel gidiyor işte."

"Aç biraz konuyu."

"Güzel işte, her şey yolunda."

Aslında olayları bilseler dedikodu için malzeme toplarlardı. Neyse ki prim vermeye pek niyetim yoktu. Onlar da insanların hayatına meraklıydı işte.

Telefonum çalınca sohbet bölünmüştü. Rahat konuşabilmek adına dışarı çıktım ben de.

"Efendim?"

"Duru?"

Ömer'in sesi çok kötü geliyordu.

"Ömer iyi misin?"

"Annemi kaybettik Duru."

Ağlamaya başlayınca geldiğime pişman olmuştum.

"Ömer çok özür dilerim, yanında olmam gerekiyordu. Hemen ilk uçakla geliyorum."

"Hayır, hayır özür dileme. Biz zaten memlekete geldik. Okula dahi gelmeyebilirim."

"Var mı senin için yapabileceğim bir şey?"

"Hayır sevgilim, dua et yeter?"

"Seni seviyorum."

Telefon kapanmıştı.

Tam arkamı döndüğümde Burak'ı her zamanki gibi yanındaki bir kızla gördüm. Beni fark etti, tam yanıma gelmek için harekete geçecekti ki yüzümü çevirip masama yöneldim.

"Duru iyi misin?"

"Ben eve gitsem olur mu? Kötü bir haber aldım da."

Bir ses, "Ben bırakayım istersen?" dediğinde sesin yönüne baktım. Burak yerinden kalkıp arkadan bizi dinlemişti.

"Sağ ol," deyip çantamı alıp kızları öptüm. "Lütfen kusura bakmayın."

"Saçmalama Duru, olur mu hiç? Yeter ki işlerini hallet sen."

Dışarı çıktığımda Burak arkamdan gelmeye devam ediyordu.

"Duru, bir dur kızım."

"Ne var Burak?"

"Ne mi var?"

"Evet, ne var?"

"Yok bir şey, merak ettim."

"Âşık olduğum adamın bana ihtiyacı var ve ben buradayım, oldu mu?"

"Sakin ol."

"Görüşürüz."

Arkamı dönüp giderken Burak'ın ağzından çıkan son cümleler, "Pişmanım be kadın," olmuştu. Pişmandı ama hâlâ yanında kızlarla geziyordu. Yerler öyle pişmanlığı.

Eve erken geldiğim için annem çoktan çıkmıştı bile. Artık Ömer olmayacaktı. Bunu düşünmek bile acı veriyordu bana.

Acaba Ezgi'nin haberi var mıydı olanlardan? Arasam mı diye düşündüm. Onun da kendince derdi vardı.

1 Gün Sonra

Çalan telefonuma yetişmek için koşarak odama girdim. "Alo Ömer nasılsın?"

"İyiyim."

Sesi canımı yakıyordu. "Çok özledim seni."

"Duru."

"Efendim?"

"Okula birkaç hafta geç geleceğim."

"Tamam olsun, hiç önemli değil."

"Sürekli gidip geleceğim, yani artık bu sene birkaç gün İstanbul'da olurum."

"Olsun ben ona da razıyım. Birkaç gün yanımda olsan da bana yeter."

"Öyle değil işte, annemin hastalığından dolayı işlerle ilgilenmiyordum zaten. Sürekli şirketle okul arasında gider gelirim artık. Zaman olmaz görüşmeye."

Ne demeliydim şimdi buna? Onu teselli mi etmeli,

yoksa kendi halime mi acımalıydım? Zorla yutkundum, jilet gibi nefesi boğazıma itip, "Tamam," dedim.

"Görüşürüz," deyip telefonu suratıma kapattı.

İçim acıdı be. Canım yandı.

Telefonu kenara atıp camdan dışarıyı izlemeye başladım.

__2 Gün Sonra__

İki gündür Ömer'den de Ezgi'den de ses çıkmamıştı. Aradığımda Ömer kısa kesmiş, Ezgi ise hemen telefonunu kapatmıştı.

İki arada bir deredeydim. Ömer'in bana ihtiyacı vardı, ama onun yanında olmama izin vermiyordu.

Dağınık saçlarımı bileğimdeki tokayla toplayıp, zorla da olsa yerimden kalktım. Dolabımdaki az kullanılmış defterimden bir sayfa koparıp, masamdaki kalabalık eşyaları ağır ağır yere bıraktım.

Hissettiğim sıkıntı o kadar büyümüştü ki ancak yazarak dökebilirdim içimdeki kıyametleri.

Mutlu uyandığım bu mevsimde, kış erken gelmişti yüreğime. Dalgalanan duygularım, gel-gitler yaşayan hayallerimle bir başıma kalmıştım bu şehirde.

Şimdi başlamış olmanın verdiği pişmanlık, yaşadığım mutluluğun keşkeleri vardı dilimde. Aşk nedir diye soracak olursan, aşk ölüme tek yönlü bilet be sevgilim!

Şimdi soğumuş çayımı arkandan döküyorum, belki çabuk gelirsin diye.

Hasretinle uzayan gecelerimi sokak lambaları aydınlatıyor.

Bir bilinmezliğe gidiyor geleceğim. Geleceğim diyenlere inat beklemek kelimesini kaldırıyorum lügatimden. Bilirim giden gelmez bu gri kente.

Ben beni baştan yazar, bir maviye göz kırparım.

Ama kanayacak dizim, ama acıyacak içim.

Huzuru gizlediğim gözlerine kırgınlık bırakıyorum. Bizi bulursan gelir alırsın.

Şimdi biraz daha akıllanıyorum. İki günlük insanlara anlam yüklemekten vazgeçiyorum mesela.

Şimdi bir ders daha alıp yalnızlığın üst sınıfına geçiyorum, hem de açık ara dereceyle!

Belki kırdığın kalbime yine girer hayallerin, ama eskisi gibi olmaz gerçeklerim. Bilirim biten şeyler eskisi gibi başlayamaz.

Huzurum can çekişiyor gidişinin yarattığı enkazda. Aşk acısını daha iyi anlıyorum mesela. Vay be, daha önce hiç sevmemişim diyorum mesela.

Güle güle huzurum, hoş geldin hüznüm…

Kâğıdı elime alıp boş boş baktım. Biz kadınlar hissederiz olacak bitecekleri. Kahretsin, hep haklı çıkıyoruz!

Biliyorum ki Ömer bir hevesle başlayıp sonradan uzaklaşmıştı. Evet, zordu ama kabullendim.

Kâğıdı defterin arasına bırakıp, duş almak için banyoya yöneldim. Buz gibi su titretse de vücudumu ve içimdeki yanan ateşi soğutuyordu.

Gözlerimden akan yaşlar soğuk suyu ısıtacak sıcaklıktaydı.

Artık bir bitişe hazırdı vücudum.

Islak saçlarımı kurutmadan uzandım yatağıma.

Vücudum titriyor, ben ise sadece Ömer'in soğukluğunu düşünüyordum. Yavaş yavaş gözlerim kapanınca içimdeki sızı diniyor, teslim oluyordum uykuya.

Uyku kaçış yoluydu benim için.

1 Gün Sonra

"Duru uyan." Ağlamaklı bir ses çalındı kulağımda ve oldukça telaşlıydı.

"Ateşi çok yüksek, nasıl dikkat etmediniz?"

"Acil ambulans çağırın."

"Ya ne ambulansı, çabuk arabayla götürelim."

Sesleri duyuyor, ama tepki veremiyordum. Hareket etmek için beynime sinyal göndersem de gözlerimi bile açamıyordum.

Tek hissettiğim soğukluktu. Çok üşüyordum.

Ve sesler uzaklaştı. Tamamen karanlık oldu her yer. Sessizlik ve sessizlik.

3 Saat Sonra

Ağır ağır göz kapaklarımı açınca annem ağlamaklı ve heyecanlı bir şekilde koşarak hemşireyi çağırmıştı.

Ateşim düşmüş, bilincim yerine gelmeye başlamıştı.

"Kızım iyi misin? Nasıl oldun?"

Sıcacık elleriyle yüzüme dokunup ateşimi kontrol eden annem, saatlerdir başımdaydı.

Gözlerimi kapatıp açarak tepki verdim.

Kapıya bakınca birisinin bana doğru geldiğini gördüm.

Evet, bu Ezgi'ydi.

İyi de neden gelmişti ki?

Ya da burada olduğumu nereden biliyordu?

Yoksa yine bir rüyanın içinde miydim?

Ne olduğunu anlamam uzun sürmedi. Annem Ezgi'ye geldiği için teşekkür ediyordu.

"Kızım iyi ki geldin. Duru'nun sana ihtiyacı var."

"Sürpriz yapacaktım ona. O yüzden aramıştım."

"İyi ki de aradın güzel kızım."

Artık vücudumu hareket ettirebiliyordum. Annem ve Ezgi bana doğru geldiler.

"Ezgi hoş geldin," dedim yorgun ve çatallaşmış sesimle.

"İyi misin bebeğim? Ya sürpriz yapacaktım sana."

Az da olsa toplamıştı kendisini, yüzü gülüyordu. "Daha iyiyim."

"Kızım yapma böyle şeyler. Çok korkuttun bizi."

"Halkısın anneciğim, bilemedim böyle olacağını."

"Tamam, doktorla konuştuk bugün çıkabileceğini söyledi. Ezgi'yi de alır bize gideriz."

"Olur," dedim anneme gülümseyerek.

Annem odadan çıkınca Ezgi bana doğru eğilip, "Kızım intihar mı ettin sen?" diye sordu.

"Ne intiharı ya, soğuk suyla yıkandıktan sonra ıslak saçla uyudum. Bünyem zayıf olduğundan kaldıramadım."

"Neler oldu bir bilsen..."

"Ne oldu?"

"Anlatırım hepsini, merak etme."

<u>3 Saat Sonra</u>

Artık kendimi toplamıştım ve eve gelmiştik. Ezgi'nin neler diyeceğini merak ediyordum.

Annemin verdiği ilaçları içip Ezgi'yle odama geçtik.

"Anlat neler oldu."

"Duru hazır mısın?"

"Evet?"

"Emrah burada."

Açıkçası çok şaşırmamıştım. Ama yanlış anlamasın diye şaşırmış gibi yaptım. "Hadi ya, ee barıştınız mı?"

"Evet, zaten burada oturuyordu. Senin yanına gelecektim. Dayanamadım ona da mesaj attım, öyle öyle konuştuk. Yarın görüşeceğiz."

"Mutlu olmana çok sevindim, peki sana yaptıklarını unutabilecek misin?"

"Duru haklısın tabii ama bence her insan ikinci bir şansı hak eder."

"Umarım bu ikinci şans seni ikinci kez üzmez."

"Zaman," deyip gözlerini devirdi.

"Evet, zaman her şeyin ilacı."

***

Ezgi sabah erkenden uyanmış hazırlanmıştı bile. Ben de bugün biraz daha iyi hissediyordum kendimi.

Ezgi, Emrah ile görüşmeye gittikten sonra bir kahve yapıp odama geçtim. Telefonum ısrarla çalınca son anda açtım. Arayan Ömer'di.

"Duru'm iyi misin?" Sesi ne sıcak ne soğuktu, sadece bana acıyor gibiydi.

"İyiyim."

"Neden dikkat etmiyorsun kendine?"

"Dikkat ediyorum merak etme Ömer, sen nasıl oldun?"

"Ben daha iyiyim, topladım sayılır."

"Peki."

Sessizlik çökünce, "Seni özledim," dedi Ömer usulca. "İstanbul'a gelince adam akıllı oturup konuşmamız lazım."

"Neden?"

"Ne demek neden Ömer! Bir sıcaksın bir soğuk."

"Lütfen böyle detaylara takılıp bize zarar verme. Ben de insanım, her dakika güzel sözler söyleyemiyorum. Bir dünya sıkıntım var benim. Az anlayışlı ol. Sırf soğuk davrandım diye senaryolar mı yazdın?"

Hiç bu şekilde düşünmemiştim. "Haklısın."

"Hadi sarı papatyam, üzme sen kendini tamam mı? Az kaldı, iki hafta sonra görüşeceğiz."

"Seni seviyorum."

"İyi ki varsın. Ben de seni seviyorum."

Telefonu kapattıktan sonra içtiğim bütün ilaçlardan daha iyi gelmişti sesi. Artık çok daha iyiydim.

Akşam Ezgi eve gelmemiş ve Emrah'ta kalmıştı. Yarın da birlikte kahvaltı yapalım diye beni aramıştı. "Tamam canım, biliyorum orayı. Görüşürüz."

Telefonu kapatıp Ömer'e iyi geceler mesajı attıktan sonra uyudum.

Sabah erkenden uyanıp ilaçlarımı içtikten sonra hazırlanmaya başladım. Üzerime bol bir pantolon, dar bir kırmızı gömlek ve vazgeçemediğim deri ceketimi giydim. Hafif bir makyajdan sonra saçlarımı da tepeden bağlayıp dışarı çıktım.

Ezgi ve Emrah beni bekliyordu. Onları çok fazla bekletmeyip bir an önce yanlarına gittim.

"Kuzum hoş geldin."

"Hoş buldum."

Emrah ile tokalaştıktan sonra kahvaltılarımızı söyledik.

"Canım bir lavaboya gidelim mi?"

"Olur canım," deyip gittik.

Ezgi kapıyı kapatıp, "Kuzum sakın Ömer'e bir şey söyleme olur mu?" dedi.

"Neden?"

"O kadar olaydan sonra çok kızar, hiç ortalığı bulandırmaya gerek yok."

"Bir şey mi gizliyorsun?"

"Hayır tabii ki. Sen söyleme lütfen."

"Tamam, merak etme söylemem."

Emrah'ın yanına gidince siparişlerimiz geldi.

"Nerde kaldınız?"

"Ee hayatım kızların dedikodu yeridir lavabolar," deyince Ezgi laf lafı açtı ve sohbet muhabbet derken saatler geçip gitti. Emrah ile Ezgi aslında birbirine çok yakışıyordu, aralarındaki bağ kuvvetliydi. Emrah yanımda bile defalarca özür diledi...

2 Hafta Sonra

Nihayet İstanbul'daki evime gelmiştim. Minik kedimi bir barınağa bıraktığım için pişmandım şimdi.

Ömer bir hafta sonra gelecekti. Her şey tatlıya bağlanmış olsa da benim içimde bir soğukluk vardı. Artık diken üstündeydim. Sanki ufacık bir şey de patlak verecek ve her şey bitecekti.

Aradan aylar geçmişti. Günler su gibi akıp gidiyordu. Ömer'e olan bağım hem güçlü hem de şüphe doluydu.

Ezgi akşama bize gelecekti, ben de ufak tefek bir şeyler hazırlıyordum.

Kapı çalınca ıslak elimi havlu ile kurutup koşarak kapıyı açtım.

"Bebeğim nasılsın?" Ezgi o kadar pozitifti ki onu görünce kocaman gülümsüyordum.

"Çok açım Duru'm," deyip mutfağa koştu. Ben kapıyı kapatana kadar çoktan masaya kurulmuştu.

"Nereden geliyorsun böyle?"

"Ya kuzum sen güzel yemek yapıyorsun diye bir şey yemeyeyim dedim ama aç kaldım."

İkimiz de gülmeye başladık. Ezgi ağzındaki lokmasını yuttuktan sonra, "Ömer'in iki gün sonra doğum günü," dedi.

"Ne diyorsun sen!" Elimdeki bardağı masaya bırakıp şaşkınlık içinde Ezgi'ye baktım. "Bu şimdi mi söylenir?"

"Tatlım ben biliyorsun sanıyordum."

"Hayır bilmiyordum."

"Artık biliyorsun."

"Evet, ama hazırlık yapmam gerek."

"Bak şimdi, ne yapalım biliyor musun?"

Yerinden kalktı, kolumdan tutup beraber odaya geçtik. "Bak buraları balonlarla ve sizin fotoğraflarınızla süsle. Kapının girişine mumlar koy. Çok romantik olur."

"Ay, evet çok heyecanlandım! Ee hediye olarak ne alacağım?"

"Hmm güzel bir Beşiktaş formasına ne dersin?"

"Mantıklı erkekler sever böyle şeyleri."

Sevinçle birbirimize sarılıp bu güzel fikir için Ezgi'ye teşekkür ettim.

***

Okula gidip kantinde bekleyen Ömer'in yanına geçtim. Sımsıkı sarıldık birbirimize. Doğum gününü bildiğimden habersizdi.

"Aşkım akşam bizdesin tamam mı?"

"Neden, çok mu özledin beni?"

"Aşkım özlemin yanındayken bile geçmiyor ki."

"O zaman güzel ellerinle yemekler mi yapacaksın bana?"

Güzel fikirdi.

"Evet, evet yemek yapacağım."

"Anlaştık o zaman."

***

Ders çıkışı Ömer arkadaşlarıyla görüşmeye gitti. Ezgi ve ben ise hazırlıklar için çarşı pazar dolaşmaya başladık.

Eve geldiğimizde ikimiz de çok yorgunduk. Birlikte hızla her şeyi hazırladık. Pastayı da alınca Ömer birazdan gelir diyerek Ezgi gitti.

Ömer'i arayıp sıkmak istemiyordum ama saat artık çok geç olmaya başlamıştı.

Mumları yakmaya başladım. Ve daha fazla dayanamayıp aradım. Telefon bir kez çaldıktan sonra meşgule düştü, acaba müsait mi değil diye düşünmeye başladım. Ve nihayet kapı çaldı. Koşarak kapıyı açınca karşımda kimseyi göremedim. Evet, bir not daha bırakılmıştı. Notu alıp tek elimle kapıyı kapattım.

Çok aptalsın, beklediğin insan şu an gününü gün ediyor. İstersen okulun yan tarafındaki mekâna bir bak.

Şoke olmuştum. Üzerimdeki mavi elbiseyi çıkarıp kot pantolon ve tişört giydim. Koşar adımlarla merdivenlerden inip caddeye fırladığımda, bir araba farı görüş alanımı kısıtlanmıştı.

Derin derin nefes alıyordum. Gelen ışığın yönüne bakıp ellerimi gözlerime tuttum. Kimdi bu?

Kenara çekilip yoluma devam ederken arkamdan bir el omzuma dokundu.

"Merhaba Duru."

Bu aylar önce karşılaştığım taksiciydi. Tokalaşmak için uzattığı elini nazikçe aşağı indirdim.

"Buyurun?"

"Hadi gidiyoruz."

"Nereye?"

"Kafeye, Ömer'in yanına."

"Saçmalama!" deyip arkamı döndüm ama hızla ilerlerken önüme geçip beni durdurdu.

"Bu saatte sokaklar çok fazla güvenilir değil."

"Ya sen kimsin, niye bana yardım ediyorsun? Ömer'in orada olduğunu nereden biliyorsun?"

"Şöyle oldu, sizin sevgili olduğunuzu biliyorum zaten. Malum tartışmadan sonra anladım. Neyse konuya gelelim, bir müşteriyi o kafeye bıraktım ve telefonda, 'Tamam aşkım geliyorum,' dedi. Kafenin önünde onu bekleyen ise Ömer'di."

Sesi net ve sakindi.

Gözlerim dolmaya başlamıştı ve sinirden dudaklarımı ısırıyordum.

"Beni lütfen götürür müsün oraya?"

"Hadi gel."

Önden gidip hızlıca arabayı çalıştırdı. Yanına oturup emniyet kemerimi taktım, kafamı kaldırdığımda bana bakıyordu.

"Adın ne senin?"

"Çınar Deniz."

"Yeşil ve mavi."

"Anlamadım?" dedikten sonra kafasını yukarı kaldırıp, "Ah, evet ağaç ve su," dedi. Gülümseyip arabayı çalıştırdı ve çok geçmeden kafenin önüne gelmiştik.

Arabadan inip kafenin camından kalabalıklar arasında Ömer'i buldum. Masada bir pasta vardı. Çok mutlu görünüyordu.

İçim acıdı.

Çınar arabadan inmemişti. Gidip masayı dağıtmak vardı. Dayanamayıp içeri girdim. Karşıma çıkan garsona çarpıp ilerlemeye devam ettim. Hızlı adımlarla masaya yaklaşınca birisi beni tuttu. Evet, Çınar'dı bu.

Ömer bizi fark etmişti. Çınar beni uzaklaştırmak istedi, elimi tutup çekiştirdi. O kadar kötüydüm ki yaprak misali rüzgârın götürdüğü her yere gidebilirdim.

Çınar elimi tutup beni kapıya doğru götürünce son kez Ömer'e baktım. Masadaki kızın elini tutuyordu, bana bakıp tekrar önüne döndü.

Dışarı çıkınca Çınar'a döndüm. "Ya sen ne diye beni çekiyorsun? Ne yapmaya çalışıyorsun?"

Bir yandan ağlıyor diğer yandan sitem ediyordum.

"Tamam, sakin ol." Omzumdan tutup beni durdurmaya çalıştı.

"Hadi gel seni eve bırakayım."

"Hayır istemiyorum." Elimle gözyaşlarımı silip üşüyen kollarımı ellerimle ısıttım.

"Tamam o zaman, hadi gel seni sakinleştirecek bir yere götüreyim."

Hiçbir şey demeden arabaya doğru yürüdüm. İçimde çok büyük bir nefret vardı.

Bir insan nasıl olur da o büyük sevgiyi nefrete dönüştürebilirdi ki?

***

Bir sahile geldik. Hava serin olduğundan çok fazla kimse yoktu. Bir banka oturup sessizce saatlerce bekledik.

Taşlara çarpan suyun sesi içimdeki fırtınaları temsil ediyordu. Denize bakıp konuşmaya başladım. "Ya insanlar ne ara bu kadar kötü oldu? Bir çocuk benim için uğraştı didindi. Yaralarına merhem olacağım dedi."

Çınar sözümü bölüp, **"Yarana tuz oldu öyle değil mi?"** dedi.

"Evet, tuz oldu. Kurduğum hayalleri tuz buz etti. Ben şimdi kime güveneceğim ya!"

"Sakin ol, öncelikle daha çok gençsin. Bu ilk yaran değil ve son da olmayacak. Her şey geçecek. Evet, canını yakacak ama geçecek. Biraz sabır."

"Nefes almakta zorlanıyorum."

"Biliyorum, ben de öyle olmuştum."

"Sen de mi aldatıldın?"

"Keşke aldatılsaydım da o yaşasaydı."

"Nasıl yani?"

Kafasını bana çevirip, "O artık uzak diyarlarda," dedi. Elini gökyüzüne kaldırıp yıldızları gösterdi. "Her şey çok güzeldi. Bir pazar kahvaltı için bana gelecekti. Yolda yaralı bir kedi görünce arabayı sağa çekip kediye yardım etmiş. Ve karşıdan hızla gelen arabanın altından sağ çıkamamış."

"Başın sağ olsun."

"Ve ben o günden beri hep o mahalledeyim."

"Neden?"

"Buse senin oturduğun evde yaşıyordu."

Tüylerim diken diken olmuştu. Daha fazla canını yakmamak adına sessiz kaldım.

Nefesini verip sustu.

Beterin beteri var dedikleri bu olsa gerek.

"Beni eve bırakır mısın?"

***

Evimin önüne geldiğimizde dış kapıyı açıp, "Her şey için teşekkür ederim," dedim.

"İyi geceler."

Merdivenleri ağır ağır çıkıp kapıyı açtım. Pastayı, mumları ve hazırladığım her şeyi çöpe attım.

Şimdi yokluğunun ilk günü; evet, huzuru bana getiren adam şimdi başka biriyle el eleydi. Ve ben bugün kaderden bir ders daha almıştım. Bugün biraz daha olgunlaşmış, bir yaş daha büyümüştüm.

Ağlaya ağlaya uyudum.

Sabah uyandığımda Ömer'den gelen bir mesajla yerimden doğruldum, heyecanla mesajı açtığımda, '*Affet,*' yazısını gördüm. Bağıra bağıra ağladım. Her şey bu kadar kolay mıydı? Affet deyince yaralarım iyileşir miydi?

Cevap bile vermeden, sinirle telefonu yere attım.

Okula gitmek istemiyordum. Ama hayat devam ediyordu. Etmek zorundaydı!

Duşa girip saçlarımı kuruttuktan sonra hafif bir makyaj yaptım.

Otobüste giderken sıkıldığımı fark ettim. Babama mesaj atıp araba istediğimi söyledim.

Okulun kapısından geçip, hiç acı çekmemiş gibi sahte bir gülümsemeyle sınıfa girdim.

Artık derslerime daha fazla odaklanmak istiyordum. Kafamı kaldırınca Ömer'in sınıfa girdiğini gördüm ve kalbim yerinden çıkacak gibiydi. Nefes alamıyor, gözlerimden akan yaşlara engel olamıyordum.

Çantamı alıp çıktım sınıftan.

Okuldan çıkarken, okulun karşısında Çınar'ın bizim bölümden bir hocayla samimi bir şekilde konuştuğunu fark ettim. Göz göze gelsek de yoluma devam ettim.

Hızlı adımlarla yürürken bir arabanın yanımda durduğunu gördüm.

Sürücü kısmındaki cam aşağı doğru kayarcasına indi ve direksiyon başında oturan Çınar, "Hadi gel bırakayım seni," dedi.

"Sağ ol ben giderim."

"İyi değilsin, lütfen."

Evet iyi değildim ve birisine ihtiyacım vardı. Ezgi'den de haber yoktu. Her şeyi yoluna koymuştu ve aramıyordu bile. İnsan bir merak ederdi!

Arabaya bindim.

"Suratsız."

"Ne yapayım?"

"Gülümse!"

"Lütfen bunu benden isteme."

"Bak benim niyetim kötü değil, sadece bir dost bir arkadaş gibi dert ortağın olayım istiyorum, tamam mı?"

"Tamam."

Çınar'la sakin, elit bir kafeye geldik.

"Bir şey soracağım?"

"Tabii."

"Nurcan Hoca'yı nereden tanıyorsun?"

"Ablam," dedi gülümseyerek.

"Hadi ya!" Şaşkınlıkla kaşlarımı kaldırmıştım.

"Evet, üç kardeşiz biz. Diğer ablam Hayal markasının sahibi Meral Deniz."

"Yok artık! Ciddi misin sen?"

"Evet."

"Ee neden taksicilik yapıyorsun? Ablan destek olmuyor mu sana?"

"Ben aslında orada tasarımcıydım, bir gün toplantıda beni rencide edince ben de çıktım şirketten. Hiç kimseden bir şey istemiyorum dedim. Ablamı çok severim, ama ne bileyim kasıntı biraz. Böyle daha iyiyiz."

"Çok ilginç."

Kafamı sağa çevirince Ezgi ve dün Ömer'in yanında gördüğüm kız gülerek içeri girdiler. Beni fark etmemişti. Ben kapıya kilitlenip kalınca Çınar baktığım yöne çevirdi kafasını.

"Şş kendine gel Duru, bakma oraya."

Yüzümü tutup kendisine çevirdi.

Bu ne demekti şimdi?

Kızın yüzünü artık daha net görebiliyordum. Saçları omuzlarından aşağı dökülüyor, elmacık kemikleri buradan bile belli oluyordu. Ne çok güzel ne de çok çirkindi. Sade makyajıyla sadece yeşil gözlerini ön plana çıkarmıştı.

"Kalkalım istersen?" Masanın üzerindeki elime dokunan Çınar beni kendime getirmişti.

Hızla elimi çekip, "Olur," dedim. Çınar hafif uzun saçlarını kafasıyla yana atıp, sandalyeye koyduğu deri ceketini aldı ve hesabı ödemeye gitti. Kafamı tekrar Ezgi'nin olduğu masaya çevirince bana baktıklarını gördüm. Ezgi'nin yüzünde büyük bir utanç vardı. Hemen gözlerini kaçırıp başını öne eğdi. Çınar'la kapıdan çıkarken Ezgi koşarak yanımıza geldi.

"Duru bir saniye," deyip kolumdan tutunca arkamı döndüm.

"Ben arabadayım gelirsin." Tamam dercesine Çınar'a başımı salladım. Ezgi her zamanki gibi çok fazla parfüm sıkmıştı. Büyük ihtimal Emrah ile görüşecekti. Üzerine giydiği siyah polar içinde minik bedeni kaybolmuştu. Simsiyaha boyadığı gözleri doluydu.

"Duru, yani nasıl konuya gireceğimi bilmiyorum ama içimde kalsın da istemiyorum."

Kafamı kaldırıp camın diğer tarafından telefonla oynayan kızı gösterip, "Bunu mu diyeceksin, Biliyorum zaten konuyu Ömer'in sevgilisi," dedim.

"Sen nerden biliyorsun?" diyerek gözlerini açıp bana yaklaştı.

"Bunu nereden bildiğim önemli değil, bunu bana şimdiye kadar neden söylemediğin önemli."

İşaret parmağımla kızı gösterip dişlerimi sıkarak konuştum. "Ne zamandır var bunların ilişkisi? Neden gizlediniz? Ezgi ben sana güvendim ya!"

"Tamam, bak ne dersen haklısın ama fevri olma lütfen, izin ver anlatayım."

Kolumu tutup ben senin yanındayım dercesine gözlerime baksa da artık bitmişti gözümde.

"Dinliyorum," dedim sesim kendinden emin ve keskindi.

"Bak şimdi, bunlar eski sevgiliydi. Nihal bizim bölümün üst sınıfındaydı. Bir şekilde bunlar kısa da olsa bir ilişki yaşamışlar, Ömer bildiğin tutulmuştu buna. Sonra kız bir anda okulu bıraktı. Ailevi sıkıntıları mı ne varmış. Okulu bırakıp araya mesafe girince bunların ilişkisi de bitti tabii. Şimdi de geri geldim diyor. Ömer aslında seni seviyor ama sanırım dün tercihini yaptı."

"Ne tercihi ya, ne diyorsun?" Sinirden elim ayağım titriyordu, gözlerim dolmuştu ve yüzüm ateş topuna dönmüştü.

"Ya madem istemiyor neden söylemedi? Neyi bekledi bu pislik herif!"

Sesim yükselmişti, Ezgi gözlerini kaçırıp kem küm etmeye başladı.

"Ne haliniz varsa görün!"

Elimi kaldırıp arkamı döndüm.

Gözlerimle birkaç saniye arabayı aradıktan sonra Çınar'ı gördüm. Hemen yanına gittim. Farkında olmadan kapıyı sert kapatınca, "Özür dilerim," dedim.

"Önemli değil," deyip gülümsedi. Dişleri gerçek olamayacak kadar beyaz ve düzgündü.

"Ee iyi misin biraz daha? Dağıldı mı kafandaki soru işaretleri?"

"Hayır."

Arabayı hızla kenara çekip bana doğru eğildi.

"Bak Duru'cum hayat bu, bir şekilde büyüyorsun işte. Birileri gelir seni senden alır ve yeni bir sen yaratır, biz buna olgunlaşmak diyoruz. Yani bunlar normal şeyler.

Evet, acını çekeceksin, ağlayacaksın ama geçecek bunlar. Saat kaç olursa olsun, ne zaman olursa olsun sana bir telefon kadar yakınım. Elimden geleni yaparım. Sen buraya okumaya geldin, amaçlarını neden böyle insanlar için değiştiriyorsun ki? Elinden geleni yap. Bence bir hedef belirle kendine, mesela 5 yıl sonra nerede görüyorsun kendini? Var mı bir hedefin?"

O kadar güzel konuşuyordu ki ne dese haklıydı aslında. Hedefe gelince, evet, bir hedefim yoktu sanırım. Kaşlarımı kaldırıp ona baktım.

"Bak şimdi, o zaman sana bir hedef belirleyelim. Spora başla, her sabah spora gel benimle. Müzik dinleyelim, çimlere uzanıp kitap okuyalım. Her şey aşk değil ki iki arkadaş olarak da çok mutlu olabiliriz. Ve en önemlisi, okuduğun bölümle alakalı çok güzel şeyler yapabiliriz. Birkaç projem var. Taksiciliği öylesine yapıyordum, biliyorsun, onu da bırakırım. Ne dersin?"

Resmen içimde kıvılcımlar çakıyordu, söyledikleri inanılmaz şeylerdi.

"Bak Çınar, çok güzel şeyler bunlar ama ne bileyim, yani bir enkazın altından yeni çıktım."

Konuşmamı bitirmemi beklemeden atıldı söze. "Yahu ben sana zaten hemen gül oyna, mutlu ol, unutursun demiyorum ki. Tamam, bir enkaz var ama bırak bari ben de sana destek olayım. Hem ben senin yanında olduğum sürece o çocuğun canı daha fazla yanar, merak etme."

Geriye çekilip başını yana eğerek bana baktı. Haklıydı, yaşanmışlığın rahatlığı vardı üzerinde.

"Tamam, ama senden biraz zaman istiyorum. Lütfen biraz kendime geleyim. Ömer benim ilk konuştuğum insan, yani hemen hadi geçti, bana ne diyemem."

"Bir günde unut, boş ver demem zaten. Ki normal olanda zaten senin yaptığın elbette acı çekeceksin."

Yavaştan arabayı çalıştırıp yola çıkmıştık. Keşke, gözlerimi açıp kapattığımda her şey böyle yoluna girse...

1 Hafta Sonra

Sabah erkenden uyanmış, yatağın içinde öylece bekliyordum. Her şey biraz anlamsızdı aslında. Büyük bir ağırlık vardı üzerimde. Telefonum çaldı ama kimin aradığı umurumda değildi. Biraz çaldıktan sonra kesildi sesi.

Zar zor yatağımdan doğrulup duş için banyoya girdim. Zor da olsa kendime gelmiştim. Gece yemek yemediğimden midem çok bulanıyordu. Saçlarımı kurutup odamı düzenledim. Oda çok havasız kaldığından evdeki bütün camları açtım.

Mutfağa geçip altı biraz kararmış çaydanlığı ocağa koydum. Masanın üzerindeki fazlalıkları alıp tezgâha yerleştirdim. Dolabı açınca içinde çok fazla bir şey olmadığını gördüm, elime aldığım son domates de çürümüştü. Biraz peynir kalmıştı, ekmeğin arasına koyup tost yapmak için tezgâha yöneldim. Alış veriş yapmam lazımdı. Sıcak çayı bardağıma doldurup afiyetle tostumu yedim.

Son lokmamı da ağzıma atıp çayımdan bir yudum aldım. Sonuna geldiğim için çay biraz soğumuştu. Bir anda aklıma Ömer geldi. Her zamanki gibi. Ansızın aklıma geliyordu; uykumdan önce, sabah uyanınca, yemek yerken ve gülerken bile. İçime oturuyordu yokluğu. Neden bilmiyorum, ama kabullenemedim Ömer'in gittiğini.

Karşısına geçip sayıp sövmek geliyordu içimden. Masadan kalkıp sakince sandalyeyi yerine koydum. Alış verişe gitmem gerekiyordu.

Çınar'ın da dediği gibi, hayat devam ediyordu.

Üzerime kalın eşofmanlarımı giyip saçlarımı topuz yaptım. Kapüşonlu gri penyemin üzerine, vazgeçilmezim olan deri ceketimi giydim. Çantamdan cüzdanımı alıp kapıyı kilitlemeden çıktım evden.

Babam araba alıp göndermişti. Hava gerçekten soğuktu ama market yakın olduğundan yürümek istedim. Rüzgâr sert bir şekilde yüzümü yalıyordu. Havanın soğukluğu içimdeki ateşi daha da alevlendiriyordu. Kapüşonu kafama çekip üşüyen kulaklarımı gizledim. Rüzgâr gelmesin diye başımı öne eğdim. Markete yaklaşınca kafamı geriye atıp kapüşonu çıkardım. İçeriye girince iliklerime işleyen soğuk yavaş yavaş geçmeye başladı. Girişten bir market arabası alıp alış veriş için eksik olan her şeyi yavaş yavaş doldurdum arabaya.

Çikolata için tam köşeyi dönecektim ki Ömer'le göz göze geldim. Yanıma gelmek istiyor da gelemiyor gibi bir hali vardı. Kalbim yerinden çıkacak gibiydi. Kilitlenip kalmıştım gözlerine.

Görünce anladım, çok özlemişim be adam seni.

Derin bir nefes aldım, yanına gidip hesap soracaktım. Evet, bana bir açıklama yapmak zorundaydı. Market arabasıyla ona yaklaşacakken, "Aşkım ya, bunu da aldım!" diye elinde çikolata sosu tutan Nihal tüm cesaretimi yerle bir etti.

Elimde tuttuğum alış veriş arabası parmaklarım arasından kayıp gidecek sandım. Nihal beni görmeden arka rafa attım kendimi. İlk kez bu kadar küçük düşüyordum. Ve ben bunu hak etmemiştim! Sinirli sinirli ilerleyip, elime ne gelirse attım arabaya. Birden ayaklarıma sanki yük inmiş gibi kalakaldım oracıkta. "Hayır, ağlama Duru. Ağlama, yapma bunu kendine," diye teselli etti iç sesim beni. İnsanların bu kadar katı olmasını benim aklım almıyor. Başkalarının hayatlarını mahvedip, kendi hayatlarına devam etmelerini anlayamıyorum.

Yaşlı bir teyze bana doğru yaklaşıp kolumu tuttu. "Yavrum iyi misin, gözüm takıldı da sana pek iyi görünmüyorsun." Göz torbaları sarkmış, dudakları yaşlılıktan incecik olmuştu ama beyaz saçlarını sarı boyayla gizlemişti. Bu yaşına rağmen hâlâ bakımlı ve süslü bir teyzeydi.

"İyiyim teyzecim, tansiyonum düştü herhalde."

"Aa ne teyzesi canım, gencecik kadınım ben!" Gülen gözlerine dayanamayıp ben de güldüm.

"Ha şöyle kızım, ya daha gençsin ne tansiyonu? Biraz hayata bağlanın, mutlu olun. Bak ne güzelsin, yaşamanın tadını çıkar biraz."

Kolumu kavrayan elini tutarak, "Haklısın güzel ablacım," dedim.

"Hadi kendine iyi bak," diyerek uzaklaştı yanımdan. Arkamı dönüp teyzeye bakınca Ömer'in de gittiğini görmüştüm. **Gitti, elimden kalbimden, içimden.**

Alışverişi tamamladıktan sonra kasaya yaklaştım. Sinirle arabaya attığım tüm gereksiz şeyleri geri bıraktım tabii ki.

Caddeye doğru ağır ağır ilerleyip, nihayet eve varmıştım. Aldığım eşyaları yerine yerleştirirken çalan telefonum dikkatimi dağıttı. Daha fazla çalmasına dayanamayıp odaya doğru ilerledim.

"Efendim anne?"

"Nasılsın kızım?"

"İyiyim sen nasılsın, hayırdır?"

"Aşk olsun kızım, o ne demek şimdi?"

"Aradığın mı var…"

"Yapma kızım böyle biliyorsun dernekle ilgileniyorum." Annemin sesi kırgın geliyordu.

"Peki."

"Ne yapıyorsun şimdi?"

"Alış veriş yaptım, evde yiyecek bir şey yoktu. Ortalık leş gibi resmen."

"Kızım lütfen aç kalma, bir şeyler ye. Temizlik için de eve bir yardımcı alsana, istersen buradan ben araştırayım?"

"Aa çok haklısın. Dur bakalım arkadaşıma sorayım, vardır onun bir tanıdığı, yoksa kalkamam altından."

Annemi kırdığım için pişmanlık yaşıyordum. İnsanın nazı kime geçiyorsa onu kırıyordu işte.

"Boş ver hayatım, sen temizleme. Haftanın iki günü al birisini işte."

"Anneciğim özür dilerim, az evvel kırdım seni."

"Olsun yavrum ne olacak."

"Seni seviyorum anne, kapatıyorum ben." Çok dolduğumdan ağlamak üzereydim. Annemin bunu hissetmesini istemiyordum.

"Peki kızım, kendine dikkat et."

Telefonu kapatır kapatmaz yanaklarımı sel bastı. İçim acıyordu. Ben bunu hak etmemiştim. Hem de hiç.

1 Saat Sonra

Ağlayarak kanepenin üzerinde uyuyakalmıştım. Uyandığımda hâlâ hıçkırıklar yüzünden nefesim boğazımı jilet gibi kesiyordu. Boş boş duvara bakıp, her şeyin rüya olması için içten içe dua ediyordum.

Ev temizliği geldi bir anda aklıma. Evet, birisini bulmam gerekiyordu. Yardım alabileceğim tek kişi Çınar'dı.

İyi insan lafın üstüne gelir dedikleri bu olsa gerek, çalan telefonuma uzanıp Çınar'a cevap verdim.

"Neredesin bakalım?" diye girdi söze, sesi enerji doluydu.

"Evde," diyebildim buz gibi sesimle.

"Sıkılmıyor musun evde?"

"Hayır, alış veriş yaptım. Ya şey diyecektim, evi temizlemek için bir yardımcıya ihtiyacım var."

"Hmm anladım. Tamam ben bir sorayım ablamlara, dönerim sana."

"Çok teşekkür ederim, sana da zahmet veriyorum."

"Evet, çok zahmet veriyorsun, bir kahve borcun var. Neyse ben kapatıyorum, 10 dakikaya dönerim sana."

"Tamam." Gülümseyerek telefonu kapattık.

Mutfağa gittim, kendime su doldururken telefon çaldı yine, koşarak odaya geçtim.

"Efendim?"

"Temizlik için birisini bulmuştum, kapıdaymış."

"Aa ciddi misin? Tamam," diyerek telefonu kapatıp kapıya koştum. Kapıda başında tülbentli, yüzünde sakalıyla elini beline koymuş bir halde bana bakan Çınar vardı. Hali o kadar komikti ki dayanamayıp bir kahkaha patlattım.

"Ne kadar ayıp, misafiri böyle mi karşılıyorsun?"

Ciddiyetini bozmadan hafifçe başını kaldırarak evi süzdü.

"Aman be! Bir de kızsın, ne bu pislik yavrum? Çınar olmasa vallahi giderdim."

"Ya çıkar şu başındakini," deyip yanına koyduğu elini aşağı indirdim.

"Hani kimse gelmedi?"

"Gelecek merak etme." Başındaki tülbendini çıkarıp eliyle saçlarını düzeltti. Siyah dar pantolonun üzerine giydiği uzun yelek onu oldukça şık gösteriyordu.

"E sen niye geldin?" diye gülerek sordum. "Aşk olsun, güldürdük hanımefendiyi hâlâ niye geldin diyor. Peki, gidiyorum o zaman." Arkasını dönünce kolundan tutup çevirmeye çalıştım ama o kadar güçlüydü ki resmen arkasından sürüklenmek üzereydim. "Bak bir de gülüyor ya! Off çok güçlüsün, dursana!" Bir anda durunca çarpıştık.

Birlikte gülerken bir anda yüzüm düştü.

Başımı öne eğince o hafifçe yaklaşıp, "Ne oldu kalbini mi kırdım yoksa?" diye sordu.

"Hayır." Yavaşça mutfağa yönelip Çınar'ı arkamda bıraktım. Balkona geçip dışarıyı izlemeye başladım.

Çınar kapının ağzına gelip durdu. "O geldi değil mi aklına? İşte acı çekme evresi böyle bir şey. Her an aklına gelir; gülerken, eğlenirken, hatta en enerjik şarkılarda bile içini hüzün kaplar. Ama sen güçlü bir kızsın, atlatacaksın, emin ol. En azından senin şu an üzüldüğün kişi karaktersiz. Unutman zor olmaz. Ama benim durumum daha kötü."

Kafamı kaldırıp Çınar'a baktım. Sesi çatallaşmış, gözleri dolduğundan yukarı bakıyordu. Gelen rüzgâr sakince yüzümüze vuruyor, acılarımızı serinletiyordu.

Zorlukla yutkunarak devam etti sözüne. "Âşık olduğum kadını bir görseydin... Öyle güzel, öyle masum bir yanı vardı ki, sokakta aç bir çocuk görse saatlerce ağlardı. Saçları siyah, gözleri deniz mavisiydi. Boncuk boncuk huzur kokuyordu gülüşü. Küs gitti bir de. Kalbini kırmıştım onun. Sabah çiçek alıp evine gideyim dedim. Bir de ne göreyim? Her taraf feryat figan. Çiçekler elimden düştü. Kaldırıma oturup ağlayan ablasıyla göz göze gelince arabaya binip hızla uzaklaştım buradan. Günlerce evden çıkmadım. Her gün kapalı olan telefonuna mesaj atıp belki çalar umuduyla aradım. Sonra psikolojik tedaviydi, ilaçlardı derken bir şekilde hayatta kaldım. Demem o ki bir şekilde her şey geçiyor. Bu da geçecek. Sen iyi insanları kaybettiğin için üzül. **Yani üzüldüğün kişi senin gözyaşını hak etmeli."**

Çınar'a bir adım yaklaşıp yanaklarına dökülen gözyaşlarını silince, o da başparmağıyla gözyaşımı silip parmaklarıyla dudağımın iki kenarını yukarı çekti. "İşte böyle gülümse," dedi.

"Bizim çok iyi iki arkadaş olup, yaralarımıza merhem olacağımıza inanıyorum."

"Ben de."

"Hadi o zaman hazırlan yavaştan, temizlikçi gelmek üzeredir. Seni okula bırakayım. Ben de ablamın atölyesine gideceğim."

"Aa barıştınız mı?" diyerek sevinçle gözlerimi açtım.

"Ya küs değildik, sadece yan yana çalışamıyorduk. İşte sıkıştığında yardıma gidiyorum ben."

"Anladım. Sen bekle burada, ben hemen hazırlanıyorum."

Odama geçip kapıyı kilitledim. Ona güvensem bile yine de kendimi güvende hissetmek istedim.

Hızla saçlarımı örüp üzerime mavi kot ve koyu kahve deri ceketimi giydim. İçeri gittiğimde mutfakta elini yanağına koymuş dışarıyı izliyordu.

"Ee evi temizlemek için gelen kişi anahtarı nereden alacak?"

"Bekleyelim biraz, sen de o arada deterjanları çıkar."

"Haklısın."

Almış olduğum malzemeleri masanın üzerine koyarken kapı çaldı. Çınar, "Ben bakarım!" deyip kapıya koştu.

Çok geçmeden yükselen sesleri merak edip kapıya yönelince, Ömer ve Çınar'ı burun buruna gördüm.

"Maşallah Duru Hanım, hiç zaman kaybetmeden eve erkek almışsın."

Çınar, "Ne diyorsun oğlum sen?" deyip Ömer'in üzerine atlayacakken aralarına zor girdim.

"Ben mutfaktayım," dedi Çınar ve bizi yalnız bırakarak mutfağa gitti.

"Kim bu Duru?"

"Sen benim hayatımdan defolup gittin. Şimdi hayatımdaki hiçbir insanı sorgulamaya hakkın yok. Ama insanlık bende kalsın, ben senin yaptığın karaktersizliği yapıp senin kafanda soru işaretleri bırakmayacağım. Çınar benim yakın arkadaşım, aramızda herhangi bir şey yok. Olamaz da. O sadece senin içine ettiğin hayatımı düzeltmeye çalışıyor."

"Duru bak, hiçbir şeyi bilmiyorsun."

"Neyi bileceğim Ömer? Ben senin doğum günün için hazırlık yapıyorum, sonra bir bakıyorum sen başkasıylasın."

"Ne desen haklısın, ben de bu yüzden geldim zaten. Hakkını helal et."

"Ahrette bile yüzünü görmemek için hakkımı helal ediyorum sana."

"Yapma böyle lütfen." Sesi yalvarır gibi geliyordu. "Şunu unutma, seni sevdim ben ama Nihal hep başkaydı benim için."

"Daha fazla canımı yakmak için mi geldin? Ya madem hayatında kalbinde birisi var, ne diye uğraşıyorsun hayatıma girmek için?" Sesim yükselmiş, Ömer'in üzerine yürüyordum.

Çınar daha fazla dayanamayıp yanımıza geldi. "Bak birader, kırdın gittin kızı şimdi kalkmış hesap soruyorsun. Hadi daha fazla uzatma, git artık." Ömer'i dışarı atıp kapıyı da ardından kapattı.

Ömer kapı kapanana kadar son kez baktı gözlerime.

Sırtımı duvara yaslamış ağlıyordum. İçim acıyordu. **Başkasına âşık birisine âşık olmak karşılıksız sevmekten daha da kötüydü.**

1 Ay Sonra

Artık soğuklar tamamen etkisini göstermişti. Yağan yağmuru izlerken parmaklarımın arasındaki kırmızı fincana dalmıştı gözüm. Sınavlar yaklaşıyordu ama nedense çok stresli değildim, kendime güveniyordum. Ömer'le karşılaşmamak için çok dışarı çıkmıyordum. Okulda ise hep sınıfta takılıyordum. Müthiş bir gök gürültüsü dikkatimi gökyüzüne çekti. İrkilen vücudumu kollarımla sarıp içeriye geçtim. Gözüme takılan gitarım sayesinde yüzümde bir gülümseme oluştu. Kahvemi defterle dolu olan masaya bırakıp, gitarıma uzandım. Elimle tozlanmış yerlerini silip kucağıma aldım. Birkaç denemeden sonra gözlerimi de kapatıp sevdiğim şarkılar arasında gidip geldim.

Ah işte o ağrı yine geldi ansızın.

Sanki herkes başka gezegene gitmiş de beni dünyada unutmuşlar gibi bir his saplandı içime. Sonra hüzne teslim ettim gülüşlerimi. Hıçkırıklarım boğazımdan yukarı doğru hızla yükseliyordu. Evet, boğazıma yine jiletler dizilmiş gibiydi. Bunların geçeceğini, bir sabah mutluluğun bana göz kırpacağını ve hatta tekrar âşık olacağımı biliyordum ama nasıl ve ne zaman? Bazen çok hassas ve bir o kadar da güçsüz olduğumu düşünüyordum. Ömer vardı aklımda, sonra dedim ki kendime:

Ah be adam, sen benim ilkimdin. Kalbimi ilk kıran, beni ilk seven, hayallerimi ilk yıkan sen oldun.

Şimdi hiçbir şey yokmuş gibi hayatıma devam etmemi istiyor herkes. İyi de nasıl? Bu kadar kolay atlatamam ki ben her şeyi. İçim acıyorken gülümseyemem ki.

Ama biliyorum, geçecek. Geçiyor da zaten. Geçerken canımı acıtıyor ama o acı da geçiyor. Güçlü olmak için elimden ne gelirse yapıyordum. Gözlerimden akan yaşları elimin tersiyle silip, biraz ritmi yükseltmeye başlamıştım ki kapı çalmıştı.

Gitarı sağ yanıma dikkatlice bırakıp kapıya doğru gittim. Çınar gelmişti yine. Ne zaman kötü olsam hisseder gibi geliyordu. Desteğini hiç eksik etmemişti benden. Bu yüzden bende yeri çok başkaydı.

"Hoş geldin," dedim sanki daha az evvel ağlayan ben değilmişim gibi, neşeli bir maske yerleştirdim yüzüme.

"Hoş buldum minik surat." Burnumu sıkıp içeri girdi. "Aa sen gitar mı çalıyorsun?" Odadaki gitarı göstererek yanına doğru gitti.

"Eh biraz," dedim mırın kırın ederek.

"Bence harika çalışıyorsundur. Hadi çal, ben de şarkı söyleyeceğim."

İçeri geçmiş çoktan gitarı eline almıştı.

Uzaktan ona seslenip, "Çay mı içersin kahve mi?" diye sordum.

"Çay istiyorum, içimiz ısınsın."

Çay için su koyup yanına gittim. Elindeki gitarı bırakıp, "Bak ne diyeceğim, hafta sonu sahnem var, sen de bize katılır mısın? Hem senin için de güzel olur," dedi.

Kendimi geriye çekip, "Aa asla! Benimkisi sadece hobi, öyle sahnelik bir durum yok," dedim.

Yüzünde hayır dememe kızmış olan bir ifadeyle, "İtiraz istemiyorum. Yarın provalara başlıyoruz," dedi.

"Off!" dedim biraz şımarık biraz sinirle karışık.

Yanına oturduktan sonra ikimiz de uzun bir süre konuşmadık.

"İyisin değil mi biraz daha?" derken sesinde koruyucu bir ton, yüzünde endişe vardı.

"İyiyim tabii, senin dediğin gibi zamanla geçiyor her şey."

"Aferin sana."

Gülümseyerek bakıştık.

***

Çaylarımızı içerken konudan konuya atlayıp birbirimizin dertlerine merhem oluyorduk. Çınar bana gerçekten iyi geliyordu.

Çayından bir yudum alıp, "Ben sabah seni alırım birlikte çalıştığım mekâna geçeriz. En azından ortama alışırsın, tamam mı?" dedi.

"Var ya, dert açıyorsun başıma."

"Hadi çayını iç, çok konuşma." Eline aldığı bardağı dudaklarına götürdü. Gözleriyle saçlarıma bakıp. "Kız bu saçının hali ne böyle? Dip boyan gelmiş."

Elimle koluna vurarak, "Off Çınar ya, sana ne?" dedim.

"Yarın boyaya git. Hatta bir şey diyeyim, bence saç rengini değiştir."

Bunu hayatta kabul edemezdim. Gözlerimi büyüterek, "Hayır bu olmaz işte!" dedim.

"Bence değişiklik yapmalısın, tenine çok yakışır. Yeniliklere biraz açık ol. Kendini yeniden keşfet."

"Girme aklıma lütfen."

"Ben ciddiyim."

"Yakışır mı gerçekten?"

"Yakışır tabii, niye yakışmasın?"

"Tamam." Nedense Çınar'ın sözlerine çok fazla itaat ediyordum. Çok tecrübeli olduğundan fazla diretmedim her zamanki gibi.

"Ben gideyim," deyip elindeki bardağı da bırakarak yerinden kalktı.

"Tamam o zaman, görüşürüz."

***

Çınar gittikten sonra bardakları mutfağa götürdüm. Odama geçtim ve ışığı loş yapıp sessizce odada oturdum. Başımı duvara yaslamış öylece boşluğa bakıyordum. Yatağıma uzanıp üzerime bir şey almadan uykunun büyüsüne kapılmak istedim. Ama camıma vuran yağmurun sesi dinmek bilmiyordu. Su içmek için tekrar balkona geçince şimşekler gökyüzünün karanlığını bir anda aydınlattı.

Ürksem de nedense bu gürültü hoşuma gidiyordu. Sanki içimde kopan fırtınaların kalıntıları yeryüzüne misafir gelmişti. Balkonun camına yaslanmış bir şekilde gökyüzünün karanlığına tam dalmıştım ki tekrarlanan gök gürültüsü beni geriye itti. Ardından çalan telefonum korku filmlerindeki sahneleri aratmadı. Numara kayıtlı olmadığından açmak istemedim. Meşgule alıp tekrar masaya koymamla yeniden çalmaya başlaması bir oldu.

"Efendim?" Karşımdaki konuşmayınca doğal olarak içimden çok fazla şey geçirdim.

"Alo, kimsin?" diye tekrarladım.

Tam kapatacakken ağlamaklı bir ses, "Alo Duru?" dedi.

"Efendim?"

"Ben Nihal, Ömer seninle mi?" Sanırım o da terk edilmişti. Sebepsiz yere sinir olduğum kişiydi kendisi.

"Hayır yok," deyip telefonu suratına kapattım. Elim titredi yine. Tırnağımın kenarındaki eti ısırırken telefon tekrar çalmaya başladı.

"Efendim?"

"Lütfen kızma bana, ama en son senin konun açıldı yine ve kızıp çıktı gitti."

Demek ki benden konuşuyorlardı.

"Ama bana gelmedi," derken cama doğru ilerleyip aşağıya bakınca Ömer'in kaldırıma oturup yukarı baktığını gördüm. Telefonu tamamen kapatıp odama geçtim. Elimi ağzıma götürmüş derin derin nefes alıyordum. Kalp atışlarım gök gürültüsünün sesini bastırıyordu. Yerimde duramıyor, odanın içinden bir o yana bir bu yana gidiyordum. Derin bir nefes alıp aşağıya indim. Ömer beni kapının önünde görünce yerinden kalktı. Bir adım daha atıp yağmuru damlalarına teslim oldum. Hiçbir şey söylemiyordu. Vücudu titriyor, bana yalvaran gözlerle bakıyordu. Ona tekrar inanmak istemiyordum.

"Lütfen git. Sevgilin seni merak ediyor. Yakma ikimizin de canını. Artık benden uzak dur."

"Duru yapma bunu." Elini bana doğru uzatınca kendimi geri çektim. İçmişti, kokusu fazlasıyla rahatsız edince sırtımı döndüm. Kolumu tutup beni kendisine çekince hızla onu ittim.

Yere düşünce içim acıdı. Sarhoştu, aklı yerinde değildi. Ve çok çaresizdi. Acizdi. Sebebini bilmiyordum ama bu kadar aciz bir insan uğruna çok üzülmüştüm. Dayanamayıp ona doğru eğildim, var gücümle onu ayağa kaldırdım. Merdivenlerden zorlukla yukarı çıkıyorduk ki ayağım kayıp aşağı düştüm... Yatağımdan sıçrayarak uyandım.

Israrla çalan kapı rüyamı bölmüş, beni uyandırmıştı.

Kapıyı açınca Çınar, "Ooo sen daha yeni uyanıyorsun. Aradım o kadar telefonun kapalıydı. Hadi hazırlan çabuk ben burada bekliyorum. Önce kuaföre gidelim," dedi.

Rüyanın etkisinde olduğumdan Çınar'ı anlamakta güçlük çekiyordum. Hiçbir şey söylemeden giyinip geldim.

Dışarı çıktığımızda yağmur yağmıyordu artık ve kış ayında olmamıza rağmen yazdan kalma sıcak bir rüzgâr vardı.

3 Saat Sonra

Aynadan kendime baktım; yeni saçım bambaşka bir ben yaratmıştı. Kızıl bakır karışımı bu ton göz rengimi daha açık gösteriyordu. Pişman olmamıştım açıkçası. Ödemek için kasaya gittiğimde hesap çoktan halledilmişti. Kızmak için dışarı çıktığımda Çınar hayranlıkla bana baktı. "Oo Duru Hanım çok güzel olmuşsunuz."

"Neden sen ödedin?"

"Bu şekilde mi teşekkür ediyorsun? İltifat edildiğinde teşekkür edilir. Hesaba gelince de bana bir çay yaparsın, ödeşiriz."

"Hadi gidelim."

"Gidelim bakalım." Gülümseyerek bana bakınca dayanamayıp ben de güldüm. Provadan önce harika bir kahvaltı yapıp mekâna geçtik. Daha önce doğum günüm için geldiğim yerdi burası. Birlikte saatlerce prova yaptık. Arada ben de şarkı söyledim. Her ne kadar sesime güvenmesem de çevrem tarafından beğenilirdi. Provadan dolayı okula gitmedim bugün. Çok mutlu olmuştum gün boyunca, üzüntüm aklıma gelmemiş ve doya doya kahkaha atmıştım. Sahne saati yaklaşınca Çınar beni eve getirdi. Üzerime, dizlerime kadar gelen bordo bir elbise giydim. Yeni saçımı sıkı bir atkuyruğu toplayıp, koyu bir makyaj yaptım. Aynadan kendime bakınca gülümsedim. Evet, çok güzel olmuştum!

Kapıdan çıkmamı sabırla bekleyen Çınar ıslık çalıp, "Vay vay, bu sen misin be!"

"Ya sanırım biraz abarttım."

Sesli bir şekilde gülüp, "Hayır, gayet şık olmuşsun. Hadi gidelim," deyip bana doğru uzattığı elini tuttum ve kapıdan çıktık.

Sahne başlamış ve mekân yavaş yavaş dolmaya başlamıştı. Çınar şarkısı bittikten sonra, "Evet arkadaşlar, biliyorsunuz ben hiçbir zaman bir grupla çalışmam ama Duru arkadaşım artık benimle olacak," dedi.

'Benimle olacak' derken? Sanırım Çınar'ın dili sürçmüştü. Bana bakıp alkışlayan insanlara gülümsedim. Çok heyecanlıydım. Birkaç kez notaları karıştırsam da Çınar durumu güzel idare etmişti.

"Biliyorum hepiniz benim için buradasınız, ama Duru'nun sesini duyunca inanıyorum ki sizler de benim gibi büyüleneceksiniz."

Kaçmak için sanırım çok geçti. Çınar elime mikrofonu verip sahneden alkışlayarak seyircilere gaz verdi.

Mikrofonu indirip Çınar'a yaklaştım. "Sen iyi misin ya? Heyecandan şarkı sözlerini unutur rezil olurum!"

Ellerini omuzlarıma koyup gözlerime baktı. "Yum gözlerini, en sevdiğin şarkıyı hiç kimse yokmuş gibi söyle."

Sakince sandalyeyi tekrar kendime çekip gitarı Çınar'a uzattım. Kendimi şarkının ritmine bırakmış gözlerimi kapattım.

Şarkı bittikten sonra gözlerimi açınca Ömer'le göz göze geldik.

Hemen gözlerimi kaçırdım. Belki de gördüğüm bir rüya ya da hayaldi. Tekrar başımı kaldırınca Ömer hâlâ yerinde durmuş bana bakıyordu. Dişlerimi sıktığımı fark eden Çınar, baktığım yöne kafasını çevirdi ve köşeden Ömer'in bana baktığını gördü. "Hadi gidelim."

Çınar veda konuşmasını yaptıktan sonra, alkışlar eşliğinde sahneden indik. Dinlenme odasına gidip hemen ilk bulduğum yere oturdum.

Çınar tek kelime etmiyordu. Titreyen ellerimle yüzümü kapatmıştım, buradan uzaklaşmak istiyordum. Bir an önce sınavlar başlasa da kurtulsam bu şehirden, diye geçirdim içimden. Yenilenmek için geldiğim bu şehir daha fazla yakmıştı canımı. **Tatlı telaşlar yerini acı hatıralara bırakıyordu yavaş yavaş.**

Sinirden ağlayarak başımı kaldırdım, dişlerimi sıkarak işaret parmağımı kapıya doğru sallayarak, "Bu adamın derdi ne Çınar? Farkında mısın onu unutmama izin vermiyor! Ya onun burada ne işi var?" dedim.

Çınar bana doğru eğildi ve tok bir sesle, "Duru bir şey diyeceğim ama sakin ol tamam mı?" dedi.

Gözlerimi açarak baktım gözlerinin içine. "Ne oldu?"

"Bugün Ömer adamlarıyla yanıma geldi."

Duyduklarım beni çılgına çevirmişti bir anda yerimden fırladım. "Ne adamı? Ne gelmesi? Çınar ne demek bu!"

Aldığım ikinci şokun etkisiyle gözyaşlarım daha da hızlı akmaya başlamıştı.

"Bak Duru, böylelerine boyun eğecek birisi değilim ben. Senden uzak durmam gerektiğini söyledi. Tehditler falan işte. Ben öyle ana kuzusu bir çocuk değilim. Şimdi de gözdağı vermek amacıyla buraya gelmiş."

"Bu ne demek ya! Ben o karaktersizle konuşmaya gidiyorum."

Kapıya doğru iki adım atamadan Çınar kolumdan tuttu. "Ne diyeceksin? Hadi bir şeyler dedin, sence o zihniyetteki insan seni anlar mı? Evet Duru, sen haklısın mı diyecek? Böyle herifler her haltı yer ama hayatlarını mahvettiği kişilerin de mutlu olmasını istemezler."

"Bırak beni Çınar, gideceğim!" Kolumu sıkıca kavrayan güçlü parmaklarını incecik parmaklarımla açmaya çalışsam da çabalarım nafileydi.

Çınar ben çok cebelleşince sarstı beni. "Duru kendine gel. Bir sakin ol, ne yapıyorsun sen? Ben halledeceğim, tamam. Senin hayatın bu kadar ucuz mu? Kim ki o konuşarak bir şeyleri halledeceksin?"

Çınar dediklerinde haklıydı ama içim içime sığmıyordu. "Çıkalım buradan lütfen." Yüzüne bakmıyordum.

"Tamam," deyip kapıyı açtı. İçimden koşup o adi adamın yanına gitmek gelse de Çınar'a zarar verir korkusuyla bir şey yapmadım.

Şimdi bir yanım nefretle diğer yanım sevgiyle boğuşuyordu. İnsan severken görmüyor hiçbir şeyi. Ama gözümdeki perde kalkmıştı. Birlikte arka kapıdan çıktık. Hava kararmış ve soğuk bir geceye teslim etmişti kendisini. Arabanın kapısını sakince açıp koltuğa oturdum. Araba hareket ettikten birkaç dakika sonra bardaktan boşalırcasına yağmur yağmaya başladı. Evim her ne kadar yakın olsa da bu şekilde araç kullanmasını istemedim. "Çınar durdur arabayı."

"Neden? Ne oldu?"

İneceğimden şüphelenip kapıları ani bir hareketle kilitleyince, bana olan değeri utandırdı beni. Yola diktiğim gözlerimi Çınar'a çevirip, "Yağmur çok kötü yağıyor, lütfen dinmesini bekleyelim," dedim.

"Ah, be Duru, ben de kötü bir şey oldu zannettim. Bir şey olmaz merak etme."

"Lütfen arabayı durdurur musun?" Sesim sert çıktığından hemen durdurdu arabayı.

Kenarda sessizce yağmurun dinmesini bekledik. Çınar telefonunu eline alıp uğraşmaya başladı. Ben başımı ellerimin arasına almış, öylece cama vuran yağmuru izliyordum. Acaba Ömer bu kadar kötü birisi miydi? Ya benim yüzümden Çınar'a zarar verirse? Off düşünmesi bile korkunçtu. Telefona dalmış olan Çınar'ın yüzüne baktım.

Alttan bana bakıp, "Ne oldu kız, niye öyle bakıyorsun?" diye sordu.

Başımı tekrar cama çevirip, "Hiç öylesine," dedim, sesim sakin ve yorgundu. Her şeyin rüya olmasını çok isterdim. **Ama hayat rüya olmayacak kadar çok fazla acı barındırıyor.**

Biraz da büyüdüğümü hissediyorum. Havanın serinliği, gecenin sessizliği rahatlatıyordu ruhumu. Yavaş yavaş gözlerimi kapattım.

Gözlerimi hafifçe açıp yerimden doğrulunca uyuduğum yerde olmadığımı gördüm. Yağmur dinmişti, zemin ise ıslaktı.

"Uyandın mı güzel insan? Yağmur dinmişti, baktım uyuyorsun hiç uyandırmadan seni eve götüreyim dedim."

"Teşekkür ederim." Kapıyı açmaya çalıştım ama başaramadım.

Uyku sersemiydim, gözlerim yarı kapalı şekilde tekrar kapıyı açmaya çalışınca Çınar hemen inip karşı tarafa geçti. Kapımı açıp, "Buyurun uyuyan güzel," dedi.

"Ya içim geçmiş yağmur yağınca çok güzel uykum geldi."

Çınar kapıyı kapatıp elimdeki çantayı aldı. "Bırakayım seni sağ salim eve."

"İyiyim ya." Aslında dışarı çıkar çıkmaz içime işleyen soğuk beni ayıltmıştı. Ama Çınar'ın da inadını biliyordum, gelecekti mutlaka.

"Gel bakalım," deyip başımı yana eğerek gülümsedim. Eve girip ışıkları yaktım. Artık uyku mahmurluğundan tamamen kurtulmuştum. Çınar ayaktaydı, gidecekmiş gibi duruyordu. "Otursana Çınar, ben üzerime rahat bir şeyler alıp geliyorum hemen."

Her zamanki gibi kapıyı kapatıp odama geçtim. Nedense eskisinden daha fazla ürkekleşmişti yüreğim. Resmen cani bir adama sarıldığımı düşündükçe kendimden tiksiniyordum. Elbisenin fermuarını indirip bir çırpıda giyindim. Sanki kendi evimde değilmişim gibi utanıyordum. Aynanın karşısına geçip yüzüme ağırlık veren makyajdan da arınınca, artık rahattı vücudum. Aslında Ömer kısmını çıkarırsak çok güzel bir gün geçirmiştim. Salona Çınar'ın yanına geçip ayaklarımı uzatarak oturdum. "Çok yorucu bir gündü," dedim. "Evet, o yüzden bir kahve yap bari de içelim."

"Yeni oturdum daha. Hem sen beni yordun, kahveyi senin yapman lazım," diyerek biraz şımarık şekilde yorulduğumu belirttim. Kalkmayacağını sanıyordum ama Çınar kalkıp mutfağa yönelince arkasından gittim. Ellerimi göğsümde bağlayıp onu izledim. "Duru diyorum ki tatlı bir şeyler olsa da yesek."

"Aa yok ki bir şey. Tatlı mı yapayım bu saatte?"

Çınar gülmeye başladı. "Hayır tabii ki. Ben gidip alayım, sen de kahveleri hazırla."

Elime kahve paketini tutuşturup, gülümseyerek hızla ceketini alıp çıktı. Deliydi bu ya. Kahveleri yapıp Çınar'ı beklemeye başladım.

Balkondan her geçen arabadan o inecek diye bekledim. Neredeyse yarım saat geçmişti. Acaba açık bir yer mi arıyordu? Hava da kötü olunca iyice merak ettim.

Haftaya sınavlar başlayacak ve ben de sevdiğim, doğduğum şehre gidecektim. Eminim ki her şeyi toparlamış bir şekilde gelecektim. Zaman ne kadar da çabuk geçmişti. Daha dün bu eve gelmiştim, aslında sınavı falan beklemek istemiyordum. Okulu bırakmayı düşündüm. Düşüncelerden sıyrılıp tekrar balkona geçtim. Rüzgârı çok seviyordum. Sanki şehrin diğer ucundan mutluluğun kokusunu getiriyordu burnuma.

Gözlerimi yumdum. Ellerimi demir korkuluklara yaslayıp başımı yukarı kaldırdım. Yüzüme damlayan birkaç yağmur damlası düşüncelerimi böldü. Refleks olarak hemen irkildim. Kahveyi tekrar hazırladım. Balkondan bakıp beklemeye devam ettim. Ve sonunda onun arabası durdu kapının önünde. Kahveleri bardaklara doldurdum. Çalan kapıyı açmıştım ki Çınar kucağıma yığılıp kaldı. Üstü başı kan içindeydi. Yüzüne aldığı darbeler nedeniyle yüzü yara içinde kalmıştı.

Ben mavinin en karanlık tonunu yaşıyordum.

Çınar'ı sürükleyerek içeri soktum ve kapıyı kapattım. Hemen yanına geçip başını dizimin üzerine koydum. Yüzü ellerimin arasındaydı. Kalbim korkudan hızla atıyordu, ne yapacağımı bilemiyordum.

"Çınar lütfen kendine gel! Çınar!" Sözlerim cevapsız kalıyordu. Daha fazla dayanamayıp hemen Çınar'ın telefonunu aldım. Çok şükür çalışıyordu. Rehberden ablasını bulup arama tuşuna bastım. İki kez çaldıktan sonra tok bir ses, "Efendim tatlım?" dedi.

Şimdi Çınar'ın durumunu nasıl anlatacaktım? Titreyen sesime rağmen gücümü toplayarak, "Merhaba," dedim.

Ssesimi duyup afallayan kadın, "Kimsiniz?" dedi. Kötü bir şey olduğunu hissetmiş olacak ki devam etti konuşmasına. "Kimsiniz? Çınar'a bir şey mi oldu? Alo!?" Sesi bu sefer çatallaşmış ve korkusu hissedilir seviyedeydi.

Ağlamaya başlamış ve ne diyeceğimi, konuya nereden

gireceğimi bilememiştim. "Ben Çınar'ın arkadaşıyım. O dışarı çıktı, sonrasında... Darbe almış sanırım." Dövmüşler, yüzü gözü kan içinde diyemedim.

"Neredesiniz?"

Adresi verdikten sonra salonun ortasında yere oturdum, Çınar'ın başında ağlıyordum. Üst üste gelen bu kadar karmaşadan sonra her şeyden herkesten nefret ediyordum. Çınar'a bunu kimin yaptığını bilmesem de aklıma gelen tek isim Ömer'di. İyi de neden?

Giden zaten o değil miydi? **Titreyen ellerimle gözlerimden akan buz tanelerini sildim. İçim dışıma ağlıyordu.**

Hayalini kurduğum, özlemle beklediğim gelecek bu değildi. "Off Allah'ım ben nerede yanlış yaptım?" diye yüksek sesle inledim. Çınar baygın haldeydi. Bir an önce ablasının gelmesini bekliyordum.

Nihayet kapı çaldı. Sakince dizimi Çınar'ın başının altından kurtarıp kapıyı açtım. Ablası sert görünüşlü biriydi, işten geldiği için saçları biraz dağınıktı ama özenli ceketiyle gerçekten disiplinli birine benziyordu. Simsiyah gözlerini daha da belirginleştiren göz makyajı yüzünden ona bakamıyordum. Kapıyı açar açmaz beni görmezden geldi, eliyle ittikten sonra koşarak Çınar'ın yanına diz çöktü. Çınar'ın yüzüne dokunup sinirli sinirli bana bağırmaya başladı. "Kimsin sen? Sen mi bu hale getirdin kardeşimi? Senin yüzünden mi oldu böyle?"

Neye uğradığımı şaşırmıştım. Çınar'ın neden ablasıyla çalışmadığını artık daha iyi anlayabiliyordum. Sözlerini duyduktan sonra gözlerim açıldı. "Be-ben bir şey yapmadım! Hayır, yanlış anladınız!"

Ellerimle oynuyor, sanki suçlu benmişim gibi iki büklüm bir şekilde açıklama yapmaya çalışıyordum. Kardeşini o halde görünce sinirlerine hakim olamadı, diye düşündüm. Hiçbir şey demeden sessizce yaşlar gözlerimden döküldü. Elinde tuttuğu küçük siyah çantasından ince bir telefon çıkarıp birini aradı. "Hemen yukarı gel."

Başıma ilk kez böyle şeyler geldiğinden, kimin geleceğini merak ettim. Korkum ikiye katlanmıştı. Farkında olmadan tırnağımı yemeye başlamıştım yine. Gerilmekten ve stresten karnım ağrımaya başladı. Olanlardan kendimi sorumlu tutuyordum.

Zaman diye verilen ilaç içimdeki umutları zehirlemişti.

Kapıya iri yarı adam geldi ve içeri girdi. Hiç zorlanmadan Çınar'ı kaldırıp kapıya doğru yöneldiklerinde, "Ambulans çağırsaydık, ben de geleyim lütfen!" dedim.

Ani bir hareketle arkasını dönen ablası, "Bak kızım, sen kimsin ki geleceksin? Ne sıfatla? Kardeşimin bu durumundan sen sorumlusun. Bir daha onun etrafında dolaşma," dedi. Başparmağını neredeyse gözüme sokacak olan bu kadın, dizilerdeki kötü karakterleri aratmıyordu.

Hiçbir şey demeden korkunç gözlerinden gözlerimi çektim. Kapıyı arkalarından kapatıp öylece yere baktım. Bu kadarı gerçekten fazlaydı. İnsanlar neden bu kadar ön yargılıydı? Benim gibi çabuk güvenince canı yandığından mı bu kadar güvensiz oluyorlardı?

Yere dökülen birkaç damla kanı silmek için banyodan bez getirdim. Çınar'ı düşünmemeye çalışıyordum. Daha fazla dayanamayıp telefonla Ömer'i aradım. Uzun uzun çaldıktan sonra nihayet açıldı. "Efendim?" Sesi biraz özlem dolu biraz nefret barındırıyordu.

"Neredesin?" Sesim titremeye başladı.

"Ne oldu iyi misin?" dedi.

"İyi değilim, neredesin?"

"Bekle geliyorum," deyip telefonu kapattı. Özlediği her halinden belliydi ama neden böyle davranıyordu? Üzerimden kamyon geçmiş gibiydi. Koltuğa attım kendimi. Ne bir şeyler içmek ne de yemek istiyordum. Sadece hayatımı 3-5 yıl ileri sarıp, devam etmek istiyordum.

Yarım saat sonra kapının çalmasıyla yerimden sıçramam bir oldu. Üzerime bir hırka alıp kapıya doğru yöneldim. Ömer'e, onu tekrar eve alacak kadar güvenmiyordum. Kapıyı açıp dışarı çıktım.

"İçeri neden geçmiyoruz?" diye sordu.

"Böyle iyi."

"Çok kırgınsın bana değil mi?"

Bunu sormuş olması bile saçmaydı. Hiçbir şey demeden merdivenlerden aşağı inmeye başladım. Kapının karşısındaki kaldırama oturunca o da yanıma oturdu. Yüzüme vuran soğuk nefesimi kesse de bugün her şeyin bitmesini istiyordum.

Başımı aşağı eğip yüzüne bakmadan konuştum. Tıpkı durakta her şeyin başladığı gibi. Tek fark, ona fazlasıyla kırgın ve bir daha asla güvenmeyecek oluşumdu.

"Ben bunları hak etmedim Ömer."

"Duru bak, ne dersen haklısın ama ben de bunları hak etmedim. Evet, çok hatam var. Hiçbir açıklama yapmadan bıraktım gittim seni, ama inan sen olsan aynısını yapardın."

Hızla kafamı ona çevirip. "Ben seni böyle bırakmazdım."

"Bak Duru-"

Sesimi daha fazla yükseltip onu bastırarak konuşmama devam ettim. "Ben seni değil kapımdaki köpeğimi bile bu şekilde bırakmazdım Ömer. Herkes bir açıklamayı hak eder. Kaşını beğenmedim, sesini beğenmedim de, ne bileyim saçma bile olsa bir şey de, ama hiçbir şey yaşanmamış gibi def olup gitme!"

"Bak Duru, bir dinle-"

"Senin kendini açıklayacak hiçbir açıklaman yok. Olamaz da. Ben nasıl ki senin hayatındaki o kıza bir şey demiyorsam, sen de bundan sonra hayatıma hiçbir şekilde karışma. Çınar'ı ne hale getirdin sen ya? Ben senin gibi bir insanı mı sevdim?"

Yerimde duramıyordum, havanın soğuk olmasına rağmen yüzüm sinirden ateş topu gibi yanıyordu.

Sakince yerinden kalkıp bana yaklaştı. "Bak ne desen haklısın, evet benim yaptığımın hiçbir açıklaması olamaz. Ama izin ver kendimce konuşayım."

O konuşurken hırkamın koluyla oynuyordum, bakmak istemiyordum gözlerine.

"Geçen sene Nihal'le tanıştık, sonra o çekip gitti. Unutamadım."

İşte tam da şu an canımın yandığını hissedebiliyordum. Zor gelir bir kadına, sevdiği adamın başkasını sevmesi.

"Sonra sen çıktın karşıma. Evet, her şey güzeldi ve ben yavaş yavaş onu unutmaya başladım."

Sakince başımı kaldırıp yüzüne baktım. "Kalbinde başkası varken beni mi aldın hayatına?"

"Sen de öyle yapmadın mı?"

Durup düşündüm. Evet, haklıydı kendimi savunacak

bir yanım yoktu. "Ama ben senin hayatına girmek için ısrar etmedim ve benim Burak'la bir geçmişim yoktu. Takıntıydı bitti gitti o benim için. Ve ben senin gibi sözümden dönmedim. Burak beni aradığında koşarak gitmedim." Sesim biraz daha düştü. Hırkamla oynamaya devam edip, "Ama sen gittin," dedim.

"Evet, gittim ama tekrar dönmeye yüzüm yoktu. Nihal'in boş konuşmaları, akıl almaz şımarık halleri beni kendisinden soğuttu. Ve ben seni çok özledim. Başkasının yanında olmasına katlanamadım."

"Ya ne hale getirmişsin çocuğu? Benim sevgilim değil o!" Sesim çok yüksek çıktı bu kez.

Ömer onun için üzüldüğümü anlayınca çok bozuldu. Ellerini cebine sokup gözlerini boşluğa dikti. "Ben ona bu kadar değer verdiğini bilmiyordum. Ve ister inan ister inanma, arkadaşlarıma sadece korkutun dedim."

"Ya kalkmış karşımda neler diyorsun? Kendini savunma şeklin bile zavallıca."

Arkamı dönüp yürümeye başladım.

İnsanlar acı çektikçe değişir. Ne kadar acı çekersen o kadar çok tecrübe sahibi oluyormuşsun meğer. Ve insanlar çok kötü. Akıl ermeyecek kadar siyaha çevirmişler içlerindeki masum maviyi. Herkes kendi menfaatinde biraz. Ve ne kadar işlerine yararsan o kadar sevilirsin. Senin duygularının hiç ama hiç önemi yoktur aslında. Ne kadar acı çekmiş, ne kadar yorulmuşsun, neye sevinmiş veya neye üzülmüşsen, bu senden başkasını ilgilendirmiyor.

Ağır ağır merdivenleri çıkıp kapattım kapılarımı geçmişe.

***

Hem çok sinirlenmiş hem de çok yorgundum. Nefes alırken zorlanıyordum artık. Ama güçlü olmam gerekliydi. Anlamıştım ki ne kadar iyiysen insanlar o kadar aptal görüyorlardı seni. Ömer'in kendisini savunma şekli saçmaydı, yani bu kadar basit olmamalıydı. Artık özlemimden gebereceğimi bilsem aramazdım onu. Kin değil bendeki, ama affetmek gelmiyordu içimden. Kopmuştuk biz birbirimizden.

Mutfağa gidip bir bardak su doldurdum kendime. Zorla içtim. Bardağı parmaklarımın arasında tuttum. Gitmek istiyorum bu şehirden. Evet, yeni bir başlangıç için geldiğim bu şehir bende daha büyük yaralar açmıştı. Sınavlar falan umurumda bile değildi. Yaralarımı sarması için kalbimi emanet ettiğim adam hiç geçmeyecek bir yara bırakmıştı bende.

Sabahı beklemek istemiyordum, şimdi hemen hazırlanıp gitmeliydim. Sanki bir gün daha kalsam içimde kıyametler kopacaktı.

Odama geçtim, dolabımın kapısını açıp elime ne gelirse yere attım. Öfkeliydim, biraz ortalığı dağıtsam geçecekmiş gibi yine kendimden alıyordum hıncımı. Ağlamaktan yorulmuştum. Gözyaşlarım gelmesin diye tavana baktım, zorla yutkunup nefes aldım. Valizimi alıp her şeyi içine tıktım. Dizlerimin üstüne çöküp zorla kapattım valizin fermuarını. Ayağa kalkıp kendime bakınca bir an karşımda yabancı birisi varmış gibi hissettim. Alışamamıştım yeni saçlarıma.

Bu kaçıncı yenilgimdi? Bundan daha kötü ne olabilirdi ki? Hayatın ilk sınavından sıfır almış, oturmuştum yerime. Üstelik canım yanmıştı. Eskisi gibi de değildim, artık güvenmiyordum kimseye.

Aslında şimdi gitmek istiyordum ama bu saatler nedense ürkütüyordu beni. Sabahın ilk ışıklarında terk edecektim bu şehri.

Sakin bir şekilde yatağıma geçtim. Uyumak için gözlerimi zorlasam da beynimdeki düşünceler içimi kemiriyordu. Yarım saat boyunca sağa sola dönüp durdum.

Çalan telefonla gözlerimi açtım. Yerimden doğrulup telefonu elime alınca arayan kişinin Çınar olduğunu gördüm. Aslında merak ediyordum onu, telefonu açmakla açmamak arasında kaldım. Ama parmaklarım yeşil tuşa basmıştı çoktan. "Efendim?" dedim kırık bir ses tonuyla, sanki beni kıran oymuş gibi.

"İyiyim sen nasılsın?" Sesi az da olsa neşeliydi.

"Merak ettim seni ama arayamadım."

"Neden?" diye sordu ciddi bir tonla. "Yani özellikle bir sebebi yok. Utandım belki de benim yüzümden kötü oldun diye."

"Ben senin yüzünden kötü olmadım, olacağı varmış olmuş. Tanımıyordum adamları."

"Ben kim yaptı biliyorum."

"Kim?"

"Ömer."

"Tabii ya düşünmem lazımdı. Bir dakika, yoksa seni tehdit mi etti? O yüzden mi uzak duruyordun benden?"

Endişeliydi biraz, bunu hissedebiliyordum.

"Hayır, hayır! Asla tehdit edemez beni. Ben yarın gidiyorum."

"Nereye?"

"Ailemin yanına."

"Duru, bak biz birbirimize iyi gelen iki arkadaşız. Sen dert ortağım oldun benim. Ama iyi gelecekse orası git tabii ki. Ben de gelir giderim yanına. Destek olmaya devam ederiz birbirimize."

Ablasıyla ne kadar da zıt karakterdeydi. Çok iyi bir sırdaştı Çınar.

"Bak zaten ben arada bir gelip giderdim oraya. Eski arkadaşlarım da var, hem onları da görmüş olurum," diye devam etti. İntihar eden birisine son çağrıydı onunki, elinden ne geliyorsa yapıyordu.

"Tamam, anlaştık o zaman. Sen nasılsın iyi misin biraz daha?"

"İyiyim tabii. Ablamı çağırmışşın, acaba ters bir şeyler mi söyledi sana?"

Ablasını iyi tanıyordu. "Yok, hayır gayet iyi birisi o."

"Yalan söylemeyi de hiç beceremiyorsun."

Birlikte güldükten sonra devam etti. "Yarın kaç gibi gidersin?"

"Sabah erkenden gideceğim."

"Peki okul ne olacak?"

"Bırakacağım, oradan bir yer bulur devam ederim ya da baştan başlarım, bilmiyorum."

"Sen daha iyisini bilirsin tabii."

"Ben kapatıyorum, kendine iyi bak."

"Ben de birazdan çıkarmışım hastaneden, bilgin olsun."

"Tamam, çok geçmiş olsun."

Telefonu tam kapattım ki hemen ardından Ezgi aradı. Ne yüzle arıyordu bu? İnsanlar ne kadar da gurursuz. Sinirlenip meşgule aldım telefonu. Ama Ezgi inatçıydı, ben meşgule aldıkça ısrarla arıyordu. En sonunda açtım telefonu.

"Efendim Ezgi?"

"Duru sana ihtiyacım var." Sesi yalvarır gibiydi.

Üzüldüm bir an ama benim kötü günümde onlar yanımda yoktu. "Ezgi lütfen arama beni. Karmakarışık bir hayatınız var kimin eli kimin cebinde belli değil."

"Çok önemli Duru, lütfen."

"Dinliyorum."

"Ömer ile konuştuk, seni sevdiğini söyledi."

"Ezgi iyi geceler," deyip komple kapattım telefonu. Tekrar canımın yanmasına izin vermeyecektim.

Uyandığımda güneş yeni doğuyordu. Gece sürekli uyanmıştım ama uykum yoktu. Duşa girip çıktıktan sonra saçlarımı kurutup tepeden topuz yaptım. Dudağıma koyu bir ruj sürüp siyah gözlüklerimi taktım. Rahat olsun diye eşofmanlarımı giydim. Deri ceketimin kollarını yukarı kıvırıp valizimi elime aldım. Merdivenlerden ağır ağır aşağı indim. Birçok eşyamı, çizimlerimi bırakmıştım o evde. Son bir kez binaya bakıp valizi bagaja koydum. Sabahın ilk saatleri olduğundan hava biraz karanlık ve çok fazla soğuktu.

Önce kahvaltı yapar sonra da yola çıkarım, diye düşündüm. Arabayı tam çalıştıracakken cama tıklanma sesiyle kafamı sola çevirdim.

"Camı aç, camı."

Evet Çınar'dı. Onu görünce hemen arabadan indim. Yüzündeki şişler biraz inmişti. Daha iyi görmek için gözlüklerimi çıkarıp başıma taktım. "Çınar ne işin var burada?"

"Gördüğüne sevinmedin mi? Seni yolcu etmem lazım."

"Bak ne diyeceğim, kahvaltıya gidiyorum hadi sen de gel."

"Çok iyi olur vallahi."

Çınar yan tarafa, yolcu kısmına oturunca arabayı çalıştırdım. Caddenin sonundaki mekâna gitmeyi düşünüyordum.

"İstanbul yolculuğumuz burada sona erdi," deyip gülümsedim.

"Evet, bu kadar çabuk pes edecek bir kız değildin sen."

"Aksine, pes etmedim daha fazla güçlü olmak için gidiyorum. Böyle aciz insanlar uğruna daha fazla üzülmenin âlemi yok."

"Sen daha iyisini bilirsin güzel insan."

"Canın çok yanıyor mu?"

Dikkatle yola bakıp konuşuyor, Çınar'ın verdiği cevaplarla bazen anlık kafamı ona çeviriyor sonra önüme bakıyordum.

"Geçti canım, çok sıkıntı yok. Birkaç güne kalmaz izler gider."

Çok iyimser bir insandı. Kim olsa kayıtsız kalmazdı bu duruma. Benim yüzümden canı yanmasına rağmen benim için gelmişti. Evet, Çınar iyi bir dosttu.

Çok geçmeden gelmiştik. Arabayı park edip içeri geçtik. Geniş ferah bir mekândı burası. Sandalye ve masalar tamamen beyaz, duvarlar ise açık yeşildi. Duvarlar camdan olduğundan şeffaftı.

Siparişlerimizi verip sessizce bekledik. Arada sırada birbirimize bakıp gülümsedik. Kahvaltılarımız geldi, içecek olarak elbette çay aldık. İçimiz ısınsın diye.

"Özleyeceğim seni, evet çok zaman geçirmedik ama güzel zaman geçirdik," dedi elindeki bardağına bakarak.

"Ama hep görüşeceğiz değil mi? Ben de gelirim arada bir."

"Geleceksin tabii."

Zaman geçiyordu. "Kalkalım artık, ben gideyim."

"Bu kadar çabuk mu ya? Biraz da daha kalsan keşke…"

"Lütfen Çınar, bir dakika bile durmak istemiyorum. Biliyorum gidince hiçbir şey düzelmeyecek ama her şey geçecek."

"Peki," deyip başını önüne eğdi.

Hesabı ödedikten sonra arabaya doğru gittik. Yerde olan gözlerimi kaldırıp, "Çınar sen çok iyi bir dostsun," dedim. Gözlerinin içiyle bana güldü. Kollarını açınca sımsıkı sarıldım ona.

"İyi ki varsın."

"Sen de iyi ki varsın Duru."

Kolları arasından sıyrılıp arabama bindim. Elimi sallayıp aracı çalıştırdım.

Çınar'ın içinde büyüttüğü yarası umarım en kısa sürede geçer. Umarım onun da karşısına istediği gibi birisi çıkar ve mutluluk onun da kapısını çalar.

Yeni başlangıç benim için kötü olmuştu. Bir yıllık maceramız yaralarla son bulmuştu. Ama iyi olmuştu; çabuk güvenmemem gerekiyordu. Acaba kalıp mücadele mi etsem, diye düşündüm. Ama yok, olmazdı. Yeni bir yara daha istemiyordum. Sanırım yine eve kapanıp asosyal biri olacaktım.

Yer yer trafik olsa da açıktı yollar. Sakin bir müzik açıp seyahatimi biraz canlandırdım.

Biraz güçlü, biraz dalgın, biraz kırgındım. İçimde biriktirdiğim hüzünlerimi de götürüyordum kendimle. Bir daha göz göze gelmemek için ayrılıyordum.

5 Saat Sonra

Ankara'ya girmiştim, çok özlemişim buraları. Annem beni görünce hem sevinecek, hem de okulu bıraktım diye kızacaktı. Yapacak bir şey yoktu, böylesi daha hayırlıydı benim için. Eve yaklaştığımda her zamankinden daha çok araba vardı etrafta. Arabayı geride park edip kapıya yaklaştığımda büyük bir kalabalıkla karşılaştım. Çok endişelenmiştim. Teyzemler de buradaydı. Neler oluyordu? Nefesim hızlandı. Gözlerim doldu. Koşarak teyzemin yanına gittim.

"Teyze neler oluyor, ne bu kalabalık?"

"Kızım kim haber verdi sana?" Yaşlı gözlerle bana baktı, saçlarımı okşayıp bana sarıldı.

"Teyze ne oldu?" deyip kendimi çektim.

Gözlerini kaçırarak cevap verdi. "Baban kalp krizi geçirmiş."

Dizlerimin bağı çözüldü ve olduğum yerde yığılıp kaldım, sonrası karanlıktı...

Şimdi neyin başlangıcıydı bu? Neyin yenilgisiydi bu? Neyi başarmak için yeniden başlayacaktım?

Şimdi içimdeki gözyaşlarımdan oluşan nehri kime dökecektim?

Yeni yeni çıkıyorum kabuğumdan. Gözbebeklerimi kana bulayan bu kötü kader bana kimin hediyesiydi? Kimin ahı vardı minik kalbimde?

Şimdi bir isyanın eşiğinde oturmuş kahve içiyor mavi umutlarım.

Ha atladı ha atlayacak gözyaşlarım gökyüzünden yeryüzüne.

İnsanlar ne ara bu kadar kötü oldu?

Peki o aşk, o dostluk kavramları nerede?

Beynimde çakan şimşekler kıyamete çevirmişti dünyamı.

Bir adım atıp bin adım battım. Sevdikçe çürüdü gülüşlerim.

Ve ben, şimdilerde çok yorgunum. Sevdiğim birkaç melodi, bir parça dua ve mavi kelebekler dolduruyorum kalbimdeki kavanoza.

Ve ben gökyüzüne bırakıyorum artık içimdeki kelebekleri.

Biraz kırık, biraz güçlüyüm. Parçalandığım yerden topluyorum ilham perilerimi.

Yavaş yavaş gözlerimi araladım, sanki yıllardır karanlığa hapsedilmiş gibiydim. Gözlerimi tam açamadım önce. Kolumdaki serum sayesinde hastanede olduğumu anladım. Evet, bu sefer rüya olmayacak kadar gerçekti her şey.

Çok halsizdim. Yerimden doğrulmak istesem de başarılı olamadım. Sağ tarafımdaki gri koltuğa annem kıvrılmıştı, yorgunluğu her halinden belliydi. Gözleri derinlere dalmış ve hiç olmadığı kadar dağınıktı saçları. Başını kaldırıp bana bakınca ağlamaktan şişmiş gözleri bir parça da olsa umutla doldu. Hemen yerinden doğrulup yanıma geldi.

"Kızım iyi misin? Hemşire hanım kızım uyandı." Ellerimi tutup saçlarımı okşayıp, telaşla yanaklarıma dokundu, sonra da hızlı adımlarla odadan çıktı.

Ah anneciğim, sen hep kal yanımda, hiç gitme. Ölümsüz ol. Daha çok anlamıştım annemin kıymetini. Keşke kollarının arasından hiç uçmasaydım! Kanatlarım kırıldı, bak yine sana geldim.

Annem odaya, sapsarı saçlarını dağınık şekilde toplamış, iri yüzlü olmasına rağmen zayıf bir hemşireyle geri geldi. Kadın elindeki notlara bakıp bir şeyler yazıyor, anneme soru sorup durumumu öğrenmeye çalışıyordu. Aslında iyiydim ya da öyle sanıyordum. Ne zaman, nasıl geldim buraya? Neden geldim? Birden babam geldi aklıma. Tam da kalbimin orta yerine **Azrail bir bıçak sapladı. Ölmedim ama yaşamıyordum da.**

Çığlıklar atıyordu içimdeki kız çocuğu. Annem gözlerimin içine baktı, çok yorgun görünüyordu.

Gözlerimi kapattım. Yanaklarımdan yastığıma dökülen yaşlar annemin daha da iç çekerek ağlamasına sebep oldu. Onu daha çok üzdüğüm için içim acıyordu. Durduramıyordum gözlerimden akan şeffaf kan damlalarını.

Gözlerimi yumup gözyaşlarını içime atmak için uğraştım, ama olmadı. Annem başıma gelip elimi tuttu. Tek kelime edemiyordum.

"Hanımefendi kızınız bir şok atlatıyor şu an, lütfen daha güçlü olun. Pes etmeyin."

"Peki iyi olacak mı?" diye sordu annem titreyen sesiyle.

"Elbette, ama bu ne kadar bir zaman alır, bunu söylemek imkânsız. Şu an bilinci açık görünüyor ama tamamen kendisine geldikten sonra, psikolojik tedavi görmesi gerekecek."

Annem hemşireyle dışarı çıktı. Sesim çıkmasın diye dudaklarımı ısırdım.

3 Saat Sonra

Koluma giren iğneyi hissettim. Onun acısıyla titreyen vücudum hemşire için umut oldu sanırım, "Hasta uyandı," diyerek tok bir sesle çıktı odadan.

Annem bir doktor ve giden hemşireyle geri geldi. Gözlerimi anneme dikmiş bakıyordum. Doktorun konuşmalarını algılayamıyordum. Öylece durmuş, 'Anne beni kurtar!' der gibi bakıyordum gözlerine.

Sanki şimdi daha iyiydim. Yine içimden konuşmak gelmiyordu ama vücudumu oynatabiliyordum.

"Hastamız bugün daha iyi, akşama doğru çıkarabiliriz." Doktorun sesi gülümsüyordu resmen. İyileştirdiği hastanın mutluluğu vardı üzerinde. Annem elimi tutmuş doktoru dinliyordu.

Doktor gerekli uyarı ve bilgileri yaptıktan sonra, annem yanıma oturdu. Ona bakıp gülümsedim. Yeni doğmuşum gibi mutlu olmuştu annem. Canımı yakmamak için yavaşça elimi yüzümü öptü.

"İyi misin kızım?" dediğinde gözlerimi kapatıp açtım. "Canım benim." Tekrar elimi öptü.

Sonunda kolumdan serum çıkarılıp ayağa kalkmam için destek oldular. Minik adımlardan sonra az da olsa kendimdeydim. Yeni doğmuş bebek gibi annem sıkı sıkı tutmuştu elimi. Onun acısı şu an iki katıydı. Sevdiği, ömrünü verdiği adamın yokluğu yetmezmiş gibi, bir de ben vardım başında. Odaya döndüğümüzde daha iyiydim artık.

Tekrar yatağa yatmak istemiyordum. Dudaklarımı güçlükle aralayıp, "Gidelim," dedim. "Tamam kızım, gidelim tabii." Annem eşyaları yardımcısına toplatmaya başladı. O da sıkılmıştı buradan belli ki.

Birlikte arabaya doğru gittik. Yol boyunca konuşmadım hiç. Annem ne zaman soru sorsa cevap alamadan önüne dönüyordu.

Eve geldiğimizde odama geçtim. Üzerimi değiştirip kısacık bir duş aldım. Annem saçlarımı kurutup küçüklüğümü anlatmaya başladı. Küçükken de içime kapanıktım. Son zamanlarda yaşadıklarım daha da fazla geriye atmıştı beni. Annem odadan çıkınca telefonumu aldım. Çınar ve Ömer defalarca aramıştı.

Aslında Çınar'ı aramam gerekiyordu. Konuşmak istemediğimden, olan biteni anlatan bir mesaj attım.

Hemen arasa da meşgule vermek. Telefonu sessize alıp yatağıma uzandım. Kapıya sırtımı dönerek uzaklara daldım. Kapının açılma sesini duydum, sanırım annem beni yoklamaya gelmişti.

Gözlerimi duvara dikmiş annemin gitmesini bekliyordum. Bir-iki saniye sonra biri yanıma eğilip, "Duru," dedi. Evet, bu Burak'tı. Eski arkadaştık sonuçta. Babam için destek olmaya gelmişti sanırım.

"Biliyorum artık yokum sende, çok kırdım seni. Duygularını en başından beri biliyordum aslında." Derin bir nefes aldı. Söyleyeceği kelimeleri önceden düşünmüştü sanırım.

"Ama seni üzmek istemedim. Sonuç olarak arkadaştık ve seni kaybetmek istemedim."

Hiç inandırıcı değildi bu söyledikleri. Ben neyin derdindeydim, o neler diyordu?

"Belki inanmıyorsun, ben olsam ben de inanmazdım bana." Gülümsedi ve devam etti. "Ama ben de yerin bir başka senin. O masum yanını özledim. Hatırlıyor musun bir keresinde elimi kestim diye bayılmıştın evde? Aslında seni kan tutmaz, biliyorum ama verdiğin değerin en güzel göstergesiydi bu."

Gözlerimden yaşlar boşalınca içimi çektim.

Elini omzuma atıp devam etti Burak. "Ben eski arkadaşın olarak yanındayım ve seni kaybetmemek için ne geliyorsa elimden yapacağım. Lütfen, bir derdin olursa ara beni."

Hiçbir şekilde arkamı dönmedim. Sessizce gitmesini bekledim. Kapı kapandıktan sonra ıslanmış yastığımı ters çevirip yumdum gözlerimi.

İnsan ağlayarak uyumaya başlayınca büyüyordu. Peki, büyümek böyle bir şey miydi?

Belki bir gün mavi kelebekler konar omzuma. Ben de gülümserim mutluluğa.

***

Gece ansızın uyandım. Hâlâ hıçkırıklar boğazımda gibiydi. Üzerimdeki battaniyeyi elimle yana attım. Kollarımı yatağın üzerine bırakıp ayaklarımı aşağı indirdim. Öylece bekliyordum. Her şeyin rüya olmasını istiyordum. **Gün geçtikçe geçiyordum kendimden.**

Sokak lambasının odamı aydınlattığı loş ışıkta nereye attığımı hatırlamadığım telefonumu aradım. Işığı açmak gelmiyordu içimden. Daha fazla uğraşmayıp aramayı bıraktım. Camdan dışarıyı izlemek için severek almış olduğum perdemi tek seferde çektim.

İnsan gecenin bir yarısı, içinde yangınlarla uyanır mı? Ben uyanıyordum. Kimseye de anlatmaya niyetim yoktu kendimi. Herkes kendi derdindeydi. Camdan dışarı bakarken birisinin bana doğru baktığını fark ettim.

Baba!

Evet, bu babamdı. Demek ölmemişti. Beni bırakamayacağını biliyordum. Hızla arkamı döndüm. Kapıya doğru ilerlerken ayağıma çarpan terliklerimi kenara atıp kapıyı açtım. Merdivenlerden koşar adım inip bahçeye çıktım. Olamaz, babam değildi, diye düşünürken ağaçların arasında onu görür gibi oldum. İçimdeki ölü umutlar dirildi. Yüzüme yayılan gülümsemeyle bir oraya bir buraya koşuyor, babamı arıyordum. Ah, evet küçükken de böyle saklanırdı. Demek ki oyun oynuyordu o da.

"Baba çok özledim seni! Hadi çık ortaya lütfen!"

Sesim sanırım çok yüksek çıkmıştı. Annem evden çıkmış ve bana doğru geliyordu. Üzerindeki siyah geceliğinin önüne kapatıp telaşla sağa sola baktı. Makyajsız dışarı çıkmazdı, ama bu sefer unutmuştu galiba.

"Anne babam burada!" deyip elimle ağaçlık yerleri gösterdim.

Annem kaldırdığım elimi indirip başımı göğsüne yasladı. Saçlarımı öpüp, "Tamam kızım geçti," deyince sinirlenip ittim onu.

"Ne geçti anne, babam burada diyorum ya sen görmüyor musun?" Sinirle çıplak ayaklarımı yere vurup annemi ikna etmeye çalıştım. "Bak anne orada işte!"

Annem gösterdiğim yöne bakıp, "Tamam kızım lütfen yapma böyle," dedi.

Babamı görme sevinciyle gülümsüyor, elimle gözyaşlarımı siliyordum. Kalbim hızla atıyor, ellerim titriyordu. Sanırım soğuktandı. İçimi çekip, "Anne gördün mü?" diye sordum.

Annem ağlayıp bana doğru gelirken, elinden kaçacağımı biliyormuş gibi korkuyordu. Sanki ben intihar edecekmişim de o da beni ikna etmeye çalışıyor gibiydi.

"Gel kızım." Başını yana eğmiş gözlerinden çenesine hızla akan yaşları siliyordu. Bana doğru açtığı kollarını indirip yüzüme baktı.

Bedenimin sıcaklığı giderek düşüyor ve bütün vücudum titriyordu. Ellerimi kollarıma götürüp ısıtmaya çalışsam da başarısız olmuştum. Olduğum yere çakılıp kalmıştım. Başımı ağaçların olduğu yöne çevirdiğimde kimsecikler yoktu. Annem dolu gözlerle bana sarıldı.

"Anne o buradaydı," dedim yorgun bir sesle.

"Hayal görmüşsün kızım," deyip sımsıkı sarıldı bana. "Hadi daha fazla üşüme. Lütfen, yeni çıktın hastaneden."

"Anne hayır, o buradaydı," deyip yere bıraktım kendimi. Ayaklarım beni taşımak istemiyordu. Güçsüzdüm. Annem yere oturup gördüklerimin hayal olduğunu anlattığında başımı onun dizine koyup ağladım. Annem zorlukla bedenimi kaldırıp beni içeri taşıdı.

Kimseyi rahatsız etmemek için mi bilmiyorum ama, annem yardım istemedi kimseden. Bir yandan beni tutarken kapıyı kapattı. "Hadi kızım, sen güçlüsün, lütfen."

Kolumu diğer omzuna atıp merdivenlerden çıkmama yardım etti. Odanın ışığını açıp dolabımdan birkaç parça eşya çıkardı. Bense sadece ağlıyordum. Gözlerimden boşalan yaşlar annemi daha da üzüyordu.

İnsan engel olamıyor gözyaşlarına. Ne zaman içime hüzün dolsa umutlarım birer birer dökülür gözbebeklerimden gamzelerime. Bazen içimdeki boşlukta boğuluyorum.

Odanın orta yerinde oturdum, gözlerim hiç bu kadar boş bakmamıştı anneme ve annem hiç bu kadar acı dolu gülümsememişti. Dolaptan çıkardığı kalın geceliği giydirip yatağıma yatırdı beni. Çaresizlik? Neydi çaresizlik? Neredeydi bu çare denilen ve sürekli saklanan illet!

İçimde hayallerim bir bir intihar etti burnumun direklerinde. Ve çok iyi biliyordum ki artık hiçbir şey eskisi gibi olmayacaktı.

1 Hafta Sonra

Sabah uyanıp elimi yüzümü yıkadıktan sonra dışarı çıktım. Annem hâlâ uyuyordu. Cadde boyunca elim cebimde yürüdüm. Kızlarla gittiğimiz kafeye geçip güler yüzlü personele siparişimi verdim. Gerçi hiçbir şey yiyecek durumda değildim ama zorlayacaktım kendimi. Annem için. Kendim için. Sıcak çayımı yudumlarken geleceğe takıldı kafam. Bu olanlar, bir anda başıma gelenler beni 10 yaş olgunlaştırmıştı. **İnsan acı çekince hiç geçmeyecek sanıyor ama daha büyük bir yara açılınca kalbe, eskisi unutuluyor.** Sahi dertler böyle mi unutuluyordu?

Acımasız birisi olmaktan, kalbimdeki iyi niyeti kaybetmekten çok korkuyordum. Telefonum çalınca çantamı sakin bir şekilde açıp, parmağımı ekrana götürdüm. Arayan annemdi.

"Efendim anne?" dedim biraz daha canlı şekilde. Benim yüzümden üzülmesini istemiyordum. "Kızım ben şirkete gidiyorum, yine erkenden çıkmışsın sen de."

"Evet anneciğim."

"Sen de gelsene bugün. Babanın eski ortağı Türkiye'ye gelmiş, yeniden ortaklık için görüşeceğiz. Açıkçası senin de yanımda olmanı istiyorum."

"Bir ara uğrarım."

"Tamam kızım öpüyorum."

Telefonu kapatıp elimi çay bardağına götürecekken bu sefer Burak aradı. Konuşmak istemiyordum. Meşgule almama rağmen ısrarla yine aradı. "Efendim Burak?"

"Neredesin?"

"Dışarıdayım, ne oldu?"

Keskin ve net konuştuğum için ses tonunu düşürerek, "Duru farkındayım kötü bir dönem geçiriyorsun ama ben yanında olmak ve sana destek olmak istiyorum. Buna izin ver," dedi, sonra tereddütle ekledi: "Lütfen Duru."

"Tamam, her zamanki kafedeyim."

"Geliyorum."

Telefonu masanın üzerine bıraktım, elimi çeneme koyup dışarıyı seyre daldım. Çok dalıyordu gözlerim, **düşüncelerim beynimi yakıyordu.** Şu yoğunlukta aklıma tek gelen Çınar oldu. O çok iyi bir dost, çok iyi bir arkadaştı. Birbirimize iyi geliyorduk. Sanırım onu aramam gerekiyordu.

Çayım buz gibi olmuştu. Arkamı dönüp elimi kaldırdığımda Burak'ın bana doğru geldiğini gördüm. Gülümseyerek bana doğru yaklaştı ve sandalyeyi çekip, "Nasılsın?" dedi.

"Teşekkür ederim iyiyim, çabuk geldin."

"Hazırlanmıştım zaten. Ee nasıl geçiyor günler?"

"Güzel."

"Okulu bıraktın mı artık tamamen?"

"Evet?"

Bazen yüzüne bakmıyor, gözlerimi kaçırıyordum. "Bir şeyler içer misin?" diye sormuştum ki onun çoktan elini kaldırıp garsonu yanına çağırdığını fark ettim.

Gülümseyip bana baktı. "Ne içersin?"

"Çay alayım," deyip gözlerimi devirdim. Elimdeki telefonun tuş kilidini bir açıp bir kapatıyordum.

"Burada bir okula devam edecek misin?"

"Pek düşünmüyorum açıkçası."

"Ne demek şimdi bu?"

"Yani olanlar ortada Burak, şu an için hiçbir şey istemiyorum."

"Babanın vefatı dışında başka şeyler de mi oldu?"

Telefonumdan gözlerimi alıp yüzüne baktım, kasları üzerine giydiği gömleği parçalayacak gibiydi. Belli ki daha sık gitmiş spora.

"Yok bir şey."

"Sevgilinden mi ayrıldın?"

"Hayırdır Burak, neyi öğrenmek istiyorsun?" diye sert bir şekilde çıkıştım. Sebebini ben de bilmiyordum ama son zamanlarda yaşadıklarım çok yıpratmıştı beni. Burak'ın bir suçu yoktu ama sinirimi ondan çıkarıyordum.

"Bana kızma, sakin ol."

"Sana kızmıyorum. İyi olmadığım için uzak duruyordum her şeyden. Anla lütfen. Kimseyi kırmak istemiyorum."

"Bak Duru, ben seni biliyorum."

Kollarını masaya koyup biraz daha yaklaştı bana. "Hepsi geçecek."

Artık gözlerine bakınca nerdeyse hiçbir şey hissetmiyordum, bir dost olarak görüyordum onu. Bu yüzden mutluydum.

"Bilmiyorum Burak, şurama bıçak saplıyorlar sanki." Elimi sol tarafıma koyup başımı eğdim. Çenem titremeye başladığında, ağlamamak için başımı yukarı kaldırdım ve derin bir nefes aldım.

"Hadi kalk gidelim."

"Nereye?"

"Bilmem, dışarıda dolaşırız. Gerçi hava soğuk ama sinemaya gidebiliriz."

"Hayır, kafam kalabalığı kaldıracak durumda değil. Ayrıca annemin yanına gitmem lazım."

"Şirkete mi?" Burak kendisini tekrar geriye çekip, sandalyeye yaslandı.

Başımı evet dercesine salladım.

"İyi o zaman ben de geleyim."

"Olur."

Çalan telefonum yüzünden konuşmamız bölündü. Ezgi arıyordu. "Efendim Ezgi?"

Ağlamaktan konuşamıyordu yine. "Duru, Duru lütfen buraya gel."

"Ne oldu?" Açıkçası çok fazla oralı olmak istemiyordum, ama bana ihtiyacı vardı. Aradığı kişi bendim. Bana yapılanı unutup destek olmam lazımdı.

"Ömer çok kötü Duru."

Kim bilir ne oldu yine. "Ne oldu?"

"İntihar etmiş!"

"Ne!" dedim yüksek sesle. Ayağa fırladığımda Burak da telaşla kalkıp gözlerime baktı.

"Ne olmuş?" diye sorunca onu elimle susturup ilgimi Ezgi'ye verdim. "Neredesiniz şimdi?"

"Hastanede, İstanbul'da yani."

"Ezgi bu nasıl oldu?"

"Duru lütfen ilk fırsatta gel."

"İyi mi peki durumu şimdi."

"Çok şükür iyi ama seni görmek istiyor, lütfen gel daha kötü şeyler olmasından korkuyorum."

"Ezgi babam vefat etti benim. Ben Ömer yüzünden İstanbul'u, okulumu hayallerimi yarıda bıraktım."

"Ne desen haklısın, ama bilmediğin o kadar çok şey var ki."

"Tamam, ilk fırsatta gelirim."

Telefonu kapatıp yerime oturdum. Burak konuşmalardan aslında neler olduğunu az çok anlamıştı.

"Gidecek misin?"

"Evet."

"Çok iyi niyetli bir kızsın. Senin gibi bir arkadaşım olduğu için çok şanslıyım, gerçekten."

"Sağ ol."

Elimi ağzıma götürmüş tırnaklarımı yemeye başlamıştım.

"Hey!"

"Ne oldu?" diyerek korkuyla baktım yüzüne.

"Yeme tırnağını."

Elimi ağzımdan çekip gülümsedim. "Ben eve gideceğim, sen de bir-iki saate gel birlikte gidelim, olur mu?"

"Tamam, ben bırakırım seni."

"Tamam."

Yol boyunca sessizlik hâkimdi ki kafe de evime yakındı zaten. Burak beni bıraktıktan sonra gitti.

İçeri geçip koltuğa attım kendimi.

Ömer neden intihar etmişti? Neler dönüyordu yine? "Off!" diye sesli bir şekilde inledim.

İçimde iyi niyetimin sonucu birçok **hayal kırıklığı**

vardı. Artık kalbim güçlü, bedenim yorgundu. Yarınları çok fazla düşünmüyordum. Nasıl olsa mavi günler gelecekti. Hayatım böyle siyah kalacak değildi ya.

Üzerimi değiştirip odamdaki koltuğa attım kendimi. Hiçbir şey yapmamıştım ama sanki yük taşımış gibi yorgun hissediyordum. Resmen bölünmüş durumdaydım. Ne yapacağım bilmiyordum. Hayatımın bu en karmaşık döneminden bir an önce kurtulmak istiyordum. Bacak bacak üstüne atmış, ayağımı sallıyordum. Son zamanlar tırnak yemeye başlamıştım. Kabullenmek istemiyordum ama sanırım psikolojik destek almalıydım. Çıkmaza sürükleniyordum. Kısa zamanda çok olay yaşamıştım...

Telefonum çalınca çantama baktım, yavaşça yerimden kalkıp çantamın içinde ısrarla çalan telefonumu bulup açtım.

"Geldin mi Burak?"

"Evet, hadi çık dışarı."

"Tamam, geliyorum hemen."

Dışarı çıkıp Burak'ın arabasının kapısını açtım. Soğuk havadan sıcak havaya geçiş yaşamıştım. Arabanın içinde resmen parfüm şişesi kırılmış gibiydi. Emniyet kemerimi takıp, "Bu ne koku böyle?" diye sordum.

"Ne oldu, güzel değil mi?" Arabayı çalıştırmış konuşurken arada bana bakıyordu.

"Yani güzel tabii ki ama bu kadar çok sıkmana gerek yoktu."

Cevap vermedi, gülümseyerek yağmurda ıslanmış yoluna devam etti. Işıklardan geçince düz devam etmemiz gerekirken Burak sağa döndü.

"Yanlış girdin," diye telaşla ona döndüm.

"Hayır, doğru yoldayız."

"Ne doğru yolu, düz gitmen lazımdı."

"Biliyorum."

"Neden döndün o zaman?"

"Çünkü şirkete gitmiyoruz."

"Neden?"

Ne yapmaya çalıştığını anlıyor gibiydim. Muhtemelen şirkete gitmemi istemiyordu, beni gezdirecekti.

"Bekle, az kaldı. Gidince göreceksin zaten."

Meraktan kasılan sırtımı tekrar koltuğa yasladım. Neyse deyip yolu izlemeye başladım. Burak ara ara benimle konuşmaya çalışsa da istediği cevapları alamayınca çok fazla oralı olmadı...

Dar bir sokağa arabayı park ettikten sonra, başıyla eski bir binanın giriş katını gösterip, "Geldik işte," dedi.

Taş kaplı dış yüzü sayesinde bina oldukça eski görünüyordu ama içerisi günümüze göre nefis bir şekilde dekore edilmişti.

"Hadi gel," deyip o önden giderken ben de arkasından içeri girdim. Burak kalabalık bir masaya yöneldi. Kim olduklarını anlamam uzun sürmemişti. Hepsi liseden arkadaşlarımdı. Lisedeyken çok fazla aralarına katılmazdım, kendi halimdeydim. Birkaç adım vardı aramızda, Burak masaya yaklaştıktan sonra herkes güler yüzle bana bakıp el salladılar. İlk kez bu kadar sevgi dolu görüyordum onları. Belki de benim hatamdı. Hani insan görmek istediğini görür ya, ben de hepsini kasıntı sanmıştım. Demek ki sıkıntı bendeymiş.

Kızlarla tek tek sarılıp selamlaştık. Burak'ın yan masadan çektiği sandalyeye oturup gülümsedim.

"Ee Duru nasılsın? Başın sağ olsun, duyunca çok üzüldüm. Nasıldı İstanbul anlat bakalım." Geçen sene saçları kısacık olan Filiz, şimdi kaynak yaptırdığı siyah saçlarını geriye atarak baktı yüzüme. Herkes cevap vermemi bekliyordu.

Kısa bir süre masadaki herkesi süzüp, "Teşekkür ederim. Güzeldi," dedim kısık bir sesle. Masadaki herkes başın sağ olsun deyince yalnız olmadığımı hissettim. Kendimi bu insanlardan neden bu kadar geri çektiğimi düşündüm.

"Ee siz başlamadınız mı okula?" Ortaya attığım bu soruya ilk cevap veren Melih oldu. Melih Burak'ın en yakın arkadaşıydı. Sarı saçları kulaklarını kapatmıştı. Çok fazla sakalı yoktu ama asla çocuk gibi de değildi. Derin bakan yeşil gözleri ve yapılı vücudu onu olduğundan büyük gösteriyordu. "Ben hukuk kazandım, İstanbul'u pek sevmediğimden açıkçası gitmedim." Eliyle Sinem'i gösterip, "Ee tabii ben gitmeyince Sinem de yanımda kaldı. Hasretime pek fazla dayanamıyor da kendisi."

Kaldırdığı eline vurarak atıldı söze Sinem. "Saçmalama, yıllardır kendini böyle tatmin etmekten bıkmadın mı?" Bana bakıp devam etti konuşmaya. "Tatlım ben annemin güzellik salonundayım. Arada bir gidiyorum işte, okula ise seneye başlıyorum."

Hep birlikte güldükten sonra Burak girdi söze. "Ahmet ve Filiz'i biliyorsun, sevgililer liseden beri. İkisi de inat etti puanla giriş yapacağız diye, sonrasında kazanamadı onlar da. Muhtemelen özele yazılacaklar."

"En azından şansımızı denedik oğlum."

Filize daha sıkı sarılıp alnından öptü onu. Sohbet çok güzel ilerliyordu. Burak'ın sayesinde çok yabancılık çekmemiştim. Aslında yabancıydım bu kalabalık ortama ama iyi gelmişti açıkçası. Hoşuma gitmişti. Bundan sonra arada bir görüşmek üzere Burak'la birlikte yanlarından ayrıldık. Saat 17:23 olmuştu.

Kapıdan çıkmadan, "Şirkete artık yarın giderim," dedim.

"Geç oldu zaten, en mantıklısı."

"Yoruldum hem, bu şekilde çıkmayayım karşılarına." Arabaya doğru yürüdük. Burak bana gerçekten iyi geliyordu. Ona karşı içimde büyüttüğüm o çocukluk aşkı beni güldürüyordu...

Burak beni eve bıraktıktan sonra arkadaşlarıyla görüşmeye gitti.

Eve girdiğimde annem çoktan gelmişti. Benin gülümsediğimi görünce çok mutlu oldu. "Nasılsın güzel kızım?"

"İyiyim anneciğim." Sarılıp öptüm onu. Ona işyerine gelemeyeceğimi haber vermemiştim. Eskiden olsa kızardı ama şimdi tepki bile vermiyordu.

"Aç mısın?"

"Hayır, dışarıda yedim bir şeyler. Odama gidip biraz film izleyeyim diyorum."

"Tamam kızım. Git odana bir güzel dinlen, yarın benimle erken uyanacaksın."

"Olur," dedim gülümseyerek. Odama geçip televizyonu açtım. Uzanıp avucumun içini yüzümün altına koydum. Televizyon açık olsa da aklım İstanbul'daydı. Ezgi aramadan ben onu arayayım dedim. Cebimden telefonumu çıkarıp arama kaydından Ezgi'yi buldum. Tek çalışta açtı telefonu. "Nasılsın Ezgi?"

"İyiyim, sen nasılsın?" Sesi çok yorgun geliyordu.

"Var mı bir gelişme?"

"Hayır, hâlâ hastanedeyiz. Sanırım hafta sonu anca çıkarmış. Sen ne zaman geleceksin?"

"Bilmiyorum ama yarın mümkün değil, ertesi gün ancak."

"Tamam, nasıl istersen öyle olsun."

"Emrah yanında mı?"

"Hayır, buraya gelemez ki."

"Neden?"

"Ömer pek sevmiyor onu. Canım benim kapatmam lazım, görüşürüz."

Görüşürüz diyemeden kapattı. Hava kararmıştı çoktan, gece uyuyamadığımdan uykum geliyordu şimdi. Televizyonu kapatıp kendimi yatağa attım. Sabah erken kalkacaktım nasıl olsa...

Sabah yüzüme çarpan güneşle hafifçe gözlerimi araladım. Sanırım annemden erken uyandım, diye içimden geçirirken kapının tıklandığını duydum.

"Kızım uyandın mı?" diye sordu annem.

"Uyandım anne," diye seslendim uyumaktan kalınlaşan sesimle.

Yatağımın ucundaki terlikleri giyip banyoya yöneldim. Çok uyumaktan başım ağrıyordu. Elimle başımı tutup biraz bekledim. Aynanın karşısına geçip kendime baktım. Ellerimi suyun altına sokup yıkadıktan sonra avuç avuç suyu yüzüme çarptım. Kollarımdan dirseğime akan suyu havluyla kurutup sonra da yüzümü sildim. Dişlerimi fırçalamadan kendime gelemezdim. Dolabı açıp şirkete uygun siyah elbisemi ve uzun kaşemi giyindim. Saçlarımı her zamanki gibi toplayıp, hafif bir makyajla yüzüme renk verdim.

“Hazır mısın kızım?” Annem yine gelmişti.

“Evet anne, çıkıyorum,” diye seslenip ardından kapıyı açtım.

“Çok şık olmuşsun kızım.” Beni süzüp kendisiyle gurur duyar gibi göğsünü kabarttı. “Kızım hadi kahvaltı hazır, kahvaltıdan sonra çıkalım.”

“Tamam,” deyip üzerimdekileri çıkarıp masaya geçtim.

Büyük bardakta çay içmeyi seviyordum. Suzan Teyze bana çayımı getirip, “Afiyet olsun,” dedi. Yıllardır yanımızda çalışıyordu. Annemden çok bakmıştır bana. Yeri bende hep farklıydı.

“Suzan Teyze sende gel otur ya. Uzun zaman oldu, özledim seni.”

“Çok işim var mutfakta, ama senin o güzel hatırını kırmaya niyetim yok,” deyip kendisine de bir bardak çay doldurdu.

Gözüm daldı, babam gelmişti aklıma. Bir bıçak gibi takıldı yokluğu boğazıma. Ağzımdaki lokmayı zorla yutup çayımdan bir yudum aldım. Annemle göz göze gelmek istemiyordum. Onu üzmeye hakkım yoktu. Telefonuma mesaj gelince elimdeki bardağı bırakıp mesaja baktım.

Yarın yurt dışına gidiyorum. Muhtemelen bir daha gelmeyeceğim, Kendine iyi bak güzel insan. Umarım her şey dilediğin gibi olur. Arada bir mail atmayı ihmal etme. Çok aradım seni ama telefonun ya kapalıydı ya da cevapsız kaldı aramalarım. Bu arada ablam adına özür diliyorum, onun kusuruna bakma.

Çınar’ın mesajını okuduktan sonra bir eksiklik hissetmiştim. Evet, haksızlık etmiştim ona, zaten yanımda yoktu ama tamamen gitmesi üzmüştü beni.

Sofradan kalkıp, "Anneciğim ben doydum," dedim.

"Kızım hiçbir şey yemedin ki."

"Doydum işte anne," diye çıkıştım.

Koşar adımlarla odama geçip Çınar'ı aradım. Telefonu kapalıydı, hemen bana yolladığı mail adresine yazdım.

Yarın İstanbul'a geliyorum. Bunu okur okumaz hemen ara beni.

Giyinip dışarı çıktım annemle. Şirkete geldiğimde içimi bir boşluk kapladı. Babam olmadan hiç bir anlamı yoktu buranın. Annem büyük koridoru geçtikten sonra sağ taraftaki beyaz kapının kolunu çevirdi. İçerisi hâlâ babam gibi kokuyordu. Büyük, kahverengi masanın üzerindeki kapalı bilgisayarı açtı. Ben ise sanki ilk kez bu odaya giriyormuş gibi her yeri inceledim. Annem babamın fotoğrafını büyütüp duvara asmıştı, sanırım tek değişiklik buydu.

"Kızım birazdan yeni ortaklarımız gelir."

Annemin karşısındaki koltuğa yerleşip, "Dün nasıl geçti?" diye sordum.

"Bir sıkıntı olmadı, biliyorsun eskiden de ortağımızdı."

"Umarım her şey iyi olur."

"Olur kızım, merak etme." Annem hemen gömüldü kâğıtların arasına.

Telefonum çalınca anneme söyleyip dışarı çıktım. "Alo Çınar?"

"Nerelerdesin kaçak?"

"Ya Çınar ne desen haklısın ama babamın vefatından sonra toplayamadım kendimi."

"Ne desem boş. Ama lütfen güçlü ol, hayata sıkı sıkı bağlan."

"Sen neden gidiyorsun?"

"Duru olmuyor yapamıyorum burada. Onu-" Duraksadı ve yutkunduktan sonra devam etti.

"Onu çok özlüyorum, hatırası var. Orada iş kurup çalışmaya başlayacağım."

"Yarın İstanbul'a geliyorum, o zaman her şeyi konuşalım."

"Neden? Ne oldu?"

"Ömer intihar etmiş."

"Duru haddim değil ama yanlış yapıyorsun."

"Biliyorum ama içimdeki sesi dinlemek istiyorum. Onun bana yaptıklarını ben ona yapmayacağım. Güzel günlerin hatırı var. Ha bu arada Ezgi sürekli bilmen gerekenler var deyip duruyor."

"Hayırlısı olsun o zaman. Ben seni yarın yalnız bırakamam, yarın ben de geleceğim."

"Tamam olur."

"Bilet alınca haber ver bana."

"Kendine çok iyi bak."

Telefonu kapatıp annemin odasına geçtiğimde yeni ortaklarımız gelmişti bile. Hayat bitti dediğim yerden yeniden başlıyordu. Şimdi biraz daha büyüyordum. Biraz daha anlıyordum gidenleri.

***

En acımasız gündür, ayrılığın ilk günü.

O son konuşma bir dahaki başlangıçların da sonudur. Bir daha kimseye güvenememenin verdiği

acıyı hiç saymıyorum bile. İlk günün heyecanı kalmaz üzerinde. Heyecandan titreyen kalbin, kaybetme korkusundan titreyecek. Evet, o artık yok!

Birlikte hayal kurduğun annene anlattığın, her muhabbetinizde arkadaşının kafasını şişirdiğin kişi artık başka ellere el açacak.

Alışmış olduğun mesajlardan eser kalmayacak. 'Neredesin?', 'Kim var yanında?', 'Özledim!' ve daha niceleri. Günaydın mesajı gelmeden güne başlayıp iyi geceler dilenmeden geceye gireceksin. Gece demişken, geceler gündüzlerin kalabalığından kaçabildiğin tek limanın olacak. Ağlamak için geceyi bekleyeceksin mesela. Hatta kimse duymasın diye yastığı ısıra ısıra ağlayacaksın. Zehir zıkkım olacak en sevdiğin yemekler. İnsanlara boş bakacaksın, bir zamanlar içi gülen gözlerinle.

Daha aksi olacaksın ve sevgilisi olan herkesten uzak durup mutluluklarını dinlemek istemeyeceksin. Sonra içinde büyüttüğün yara giderek derinleşecek, durup durup sokakta, sınıfta, evde ağlayacaksın.

"Ne yapıyor? Nerede?" Bu sorularla deli olacaksın. Uzaktan uzaktan izleyecek, başka hesaplardan takip edeceksin onu.

Sonra mı?

Sonrası yok işte, sen hayatına onun gibi devam edeceksin!

Hiçbir şey yaşanmamış, hiç sevmemiş gibi.

Sonra mı? Sonra her şey geçecek zaten. Geçmeyen ne var ki? Dizindeki yaralardan eser var mı? Ya

da bundan seneler önce kafana taktığın olaylar aklına geliyor mu? HAYIR.

İnan bu da geçecek. Sen gülümse. Her şey geçecek.

***

Odanın kapısını açıp içeriye girdiğimde, herkes başını masadan kaldırıp bana çevirince bir an irkildim. Kimseyle göz göze gelmeden sandalyemi çekip oturdum. Eski ortaklarımızı az çok biliyordum ama neredeyse hiç yüz yüze gelmemiştim. Zaten benim burada ne işim vardı ki?

Annem yapmış olduğum hatayı fark edip durumu toparlamaya çalıştı. "Kızım yeni ortaklarımıza bir hoş geldin yok mu?"

Başımı kaldırdığımda, esmer, simsiyah gözlerini bana dikmiş olan genç bir adam gördüm. Evet, sanırım bu da ortağımızın oğluydu. Uzun sakalları ona farklı bir hava katmıştı. Son günlerde herkes böyleydi zaten. "Hoş geldiniz," diyerek tekrar masaya çevirdim gözlerimi. Nefes alamıyordum. Boğazımda koca bir yumruk vardı. Hafifçe ellerim de titreyince önümde duran suyu içmeye başladım.

"Kızım iyi misin?" Ben kimse fark etmiyor zannetsem de gözler üzerimdeymiş. "Biraz kötüyüm, geliyorum hemen."

Elimi yüzümü yıkasam kendime gelecektim. Çantamı sol koluma takıp kapıya yöneldiğimde, annem sağ kolumu tutup bana destek oldu. "Kızım iyi misin? Neyin var?" Gözleri endişe ile korku arasında sıkışmış kalmıştı.

"İyiyim anneciğim, merak etme." Yüzüme yerleştirdiğim maske annemi bile ikna etmişti. Annem ardımdan kapıyı kapatmış ve toplantıya tam anlamıyla başlamıştı. Lavabonun başına geçip aynadan kendime baktım. Gerçekten iyi görünmüyordum. Ömer'in yaptıkları değil de babamın yokluğu sıkıştırıyordu sol yanımı.

Titreyen ellerimle suyu açıp kendime gelmeye çalıştım. Derin derin nefes aldıktan sonra az da olsa bunu başarmıştım. Tekrar toplantıya girmeyecektim. Bir an önce eve gidip uzanmak istiyordum. Ellerimi kuruladıktan sonra dışarı çıktım. Kapıdaki görevliden bir taksi çağırmasını söylemek için yanına gittim.

"Bana bir taksi çağırır mısınız?"

Arkamdan bir ses ,"Tamam, tamam çağırmayın," dedi.

Arkaya baktığımda kısılmış gözleriyle bana bakan o adam vardı karşımda. Üzerine giymiş olduğu dar gömlek bütün vücudunu sergiliyordu. Elinde tuttuğu ceketini giyerek, "Gel ben bırakayım seni," dedi.

"Hayır, gerçekten gerek yok."

"Bence gerek var, çünkü iyi değilsin." İçten gülümsemesiyle bana bakıp gülümsedi.

"Tamam, peki." Elini sırtıma koyup arabanın olduğu tarafa gittik.

Emniyet kemerimi taktım, başımı cama yaslayıp yolu izlemek niyetindeydim ki, "Tarif edecek misin yolu?" dedi. İnce, kibar sesiyle beni rahatsız etmek istemediğini belli etmişti.

"Tarif ederim tabii." Yol boyunca sağ ve sol dışında bir şey demedim. Kapının önüne gelmiştik nihayet. "Çok teşekkür ederim, sizi de yordum."

"Olur mu öyle şey? İyi misin biraz daha?"

Emniyet kemerimi çıkarırken, "Evet," dedim.

"Neyin var peki senin?"

"Hiçbir şeyim yok. Hiçlikten ibaret bir yolculuğa çıkmış ömrüm."

"Dur bir sakin ol, ne bu karamsarlık? Daha çok gençsin sen."

"Acılar insanı olgunlaştırıyor."

"Ne yaşadın böyle?"

"İnebilir miyim? Çok teşekkür ederim," diyerek kapıyı açtım.

"Adım Serkan."

Sırtımı çevirdiğim adamın tekrar yüzüne bakıp, "Ah, pardon ama hatırlıyorum adınızı. Annem birkaç kez bahsetmişti," dedim.

"Anladım. Peki o zaman, neyse ben seni tutmayayım. Hiçbir şeyi takma kafana. Unutma, kimse senden değerli değil. Ve inan, bu hayatta her şey geçiyor."

"İnanıyorum," diyerek indim arabadan. Eve geçip birkaç saat uyuduktan sonra, akşam 19:30'a İstanbul için uçak bileti aldım. Bir an önce üzerime aldığım bu yükten kurtulmak istiyordum. Bitmesi gereken ne varsa bitsin.

Uzanıp saatin gelmesini beklerken Çınar'a da geliş saatimi mesaj attım.

İçimdeki sesi dinlesem şimdi çoktan mavi rüyaların başındaydım. Babamın yokluğunu hissettikçe başka hiçbir yokluğu hissetmiyordum. Aslında Ömer'in yaptığı beni bir dönüm noktasına getirse de olgunlaşmama yardımcı oldu bu durum. Sürükleniyorum rüzgârda savrulan yapraklar gibi…

3 Saat Sonra

Düşüncelerim beynimde yankılanırken olduğum yerde uyuyakalmıştım. Vücudum kaskatı kesilmişti. Telefonumun ekranındaki saate baktım. Sanırım yavaştan hazırlanmam lazımdı. Annemi aramadan gidersem kaçtığımı düşünüp kafayı yiyebilirdi.

"Alo anne?"

"Kızım neredesin sen? Aradım ama ulaşamadım."

"Uyumuşum."

"Nereye kayboldun, aklım sende kaldı."

"İyiyim anne."

"Bir şey mi isteyeceksin?"

Annemden ne zaman bir şey isteyecek olsam ses tonumdan anlardı.

"Ben birkaç günlüğüne İstanbul'a gidebilir miyim?"

"Neden?" Annemin sesi bu kez sertti.

"Bir arkadaşımın bana ihtiyacı varmış beni çağırıyorlar."

"Kızım sen zaten kötü bir dönemden geçiyorsun, neden onlardan hiçbiri senin yanında olmadı?"

"Çünkü ben onlar gibi değilim."

"Aldın değil mi biletini?"

"Evet."

"Peki hayır desem gitmeyecek misin?"

"Giderim yine."

"Git kızım, git destek ol arkadaşlarına... Anneni de bir başına bırak," diyerek suratıma telefonu kapattı. Haklıydı bir yandan. Suratımı asarak dolabımın yanına gittim. Minik bir valiz hazırlayarak çıktım dışarı.

Havaalanına yetişmiştim. Uçak saatine daha çok vardı. Yavaştan açlığımı hissetmeye başlamıştım. Kaç gündür adam gibi bir şey yiyemiyordum. Gittikçe zayıflıyor ve güçsüz düşüyordum. Bir kafeye geçip karnımı doyurduktan sonra kahve söylemiştim. Kahvemden bir yudum aldıktan sonra, elimi çenemin altına koyup öyle dalıp gittim.

Çeşit çeşit insan vardı. Koşturanlar, çocuk sesleri, anonslar... O kadar doluydu ki kafam, neredeyse bunları duymayacak haldeydim. Burası hiç olmadığı kadar kalabalıktı bugün. Takım elbiseli birkaç adam çıkışa doğru koşmaya başladı. Ne zaman böyle bir kargaşanın ortasına düşsem kalbim daralıyordu. Derin derin nefes almaya başladım...

Zaman daralmıştı. Sonunda yolculuk için anonsu duyup çıkışa doğru yürümeye başladım. Kalabalığa girmemek için biraz daha bekledim. Son günlerde sessizliği sever oldu kalbim. Ağır adımlarla uçağa doğru ilerledim. Yerime geçip hemen gözlerimi yumdum. Nedense kimseyle göz göze gelmek istemiyordum. Binmeden önce Çınar'a mesaj attım, varış saatimde beni almaya o gelecekti.

Hava artık erken kararıyordu. Uçak yükseldikçe koca şehir küçücük kalıyordu. Gecenin siyahını ışıklar süslemişti...

Ve İstanbul'a tekrardan adım atmak üzereydim. Pilotun anonsuyla yerimden doğruldum. İniş için hazırdık. Çok geçmeden inmiştik.

Hemen elimdeki telefonu çıkarıp Çınar'ı aradım. "Alo, nerdesin?"

"Geliyorum, biraz bekleteceğim seni."

"Tamam," deyip telefonu kapattım. Hava çok soğuk olduğundan hızlı adımlarla içeriye geçecekken birisinin çantamı tuttuğunu hissettim. Korkuyla arkamı dönünce

Çınar ile göz göze geldik. "Gel buraya minik," diyerek kollarını açtı.

Elimdeki valizi yere atarak sevimli bir sitem savurdum. "Ya çok kötüsün Çınar, ödüm koptu!" Beni kolları arasına alıp sarıldı. "Şaka yaptım, ruh gibisin kız az hareketlen."

"Tabii, çok hareketlendim şimdi."

Çınar yerdeki valizi alıp, elini omzuma attı. Biz ne ara bu kadar samimi olmuştuk ki?

Çınar çok iyi bir dosttu. Arkadaş, kardeş, bir koruyucuydu.

"Ne diye intihar etmiş bu manyak?" diyerek konuya girdi.

"Bilmiyorum, Ezgi konuşmamız lazım, dedi."

"Çıkar yakında kokusu. Aç mısın?" Arabaya yaklaşmıştık. Cebinden anahtarı çıkarıp arabanın kilidini açtı. İçeri geçip, "Dertleri ne seninle? Neden onlar yanına gelmiyor da sen gidiyorsun ayaklarına?" Sesi yükselmişti. Arabayı çalıştırana kadar sessizliğimi bozmadım.

"Duru?"

"Efendim?"

"Sana diyorum, neden cevap vermiyorsun?"

"İyi değilim Çınar."

"Nasılsın demiyorum, aç mısın diyorum."

Gülmeye başlayıp, "Hayır," dedim.

"Hah, işte böyle gülümse ya, ne diye suratını asıyorsun."

"Tamam. Ee doğruca hastaneye gidebilir miyiz?"

"Elbette gideriz, adresi var mı sende?"

"Ararım Ezgi'yi."

"Ara bakalım."

"Bekle bakalım, arıyorum."

Ezgi'nin numarasını bulup aradım, birkaç çalıştan sonra heyecanla açtı telefonu. "Alo Duru ne yapıyorsun gelecek misin? Ömer çok kötü."

"Sakin ol Ezgi, yoldayım geliyorum. Hastanenin adresini verir misin?"

"Tamam, hemen mesaj olarak atıyorum sana."

"Bekliyorum."

Telefonu kapatıp, "Mesaj olarak atacakmış adresi," dedim.

"Tamam canım."

"Geldi mesaj."

"Bu ne hız."

Adresi Çınar'a okudum.

"Yakın buraya," dedi.

"Çınar," diye seslendim.

"Efendim?"

"Gitmesen olmaz mı?"

"Nereye?"

"Yurtdışına?"

"Olmaz Duru, böylesi benim için daha iyi. Ama merak etme, ne zaman istersen kapım açık sana."

"Peki."

"Asma kız suratını."

Akşam geç vakit olduğundan, çok trafik yoktu. Yol boyunca insanları izledim.

"Geldik."

"Hadi bakalım," diyerek emniyet kemerimi çıkardım.

Hastaneye girdiğimizde içimi bir huzursuzluk kapladı. "Ya şu hastane kokusu sağlam adamı bile hasta eder," diyerek içimi okudu Çınar.

"Evet," diyerek buruşturdum yüzümü. Koridorun başında yaşlı bir teyze yüzünü avuçlarının içine almış, boşluğu izliyordu. Herkesin farklı bir derdi vardı. Herkesin yükü kendisine fazlaydı.

Koridorun sonuna doğru ilerlerken, bize doğru hızla koşmakta olan bir çocuk önümde düştü. "Ayy!" diye bağırıp onu kaldırmak için eğildim. Zihinsel engelliydi. Çok sevimliydi. Ağlamadan gülümsedi bana.

"Ah be oğlum, ne diye bu kadar yaramazsın ki!" Annesi yarım Türkçesiyle oğluna kızıyordu. "Kusura bakma ablası."

"Olur mu öyle şey, çocuk işte."

"Gel oğlum, ellerini yıkayayım," diyerek çocuğu yanımızdan uzaklaştırdı.

"Ee nerede bu oda?" dedi Çınar

"Şu olması lazım," diyerek parmağımla sol taraftaki odayı gösterdim.

"Sen gir içeri, ben burada seni bekliyorum."

"Tamam."

Kapıya doğru yaklaşırken yüreğim ağzıma gelir gibi oldu. Nefesim kesiliyor, yüzüm ateş gibi yanıyordu. Titreyen ellerimi cebime sokup, kapının önünde derin bir nefes aldım. Kapının buz gibi soğuk kolunu çevirip içeri girdiğimde, Ezgi Ömer'in başındaydı ve ağlıyordu.

Minik bir televizyon ve koyu lacivert bir koltuk vardı, oda beyaza boyanmıştı. Ezgi beni fark edip minik bir çığlık atarak ayağa fırladı. "Duru hoş geldin, senin yaptığını inan kimse yapmaz!" Ellerimi tutmuş dua ediyordu bana. Ama benim gözlerim Ömer'e kilitlenmiş kalmıştı. Kim bilir neden yapmıştı böyle bir şeyi?

"Ezgi beni Ömer ile baş başa bırakır mısın?" diyerek Ömer'e yaklaştım. Sandalyeyi çekip Ömer'in yanına geçtim. Ezgi çıkıp arkasından kapıyı kapatınca gözlerimdeki baraj kapıları kendiliğinden açıldı.

"Aslında gelmemem gerekirdi, sen senin için harcanan ömrü ziyan ettin. İçim kırık. Hayatımda en değer verdiğim iki adamı kaybettim. İçim acıyor. Sabahları aç uyanıyorum. İnanır mısın sigaraya başlamak üzereyim. Şimdi bir daha kimseye güvenememenin acısının mı üstesinden geleyim, yoksa ilk güvendiğim adamın başkasına ait oluşunun mu? Gözlerimden yaşlar süzülürken hayallerimizi boşluğa bıraktım ben. Sayende içimdeki kız çocuğu biraz daha gamsız. Ve ben tüm bunlara rağmen senden nefret edemiyorum. Mutlu yanıma denk gelmişsin, kin tutamıyorum sana."

Elimle gözyaşlarımı silip derin bir nefes aldıktan sonra devam ettim. "Şimdi seninle yeniden o yolda ilk defa karşılaşsam, inan geri döner giderdim. Sen en güzel anım, en çekilmez acım oldun."

Kapının açılmasıyla hemen arkamı dönüp gözyaşlarımı silmeye çalıştım ve bu sırada, "Baba?" diye seslenen birisinin odaya girdiğini duydum. Yaşlı gözlerle kafamı çevirdiğimde koridorda karşılaştığım çocuğun yanımda olduğunu gördüm. Başını yana eğip bana gülümsedi. Başımı kaldırınca o kadın da karşımdaydı. Gözleri nemliydi, ağladı ağlayacak gibiydi.

Başımdan aşağı kaynar sular döküldü. Evet, kabullenmek zordu ama Ömer evliydi...

Şimdi bir uçurumun kenarındaydım ve her şeyden bir adım uzaktaydım.

Hastanenin koridorlarında kalbimin hızla atışı yankılanıyordu. Nasıl bir karmaşanın içine düşmüştü zavallı yüreğim. Biraz sabır, biraz dua biriktiriyordum. Bağırıp çağırmak geliyordu içimden. Ama sanki uyansa, açsa gözlerini her şey geçecek gibiydi. Sakince kalktım yerimden. Odaya hızla gelen Ezgi artık durumu toparlamak için çok geç kalmıştı. Yağmur gibi boşalıyordu gözlerimden yaşlar. Son kez baktım arkama, Ömer yaptığı hatanın acısını çekerken benim daha çok içim yanıyordu. Unuttuğumu sanmıştım. Nasıl da yanılmışım.

Kimseyle göz göze gelmeden kapıdan süzüldüm. Bütün gözler üzerimdeydi belki, hepsi içimdeki duyguları dışarı vurmamı bekliyordu ama hayır bunu yapamazdım. Masum bir çocuğun günahına giremezdim!

Ezgi ardımdan defalarca seslendi. Hızla uzaklaştım onlardan. Bağırmak istiyordum. Karanlık bir sokağın ıssızlığında kaybolmak ve bir daha bulunmamak istiyordum.

Çınar sessizce, "İstersen oturalım, biraz sakinleş," dedi.

Başımı kaldırıp Çınar'a baktım. Gözleri dolmuştu, sarıldım. Koridorun orta yerinde bağıra bağıra ağladım. İçimde biriktirdiğim tüm acılarımı döktüm. Bana bakan insanlar sevdiğim birinin öldüğünü düşünüyor olmalılardı. Aslında haklılardı; içimde umutlarım, hayallerim öldü!

"Ben bunu hak etmedim Çınar. Ben mutlu olmayacak kadar kötü birisi değilim."

Çınarın yanaklarından süzülen yaşlar benim içindi. "Bunların hepsi geçecek, ben inanıyorum. Yapma böyle Duru, lütfen güçlü ol. Ömer hele bir uyansın..."

Gözyaşlarımı silip boş boş etrafa bakındım.

"Hadi gel, biraz şurada oturalım," dedi.

"Dışarı çıkalım ne olur?"

Elini omzuma atıp, "Tamam," diyerek beni hastaneden çıkardı. Arabaya doğru yaklaşınca birinin ardımdan, "Duru!" diye seslendiğini duydum. Bu kişi odada gördüğüm kadındı. Göz göze gelmemeye çalışıyor, çekingenliğinden olsa gerek ellerini ovuşturuyordu. İçinde biriktirdiği acılar yüzünden okunuyordu. Sonuç olarak o da aldatılmıştı!

"Duru, bekle bir dakika."

Acaba ne diyecekti? Bundan sonra eşimin peşini bırak yuvamı bozma mı? Ellerim yine titremeye başlamıştı.

"Dinliyorum," dedim merakla bakan gözlerimi kadının üzerinden bir saniye bile ayırmıyordum.

"İstersen oturalım, diyeceklerim öyle ayaküstü şeyler değil."

Evet, merakımdan ölmek üzereydim ama sanırım olacaklara hazır değildim.

"Hayır, gerek yok ben bir daha rahatsız etmem sizi. İnanın Ömer'in evli olduğunu bilmiyordum."

Bir anda çıkmıştı ağzımdan kelimeler. Evet, suçluluk hissediyordum.

"Lütfen oturalım şöyle," diyerek içerideki boş sandalyeyi gösterdi.

"Tamam" diyerek tekrar hastaneye girdim. Yanıma oturup siyah sürmeli gözlerini Çınar'a çevirdi. Onun yanında rahat konuşamıyordu belli ki.

"Ben arabada bekliyorum," dedi Çınar.

"Tamam, ben de gelirim hemen," dedim. Konuşurken hıçkırıklarımın yeni yeni azaldığını hissediyordum.

"Ben Ömer'le evli değilim," diyerek bir şok daha yaşattı bana. Bu giriş cümlesi beni devamı konusunda rahatlatsa da merakımı ikiye katlamıştı. "Biz hiç evlenmedik." Kadının gözleri yavaştan dolarken, bakışlarını hızla yere dikti. "Ömer benim akrabamdır, ben onun abisi Osman'la evlendirildim. Annem babam uygun görünce bana da ses çıkarmak düşmezdi. Ben ona hep abi gözüyle bakmıştım. O da istemedi beni hiçbir zaman. Sonra Emir'e hamile kalınca belki sever diye umutlandım. Hatta sevdi de biraz, en azında kötü davranmıyordu. İşte, akraba evliliği olduğundan Emir'in zihinsel engelli olduğu ortaya çıktı. Bu sefer hepten kötü oldu, isyan etti, bu benim çocuğum değil, dedi. Kabullenmedi onu hiç. Sevmedi. Ne zaman akşam olsa Emir koşarak babasının yanına giderdi, ama bir kez olsun sevilmedi." Gözlerinden boşalan yaşlar acısını anlatıyordu.

Elimi ellerine götürüp, sıkıca tuttum o konuşmasını yaparken.

"Bir gün Osman gidiverdi. Ömer'in yaşı küçüktü ama abisi gibi değildi, oğluma babalık yapmaya başladı. Hem bana da abla der. Ezgi ise benim kız kardeşimdir, inatçıdır o çıktı geldi İstanbul'a. Ömer de onun için geldi buralara."

Artık her şeyi anlatmış olmanın rahatlığı vardı yüzünde. Kafasını kaldırıp tekrar bana bakınca, "Yapma ama böyle ağlama," diyerek nasır tutmuş parmaklarıyla gözyaşlarımı sildi.

"Benim bildiklerim bu kadar, ama eminim daha çok vardır bilmediğin." Ayağa kalkıp, "Ben artık gideyim," dedi. Sıkıca sarıldı bana. "Kendine çok iyi bak Duru."

"Sen de," dedim sadece. Adını bile bilmediğim bir kadının hayat hikâyesini biliyordum artık...

Çınar'ın yanına doğru ilerledim. Şoke olmuştum. Arabanın kapısını açıp içeri girince donup kaldım.

"Ne oldu?" Sorusu cevapsız kalınca tekrar sordu. "Neyin var Duru? Ne dedi o kadın sana?"

Bir çırpıda anlattım olan her şeyi. Şaşırmış ama benim adıma sevinmişti de, çünkü barışma ihtimalimizin olduğunu düşünüyordu.

"Hadi bakalım, sıkma canını. Her şey güzel olacak canım benim," diyerek arabayı çalıştırdı. İçimde nefret, aşk, ihanet ve umut vardı.

"Ee ne yapmayı düşünüyorsun?"

"Bilmiyorum Çınar, bir otele gidip dinlenmek istiyorum."

"Tamam o halde, sana güzel bir otel ayarlayalım dinlen sen."

"Peki ya sen?"

"Ben yolcuyum artık." Gözlerini yoldan ayırmadan devam etti sürmeye.

"Ne iş yapacaksın orada?"

"Önce bir süre sessizliğe gömülürüm. Sonra şekillenir her şey. İş kolay."

"Sen çok iyi bir insansın Çınar, gerçekten çok farklı bir kalbin var. Umarım o kalbin bir gün mutluluğu yakalar."

"Anılar silinsin yeter bana."

Sustum hiçbir şey diyemedim, hem desem ne değişecekti ki. Gözleri daldı gitti...

***

Güzel bir otele gelmiştik. Odayı ayarladıktan sonra durdu ve gözlerime baktı. "Güzel dostum benim, merak etme her şey güzel olacak. Ben buna inanıyorum, kısa ama her şeye değer bir bağ oldu aramızda."

Sıkı sıkı sarıldı bana, omuzlarımdan tutup, "Bu arada

saç rengini değiştirmek yok, tamam mı? Bence kızıl senin rengin," dedi.

"Tamam, sana söz veriyorum."

"Hoşça kal."

"Hoşça kal."

O arkasını dönüp giderken ben resepsiyonun önünde kalakaldım. Şimdi bir çıkmazda tek başıma çırpınacaktım. O bana destek olmuşken ben onun için hiçbir şey yapamamıştım. Onun dostluğunu hak etmiyordum. Kapıdan çıkarken arkasını dönüp bana son kez el salladı. İçimden bir şeyler kopmuştu sanki.

Yukarı, odama geçip yatağa atmıştım kendimi. Ellerimi yüzümün altına koymuş öylece boşluğa bakınıyordum. Kendimden bıkmıştım. Bunalıma girmiştim artık. Telefonum çalıyordu, kim arıyor neden arıyor bilmek istemiyordum. Ben artık hayatımdaki dikenli yollardan bıktım, benim gül kokulu günlere ihtiyacım var. Telefon ısrarla bir kez daha çalınca oflayarak uzandığım yerden kalktım. "Efendim anne?"

"Kızım nerdesin?"

"Oteldeyim anne."

"Sesin neden kötü geliyor?"

"Sonra konuşsak olur mu?"

"Kızım çok merakta bırakıyorsun beni."

"Yemin ederim kötü bir şey yok, buradaki arkadaşlarımla ilgili."

"Ne zaman geleceksin?"

"Bilmiyorum." Evet, ne zaman gideceğimi bilmiyordum.

"Lütfen birkaç günü geçmesin."

"Geçmez anne merak etme."

"Aklım sende kalıyor, bir şey yiyip içemiyorum be kızım. Nedir senin bu halin?"

"Anne lütfen gerçekten kötü bir şeyim yok, kapatıyorum ben."

"Kendine iyi bak kızım, aç kalma."

"Öpüyorum seni."

Telefonu kapatıp tekrar uzandım yatağıma.

Sonra makyajımı gözyaşlarıma sildirip uyuyakaldım.

Israrla çalan telefon uykumdan sıçratmıştı beni. Yine kim neden arıyordu beni? Uyku sersemi olduğumdan gözlerimi kısarak ekrana baktım. Ezgi arıyordu. Felaket tellalı gibiydi bu kız da.

"Efendim Ezgi?"

"Ömer kendisine geldi."

Sanki benden gitmiş de tekrar benimmiş gibi sevindim.

"Gerçekten mi?"

"Evet, akşam taburcu edilebilirmiş."

"Çok sevindim."

"Sen nerdesin Duru?"

"Bir otele geldim."

"Adresi atsana bana, yanına gelmem lazım."

"Olur, görüşürüz."

Telefonu kapatıp adresi attıktan sonra pişman olmuştum ama kötü olamıyordum, 'sana ihtiyacım var,' dediklerinde görmezden gelemiyordum.

Kendime çeki düzen verip bir şeyler yemek için aşağıya indim. Hoş, ne kadar zorlarsam da yiyemiyordum ama annemin aklı bende kalmamalıydı...

Açık büfeden hafif bir şeyler seçip, kenarları kırmızı beyaz örtülü bir masaya geçtim.

Hiçbir şey düşünmek istemiyordum. Ama sanki akşama da Ömer gelecekmiş gibi heyecanlıydım. Off, hiçbir şey yiyemiyordum heyecandan. Yüzüme sebepsiz yayılan bu gülümseme beni korkutuyordu. Akşama kadar uyumak, sonra sabaha kadar oturmak istiyordum. Az da olsa yemiştim bir şeyler. Tekrar odama geçip televizyonu açtım. Zaman geçmiyor, ben de o kanaldan o kanala dolanıyordum. Yaklaşık bir saat boyunca elimde kumanda boş boş ekrana baktım. Saat 5 olmuştu. Biraz daha uyumaya zorlayacaktım kendimi.

Televizyonu kapatıp bir sağa bir sola döndüm. "Yok, olmuyor!" diyerek sakinleşmeye çalıştırdım içimdeki deli kızı.

Tekrar televizyonu açıp bir müzik kanalı aradım. Ayaklarımı kendime çekip öylece müziğin ritminde sakinleştirdim kendimi. Belki de gelin güvey oluyordum kendi kendime. **Ah be kızım, yine herkesi kendin gibi sanıyorsun.**

Sonuç olarak onun hayatında başka bir kız daha vardı. "Off, Ömer off!"

Heyecanım kısa sürmüştü. Belki de Ezgi kendi derdini anlatacaktı. Ona da fazlasıyla kızgındım zaten. Bunca olanı benden gizlediği için. Kapının tıklanmasıyla kalbim bir an duracak sandım. Hızla ayağa kalkıp yatağı düzelttim. İçimde hâlâ bir umut vardı. Aynadan kendime bakıp sakinleşmek için derin derin nefes aldım. Evet, biraz daha iyiydim. Kapıyı açıp karşımda sadece Ezgi'yi görünce, boşa umutlandığım için kendime çok kızdım.

"Hoş geldin."

"Hoş buldum, nasılsın?"

"İyiyim, gel otur."

"Bir şey içer misin?"

Elindeki çantasını yere bırakıp, "Olur, çay içeyim ben," dedim.

"Aç mısın?"

"Aslında evet, aşağıdayken konuştum servis varmış odaya birazdan getirirler."

"O zaman yemek gelene kadar ben sıcak bir şeyler getireyim."

"Çok sağ ol."

Bir şey demeden su ısıttım. Ezgi yatağın üstüne oturunca, ben de köşedeki kırmızı koltuğa geçtim.

"Okulu keşke bırakmasaydın Duru."

"Bu konuları istersen açmayalım Ezgi."

"Açalım Duru, açalım ki kapansın bütün konular."

"Konular kapansa da bir dostun açtığı yara kapanır mı?"

Böyle bir cevap beklemiyordu Ezgi, sustu.

Başını eğip öylece bekledi. İkimiz de sessizleşmiştik. Kaynayan su sesi çayın vaktini hatırlattı bize.

Sallama çayı bardağa koyup, üzerine sıcak su ekledim.

Sıcak bardağı Ezgi'ye doğru götürdüm. "Çok sıcak. İstersen diğer kenara geç de üzerine dökülmesin."

"Sağ ol canım."

Çayları da içtik ama ortada hâlâ Ezgi'nin yemeği yoktu. Acaba ne konuşacaktı? Gerçi konuşmasına da izin vermemiş, lafı ağzına tıkamıştım.

Kapı tıklanınca yemek geldi diyerek ellerini birbirine vurdu Ezgi.

"Evet, sakin ol."

Birlikte gülümsedik. Ben kapıyı açınca Ezgi de ayağa

kalktı. Karşımda Ömer'i görünce donup kaldım. Bu da rüya mıydı yoksa? Hayır, olamazdı. Mosmor olan gözaltları, halsiz duruşu ne kadar kötü olduğunu belli ediyordu.

"O zaman ben artık gideyim," diyerek kapıdan çıktı Ezgi. "Her şeyi Ömer planladı," demeyi de ihmal etmedi.

"Beni almayacak mısın içeri?"

Kenara çekilip içeri geçmesine izin verdim. "Hoş geldin."

Ayakta duruyor, bana öylece bakıyordu.

"Oturmaz mısın?"

Yatağın bir köşesine ilişip, eliyle yanındaki boş yere vurdu. "Gel otur sen de. Hadi her şeyi konuşalım."

Yanına geçtim. İçimden ona sarılmak, öpmek, koklamak geliyordu. "Yengen anlattı birçok şeyi."

"Haberim var."

"Bir şeyi merak ediyorum, Nihal sevgilin miydi?"

"Hayır."

"Ama markette de birlikteydiniz."

"Evet, benden soğu diye yaptık her şeyi o gün. Ezgi de oradaydı, uzaktan seni izliyordu."

"O yüzden gelip sana 'aşkım' dedi ki senden daha çok nefret edeyim, öyle mi?"

"İnsan neden dürüst olmak yerine böyle bir yola başvurur ki?"

"Çünkü sorumluluklarım var."

"Madem sorumluluk sahibi bir insansın, ne diye hayatıma giriyorsun?"

"Aşk bu Duru, ne zaman ne olacağını ben de bilemem. Gelme üzerime, sen bir yanarken ben bin yandım. Kaç gece sabaha kadar kapında bekledim, ağladım haberin var mı?"

"Bana dürüst olmalıydın."

"Kimse böyle bir şeyi kabul etmezdi. Ben de daha çok yeniyiz diye uzak durdum, ama içimdeki sevda sanki yıllardır varmış gibi. Bak Duru, ben çok pişmanım. Abimden sonra yengeme onun yokluğunu sana hissettirmeyeceğim diye söz verdim, ama olmadı aşk girdi planlarımın içine."

Sinirlenip ayağa kalktım. "Ben günlerce acı çektim be! Bana merhem olmaya geldin, acı oldun yara oldun, gündüzümü karanlığa çevirdin!"

Ayağa kalktı, bana daha yakındı artık. "Ben de o yüzden ölümü seçtim Duru, sana ben daha nasıl izah edeyim!"

Saniyelerce bakıştık. Ağlamamız an meselesiydi. İkimizin de gözünden aynı anda yaş süzülünce kollarına aldı beni, sarıldı sımsıkı. Sanki hayatımıza kısa bir reklam arası vermişiz de bitmiş gibi.

"Ömer-"

"Sus, hiçbir şey söyleme. Bırak bu an böyle kalsın."

Dakikalarca saçlarımı kokladı. Parmaklarım sanki alev almış gibiydi. Kalp atış seslerimiz birbirine karışırken biz de bulutların üzerindeydik.

Sen benim en çaresiz sevdam, umutlarla süslü hüzünlerimsin be adam.

Bir gün çıkıp gideceğim günler gelecek bu şehirden. Ciddi ciddi yanıma hiçbir şey almadan gideceğim. Kavgamı gürültümü, hayal kırıklığımı sigara içtiğim balkonumdan rüzgâra bırakacağım.

Çok yüke gerek yok. Düşlerimi, gülüşlerimi ve umutla kurduğum hayallerimi ve kız kulesinden bir tutam sevdayı doldurur bir kavanoza defolup giderim bu şehirden. Gün geçtikçe sahte oluyor aşkları, gün geçtikçe yalana bulaşıyor, yeminle kurulan aşklar bile.

Gitmeliyim, beni kimsenin tanımadığı, bir bardak çayın hâlâ hatırının olduğu, sevdiğinin yüzündeki bir tebessüm için çabalayanların olduğu bir kente.

Maviye boyarım duvarlarımı, küçük küçük not kâğıtlarımı da alıp cebime ansızın gitmeliyim. Belki gecenin köründe, belki de sabahın beşinde.

Artık bilinmiyor kıymetler.

İçimdeki kararmış gülüşlerimi bir kaldırım kenarına bırakıp, sessizce terk etmeliyim bu hayal kırıklığına bulanmış sokakları. Yaramın üstündeki kabuğa minik bir papatya çizip, umutla yeniden başlamalıyım yeşile çalan minik bir bahçede. Birkaç kedi ve beni sabahları uyandıran kuşlar da olur yanımda.

Ben, bendeki her yarayı bu şehre bırakıyorum. Olur da takılıp düşerseniz anılarıma, oturup biraz da siz ağlayın. Ben gözyaşlarımı mutluluğa saklıyorum.

İçimdeki o sonsuz mutluluk bir gün sanki tekrar bitecek gibi. Ömer'in kokusunu içime çekerken, sanki o tekrar gidecekmiş gibi. İnsan mutluyken neden korku dolu olur ki ? Neden iyi insanların mutluluğu kısa sürüyor bu kadar? Kendimi geri çekip, derin derin baktım gözlerine. Ahh, bu gözlerden bile belliydi sevildiğim.

"Ömer bana neden anlatmadın bunları? Ben bu kadar acı çekerken, sen nasıl mutlu olabildin?"

"Duru bana hiç mi güvenmiyorsun?"

"Ben sana güvendim ama tekrar üzülmek istemiyorum."

"Üzmemek için elimden geleni yapacağım."

Başımı usulca omzuna koyup öylece bekledim. Kalbimdeki bu adam beni içinde nasıl bir yere koyuyordu, bilmiyordum.

KISIM II

ÖMER'İN MAVİ UMUTLARI

ÖMER

İnsanlar nedense gidenlerin hep suçlu olduğunu düşünse de aslında öyle değildir. Evet, bazı insanlar sebepsiz giderler, ama bir sebep sunamazlar zaten giderken. Bir başkası, bir başka kent onlar için çıkış yoludur. Peki ya içi yanarken gidenler? İçi kan ağlarken gitmek zorunda kalanlar, onlar da suçlu mudur? Ellerinde olmayan sebepler onları intihara sürüklemişse, yine de kötü olurlar mı?

Ahh, dünya hem güzel hem çirkinsin. Ve ben Duru'yu tanıyana kadar bir boşlukta süzülüyordum. Abim Osman öldükten sonra beni babası olarak bildi yeğenim. Ben de o gün bugündür abimin emaneti bildim onları. Malum töre diye bir şey var ve buna göre yengem eşim olacakmış. Yok artık! Ben onlara bakarım ama Duru'yu bırakamam. Elimden geldiğince uzak tutmaya çalıştım kendimi ama olmadı, bir yerde patlak verdi duygularım. Ve hâlâ tepemde yengemi benimle baş göz etmek isteyenler var. Ama ben Duru ile aşkımızı siper edip aşacağım hepsini.

İnanıyorum ki aşkımız tüm engelleri aşacak.

Yumuşacık saçları yüzümü okşarken çenesini tutup başını kaldırdım. Bir insan ancak bu kadar masum bakabilirdi. Dokunsam ağlayacak gibiydi. Tekrar kırılma korkusu gözlerinden okunuyordu.

"Efendim?" derken içimdeki düşünceler dağılıp gitti. Bu ses tonu mavi gibiydi. Huzur veriyordu bana.

"Aç mısın?"

"Yok, hayır değilim."

"Hadi, dışarı çıkıp bir şeyler yiyelim."

"Tamam," dedi hızla yerinde kalkıp.

"Bir de aç değilim diyor ya, fırladın hemen," diyerek takıldım.

"Aşk olsun, ondan değil," diyerek önüne gelen saçını uzun parmaklarıyla kulağının arkasına attı. Ayağa kalkıp ona yaklaştım. Elimi beline atıp, "Neden peki?" dedim kısık bir sesle. Utanmıştı, yine gözlerini kaçırmasından belliydi.

"Çok özledim seni, uzun zamandır birlikte gezmemiştik bu sokakları."

Elimi uzatıp, "Hadi o zaman gezelim," dedim.

"Bir dakika, üzerime bir şey alayım," diyerek yatağın üzerindeki kabanı eline alıp, hâlâ havada duran elimi tuttu.

Sahile yakın bir mekâna gittik. İstanbul bir yanda, sevdiğim kadın diğer yandaydı. Bir adam ne kadar şanslı olabilir, sorusunun cevabıydım. Aklıma yengem gelene dek. Olumsuz düşünceleri kafamdan uzaklaştırıp, yemek için bir yer seçtik. Yemek boyunca çok fazla konuşmadık. Ben kendimi savunamıyordum, o da suçlayamıyordu. Sessiz sessiz konuşuyordu düşüncelerimiz.

"Ne zaman dönüyorsun?" diye sordum.

"Yarın gitmem gerek."

"Birkaç gün daha kalamaz mısın?" dedim elimdeki çatalı tabağımın yanına bırakarak.

"Olmaz, anneme söz verdim. Biliyorsun babamı kaybettim ve annem orada yalnız. Aslında okula geri dönerdim ama babamın yokluğunda anneme destek olmalıyım."

"Anladım hayatım," deyince gözleriyle gülümseyerek baktı bana.

Yemek yedikten sonra bir çay istedik. Susuyorduk. Aslında deli gibi konuşup hasret gidermemiz gerekirken öylece susup kalmıştık. Çayı getiren garsona teşekkür ederken masanın üstündeki telefonum çaldı. Ekrandaki YENGEM yazısını gören Duru, suratını asıp çayına şeker attı.

"Efendim yenge?"

"Neredesin?"

"Duru'nun yanındayım." Sert sesimden mi yoksa Duru'nun yanında olduğumu öğrendiğinden mi bilmiyorum, ama sesi düştü. "Tamam, merak ettim sadece, iyi değildin."

"İyiyim."

"Yemek yedin mi?"

"Yedim yenge, hadi görüşürüz."

Telefonu kapatıp masanın üzerine bıraktım. Duru hâlâ başını öne eğmiş, bardağın ağzında parmağını döndürüyordu. Elimi çenesine götürüp başını hafifçe kaldırdım. "Meleğim yapma böyle. Zor aşk bizimkisi, her seferinde asarsan yüzünü ben kendimi affedemem. Ben senden güç alıyorum."

Çenesindeki elimi dudaklarına götürüp öptükten sonra, "Ben o kadına üzülüyorum aslında. Seni düşünüyor, her ne kadar sana ilgi duymasa de sana bakmakla yükümlü hissediyor kendini. Lütfen onunla konuşurken biraz daha yumuşak ol."

Bir kez daha sevdim ulan! Bir kez daha âşık oldum kalbine.

Bilmiyor ki o üzülünce kahroluyorum.

Yemeğimizi yedikten sonra onu kahve için güzel bir yere götürecektim. Hava kararmıştı çoktan. Yolda Duru bir anda titremeye başlayınca arabayı durdurdum.

"Ömer nefes alamıyorum!" diyerek elini boğazına götürdü. Titreyen ellerini tutup sakin olmasını söylesem de ben ondan daha da paniklemiştim.

"Tamam, sakin ol. Derin derin nefes al." Hızla arabadan inip onun kapısını açtım, belinden tutarak onu dışarı çıkardım. "Ömer çok kötüyüm!" Titreyen elleri bir anda buz gibi oldu.

"Derin derin nefes al, sakin ol."

Nefes alıp verirken göğüs kafesi hızla hareket ediyordu. Arabanın kapısını açıp su şişesini aldım ve biraz elime döküp yüzüne sürdüm. "Bir-iki yudum iç meleğim."

Titreyen dudakları suyla buluşunca daha iyi görünse de birden ağlamaya başlamıştı. "Ya ne oldu sana bir anda? Neyin var?" Tüm sorularım cevapsız kalıyordu. "Allah'ım yardım et!" diyerek başımı göğe kaldırdım.

Yaklaşık 7 dakika süren bu zorlu süreç beni benden almıştı. Duru yavaş yavaş kendisine gelmişti. Önüne gelen saçlarını toplayıp alnından öptüm onu. "Geçti meleğim, geçti iyi olacaksın." Yoldan hızla geçen araçlardan korunmak için onu arabaya bindirip hemen direksiyona geçtim.

"İyi misin?"

"Evet," dedi kırık bir ses tonuyla. "Ne olduğunu ben de anlamadım. Bir anda hızla kalbim çarpmaya başladı. Ama o kadar hızlıydı ki resmen her atışında sesini duydum, öleceğim sandım."

Anlatırken tekrar ağlamaya başlayınca sımsıkı sarıldım ona. "Tamam güzel kalplim, hepsi geçti. Minik bir kriz geçirdin sadece."

Terden yüzüne yapışan saçlarını geçerken, elime değen parmak uçları içime dokunuyordu sanki. Bir kadını parmak uçlarını öperek sevmek lazım.

"İyiyim, gerçekten iyiyim." Endişelenmememem için söylüyordu bunları. "Hadi gidelim o zaman." Sadece gülümseyip emniyet kemerini taktı. Kırgındı hâlâ bana ve ben onu kırgınlıkla aşk arasında bıraktığım için çok suçluydum. Keşke o gün hiç görmeseydim onu, diye düşünürken beni izleyen gözlerine baktım. Hayır, iyi ki görmüş ve tanımışım...

Otele yaklaşıp arabadan inince sıkı sıkı sarıldım ona. Elini tutarak odasına kadar götürüp kapıda bekledim. Evet, gitme kal, demesini bekliyordum.

"Görüşürüz."

"Görüşürüz, kendine iyi bak. Açıkçası içim rahat değil seni böyle bırakmak istemiyorum."

"İyiyim, gerçekten." Yüzündeki o gülümsemeyi her gördüğümde tekrar tekrar âşık oluyorum bu kıza.

Elimi kaldırıp, "Peki o zaman, görüşürüz. Bir şey olursa mutlaka ara," dedim.

"Tamam," deyip kapattı kapıyı. Ben de yavaştan evin yolunu tuttum.

Eve girdiğimde yengem oğluyla oynuyordu. Geldiğimi fark edince hemen toparlanıp ayağa kalktı. "Hoş geldin."

"Hoş buldum."

Göz göze gelmesek de bakışlarındaki korkuyu anlayabiliyordum.

Yeğenim, "Baba!" diye kucağıma atlayınca öpüp saçlarını okşadım. Koltuğa geçip onu da dizime oturttum.

"Aç mısın?" diyerek yanıma geldi yengem.

"Değilim."

Ahh, be abi, ne hallere düşürdün beni? Ben ne bu çocuğu ne de yengemi bırakabilirim. Neden ben ölmedim ki!

DURU

Yaşadığımın panik atak olduğunun farkındaydım. Kabullenmek istemesem de gerçek tokat gibi yüzüme çarpmıştı bugün. Derin bir nefes alıp yorganı kafama kadar çektim. Hem mutlu hem de yeni bir savaşa hazırdım. Sabah erkenden kalkıp gidecektim. Haber vermemek en doğrusuydu. Ben o kadının gözlerindeki çaresizliği görmüştüm. Ben bir başkasının mutsuzluğu üzerine bir ilişki kuramazdım.

Ömer defalarca aramıştı. Uyumak istediğimi mesaj atıp kısa kesmiştim. Şimdiyse uyumak için zorlanıyordum...

Sabah uyanır uyanmaz zorla bir kahvaltı yaptım ve bir taksi çağırarak havaalanına gittim. İlk uçakla Ankara'ya, evime dönmüştüm. Ölüden farkım yoktu. Annem çoktan şirkete geçmişti. Ona haber vermeliydim. "Alo anne?"

"Merhaba Duru, ben Serkan."

"Aa Serkan Abi, sen neden açtın ki telefonu?"

"Annen ve babam şu an çok önemli bir toplantıda. Annen sen ararsan açayım diye telefonu bana bıraktı."

"Anladım."

"Nerdesin?"

"Döndüm."

"Gelip seni almamı ister misin?" Yardım etmek için can atıyordu ve ses tonundan ne kadar samimi olduğu belliydi.

"Hayır, teşekkür ederim. Biraz dinlenmem lazım."

"Bu şekilde dinlenemezsin, aksine daha çok yorulursun."

"Hayır, böyle iyiyim."

"Hayır değilsin."

"Israr etmesen."

"Israr etmiyorum. Hazırlan yavaştan seni gelip alacağım, birisiyle tanıştıracağım seni."

Sanırım vazgeçmeyecekti.

"Tamam," diyerek kurtuldum. Kısa da olsa durur yanında gelirdim.

"Hadi görüşürüz."

"Görüşürüz."

Telefonu kapatıp hızla üzerimi değiştirdim, saçlarımı tepeden toplayıp sıkı bir topuz yaptım. Makyajım da olmasa ölüden farkım kalmayacaktı. Telefonuma gelen, 'Hadi çık, geldik biz!' mesajını görünce hızla çantamı masanın üzerinden alıp çıktım.

Arabanın ön koltuğunda kısa, erkek gibi saçlarıyla bir kadın oturuyordu. Bana bakıp o kadar içtenlikle gülümsedi ki içimde şimdiden kocaman bir yer edindi.

Arka koltuğa geçip, "Merhaba," dedim bana bakan ikiliye.

"Merhaba Duru, bu kız arkadaşım Selin."

Tokalaşmak için uzattığı elini sıkıp, "Memnun oldum,"

dedim. Ela gözlerini belirginleştiren hafif makyajı, onun sadelikten yana olduğunu gösteriyordu.

"Ben de memnun oldum, Serkan bahsetmişti senden."

Serkan Abi'ye bakıp gülümsedim sadece. "Neyse, şimdi bir yerde oturur rahat rahat konuşuruz," diyerek önüne döndü. Araba çoktan hareket etmişti bile...

Serkan iyi bir sürücüydü. Yol boyunca sohbetimize dahil olsa da gözlerini yoldan ayırmıyordu. Telefonuma gelen mesajla çenemin altındaki elimi ekrana götürdüm.

Günaydın her şeyim, yoldayım otele geliyorum.

Hemen aradım, şimdi mesaj atarsam göremeyebilirdi.

"Alo?

"Nasılsın huzur?"

"İyiyim ama yoldaysan geri dön."

"Neden, ne oldu?"

"Ben Ankara'dayım."

Yapmış olduğu ani frenin sesini telefonun diğer ucundan duymuştum. Dudağımı ısırıp, kızar azarlar diye beklerken sakin bir ses tonuyla, "Tamam," dedi sadece.

"İyisin değil mi? Her şey yolunda mı?" diye devam etti kırgın sesiyle.

"Evet."

"Neredesin şimdi, geçtin mi eve?"

"Evet, annenim yeni ortağı ve kız arkadaşı gelip beni aldı."

"Anlaşılan keyfin yerinde."

"Ömer keyfim yerinde olmadığı için zaten dışarı çıktım."

Selin Abla bana doğru bakıp sessizce, "Bir sorun mu var?" dedi.

Kaşımı kaldırıp, "Yok," dedim.

"Ben kapatıyorum canım benim kendine iyi bak."

Bir şey dememi beklemeden suratıma kapanan telefona bakakaldım.

"Erkek arkadaşın mı?" diye sordu Selin Abla.

"Evet."

"Habersiz mi geldin?"

"Bir yere oturunca anlatsam olur mu detayları?"

Gülümseyip tekrar önüne döndü Selin Abla. Serkan Abi bizi çok güzel bir yere getirmişti. Birkaç kez Burak ile geldiğim bu mekân dış görünüş olarak beni benden alıyordu. Tamamen beyaza boyanmış dış cephesi, içerideki yeşil ve açık pembe renklerdeki konseptine anlam katmıştı.

"Seveceğinizi düşündüm," diyen Serkan Abi, beni bir yanına sevgilisini de diğer yanına aldı. "Ben burayı çok seviyorum zaten," dedim.

"Tüh! Geldin mi daha önce?"

"Evet," dedim ve keyifle içeri geçtik.

Gelen garsona siparişi verdikten sonra hızlı bir giriş yaptı Selin Abla. "Ee anlat bakalım sayın kaçak, bu gizli saklı gidişlerin sebebi ne?"

Dudağında o gülümsemeyle konuşurken kırıcı bir şey söylese de kırılmazdı insan.

"Abla ya nasıl girsem ki konuya inan ben de bilmiyorum."

Yüzünü ellerinin arasına alıp masaya doğru eğildi. "Peki o zaman, ben sana soru sorayım sen de cevapla."

Aslında birilerine bir şeyler anlatmaya içimdeki şu zehir

zıkkım duyguları dökmeye ihtiyacım vardı. Ama Serkan Abi'den çekindiğimden gözlerimle utandığımı belli ettim.

"Aşkım hadi sen git, bir sigara iç." Elini Serkan Abi'nin omzuna koyup göz kırptı.

"Hadi yine buldun dedikodu yapacak birisini, hemen kov beni."

"Ya aşkım, lütfen. Kız çekiniyor işte."

"Şaka yapıyorum canım, siz konuşun benim birkaç telefon görüşmesi yapmam lazım."

Merakla gözlerini açıp beni dinlemeye hazır olan bu şeker insana her şeyi anlatacaktım.

"Nasıl desem, şimdi İstanbul'da bir ilişkim var ve ben şimdiye kadar kimseyle birlikte olmadım, almadım kimseyi hayatıma. Platonik âşıktım birisine, o da bitti gitti zaten." Gözlerim dışarıya daldı gitti.

"Ömer diye birisini tanıdım, her şey çok güzel giderken aldatıldığımı anladım. Sonra ben her şeyi bırakıp tekrar buraya döndüğümde intihar ettiğini duydum. Dayanamadım geri gittim. Ona sarılmamak için kendimi zor tutuyordum. Neyse ki durumu iyiydi ama evli olduğunu öğrenince artık tamamen tükendim. Meğer bunun abisi ölmüş mü artık bırakıp gitmiş mi anlamadım, bu da yeğeni ve yengesine bakmaya yemin etmiş. Bilirsin töre, namus kavramı daha önemli bazıları için. Ben oteldeyken gelip her şeyi anlattı. Yengesine o gözle bakmamış."

"Tamam işte, daha ne istiyorsun?"

"Öyle değil, yengesinin gözlerini görmen lazımdı. Ömer'i kaybedip ufak bir çocukla ortada kalmaktan ödü kopuyordu. Ben buna sebep olamam."

Selin Abla elimi sıkı sıkı tutup "Bak güzelim, aşk öyle

bir duygu ki alıp götürür seni. Biz de Serkan'la zor günler atlatıp buralara kadar geldik. Ve belli ki bu çocuk sana değer veriyor. İki arada kalınca da intiharı düşünmüş. Bir insan intihar edecek kadar çaresiz kalmış ve sen ona haber bile vermeden çıkıp gelmişsin."

Hiçbir şey demeden öylece masaya dikildi gözlerim. "Haklısın abla, ama ne bileyim. Ben mutsuz olayım fakat başkasının mutluluğuna engel olamam."

"Peki ya Ömer?" Selin Abla tek kaşını kaldırmış, mantıklı bir cevap bekliyordu benden. "Ömer vazgeçmeyecek Duru."

"Vazgeçecektir, farklı şehirlerdeyiz."

"Ölene kadar uğraşır, ben 30 yaşındayım insanları çözdüm artık. Bak gör, gelecek buraya."

"Zannetmem," derken bile şüpheye düşmüştüm. Ömer bu gelir mi gelirdi...

"Ee kızlar bitmedi mi konuşmanız?"

"Dayanamadın geldin, değil mi?"

"Aşkım özledim seni, ondan."

"Hadi otur, siparişler gelir şimdi."

Zaman güzelce akıp gitmişti. Arada bir titremelerim tutsa da belli etmemeye çalışıyordum. Selin Abla telefon numaramı aldı. Gerçekçi bir sohbeti vardı, hoşuma gitmişti. Bundan sonra ondan akıl alırdım artık. Serkan Abi beni eve bırakırken üzülmemem için sıkı sıkı tembihledi beni...

Annem gece geç gelecekti. Başlamıştı yine. Kendimi yatağa atıp müzik dinlerken gidip geldi düşüncelerim. Ömer kızgın olduğunda aramıyordu beni. Ben de vazgeçmek istediğimden zor tutuyordum kendimi. Çok özlemiştim onu.

Özlemek kelimesi anlamını yitirirken ben biraz daha büyüyordum. Her geçen gün içimdeki kız çocuğu intihar ediyordu.

Günlerce çığlık çığlığa uyandım uykularımdan. **Bir parça ışık yoktu şu karanlık hayatımda. Bir parça umut! Bir parça maviye boyanmış aşk!**

Sanırım en kötüsü de buydu. İçimde beni boğan bu kadar çok hüzün varken ben etrafa, iyi olduğuma dair yalanlar söylüyordum. İyiyim kelimesi insanlığın mecbur bırakılmış en bilinen yalanıydı. İnsanlardan, her şeyden kopmuştum. Ve daha 20 yaşındaydım.

Ömer arıyordu. Yerimden hızla doğrulup telefonu aldım ve, "Efendim?" dedim.

"Ankara'dayım."

"Ne!" Yok artık, Selin Abla'nın dedikleri bu kadar çabuk çıkmak zorunda mıydı?

"1 saate orada olacağım ve seninle görüşene kadar dışarıda bekleyeceğim."

"Ömer lütfen-"

"Duru ben sana aşığım anla artık!" Bağırmaya başlamıştı. "Ben evli değilim, sadece hayata dair büyük sorumluluklarım var. Destek olman gerekirken kaçıyorsun."

"Ben bir başkasının mutsuz olmasını istemiyorum."

"Kimse mutsuz değil, gelince konuşacağız." Sesi yumuşamaya başlamıştı. "Ben sana ölüyorum kızım, yokluğun kör ediyor beni. Hani gözlerime bakıyorsun ya, tamam diyorum, ben hayat bağımı buldum. Sebepsizce koşup deli gibi çığlık atmak geliyor içimden. Sen benimsin, bunu bil. Gerekirse ben gelir orada yaşarım, bu kadar basit. Hadi hazırlan, öpüyorum gülüşünden."

"Tamam."

Aynaya bakınca kendi kendime gülümsedim. Neydi bu şimdi? Nerede kalmıştı o iradem? Off, aşk insanda ne gurur, ne de irade bırakıyordu. Telefonuma bir mesaj geldi; Ömer gelmemi istediği adresi yollamıştı. Hazırlanıp çıktım. Kriz geçireceğimden korkarak taksiye bindim. Yolladığı adres bana bir hayli uzak olduğundan uzun sürmüştü yol. Nihayet otelin kapısına ulaştım ve resepsiyona Ömer'in kaldığı odayı sordum.

"Beyefendi henüz gelmedi, ama siz isterseniz geçebilirsiniz," diyen görevli, beni odaya yönlendirdi. Asansöre binip aynadan saçlarımı düzelttim. 707 numaralı odanın kapısını açtığımda heyecanla elimdeki çantamı yere bırakıp kapıyı kapattım.

Ömer de odadaydı! Kucağındaki gülleri uzatırken aşk dolu bakıyordu bana. Takım elbise giyip saçlarını özenle taramıştı. Allah'ım çok çekici olmuştu bu adam!

"Sevgilim."

Bir elini bana uzatmış, diğer eliyle gülleri tutuyordu. Elini tuttuğumda hızla beni kendisine çekip belimi tuttu.

"Güller çok güzel kokuyor."

Gülleri yatağa bırakıp saçlarımı kokladı. Başını iki yana sallayarak, "Hayır, aldığımda bu kadar güzel kokmuyorlardı. Seni görüp mutlu oldular bence," dedi.

Başımı omuzuna koyup sıkı sıkı sarıldım boynuna...

Yerdeki yanan mumları birlikte toparlayıp odayı eski haline getirmek için uğraştık. Uzun zamandır birlikte bu kadar gülmemiştik. Yatağın üzerine oturup ellerimi göğsümde bağlayıp, "Ne zaman döneceksin?" diye sordum.

"Henüz net bir şey yok, bir hafta kalırım burada."

"Havalar da ısınıyor yavaş yavaş, gezdiririm seni."

"Tamamdır bebeğim." Yüzüme doğru eğilip alnımdan öptü. Gülüşümde kuşlar can buldu o anda. İçimi kaplayan korkuyla karışmış mutluluğum, sanki her an boğazımda kalacak gibiydi.

"Hadi balkona geçelim," dedim durduk yere.

"Tamam, ben sandalyeleri çekiyorum, sen de üzerimize polar getir."

Tamam dercesine yumdum gözlerimi. Hızla yerimden kalkıp dolapların olduğu tarafa yöneldim. İlk açtığım çekmece boştu, ikincisinde katlı halde bulduğum polar battaniyeyi alıp balkona geçtim. Ömer kollarını birbirine bağlamış gökyüzüne bakıyordu. Arkasından yaklaşıp polar battaniyeyi sırtına sardım.

"Biz hiç bitmeyelim."

"Buna asla izin verme." Yanına geçip sarılmaya devam ettim ona.

Ellerimi avuçları arasına alıp, "Zor günler bizi bekliyor. Senden tek ricam sadece bizi düşünmen, olur mu? Bizim için mücadele et," dedi.

Gözlerini kaçırmıştı, yengesinden bahsettiğini anlamıştım.

"Ama ben başkasının mutsuzluğunun sebebi olamam."

"Kimsenin mutluluğunu bozduğumuz yok. Neyse, gel buraya."

Başımı omzuna yaslayıp polar battaniyeye sarıldık. Yine sessizlik çöktü.

Telefonum çalınca odaya geçtim. "Efendim anne?"

"Neredesin kızım?"

"Arkadaşımın yanına geldim."

"Eve gelir misin?"

"Çıkarım birazdan zaten."

"Tamam kızım, geç kalma."

Arkamı döndüğümde Ömer kapıya yaslanmış, beni izliyordu.

"Gidecek misin?"

"Evet, annem merak ediyor."

Yanıma gelip sarıldı, kokusunu içime çektim. İnsan bir kez kaybedince her seferinde kaybedecekmiş gibi hissediyordu...

Eve geldiğimde annem salondaki büyük masada işle ilgili bir dosyayı inceliyordu.

Beni fark edip, "Neredesin kızım sen?" diye sordu

Annemi öpüp yanına oturdum. "Anne çok bunalıyorum ben."

Elindeki işi bırakıp sandalyesini bana çevirdi. "Kızım neler oluyor? Evet, hep içine kapanıktın ama bu kadarı fazla yani, topla artık kendini."

"Öyle değil."

"Peki, nasıl kızım?"

"Birisi var hayatımda." Annemin meraklı bakışlarından kaçmak için başımı öne eğip, içimdeki okyanusları dökmeye devam ettim. "İstanbul'dayken biri vardı hayatımda, sonrasından öğrendim ki evliymiş."

Annem hızla ayağa kalktı. "Ne diyorsun sen kızım? Sen böyle birisi değildin, ne demek evli adam?"

Ona doğru bakıp ellerinden tuttum. "Anne sakin olur musun? Otur şöyle."

Annem bir tutam saçını kulağının arkasına atıp, "Ee ne işin var peki?" diye sordu.

"Haberim yoktu. Aslında onun için evli denilemez. Yengesiyle birlikte yaşıyor, abisi ölmüş ya da bırakıp gitmiş, tam bilmiyorum. Akraba evliliği olduğundan engelli bir yeğeni var ve onlara bakmak zorunda hissediyor kendisini."

"Kızım bak, bu çok büyük bir vebal. Uzak dur lütfen, yanlış yoldasın. Evet âşıksın, seviyorsun ama bir çocuk söz konusu ve bu her şeyden önemli."

"Off anne, bilmiyorum." Annemin karşında ağlamamak için kendimi zor tutuyordum. Eğer ben ağlarsam annemin içine ateşler düşerdi, biliyordum. İçimdeki koca okyanusu sahte gülüşüme sığdırıp, "Ben bir kahve yapayım," diyerek kalktım.

Kahveleri alıp anneme doğru gelirken, annemin başını ellerinin arasına alıp kara kara düşündüğünü fark ettim.

"Kahveler geldi."

"Sohbette bir şeyler eksikti zaten."

"Peki sen ne yapmayı düşünüyorsun kızım?"

Kahvemden bir yudum aldım, beklemediğim ve gerçekten cevabını bilmediğimden, "Bilmiyorum," dedim.

"Bak kızım, iyi düşün. Evet, belki onun yanında çok mutlusun, ama bir başkasının mutluluğunu elinden alırsan huzur boğazında takılır kalır."

"Denedim anne ama olmadı. Haber bile vermeden buraya geldim. İstanbul'dan buraya gelmiş. Onun yanındaydım zaten."

"Vicdanın rahat edecekse devam et kızım, ama eğer sen benim kızımsan vicdanın bu ilişkiye izin vermeyecektir!"

Haklıydı annem. İçimdeki bu karmaşa da bundan kaynaklanıyordu.

"Bak, o adam o çocuğu da o kadını da bırakamayacak, bunu bil. Bırakacağım dese de bırakmayacak."

Hiçbir şey söyleyemedim. Ne diyebilirdim ki? Evet, haberim yoktu, ama şimdi vardı ve bile bile yüreğimi ateşe atacaktım.

Odama geçip sessizliğin karanlığına kendimi bıraktım. Kendim bile fazlaydım bu gece kendime. Ömer'den uzak durmam gerekiyordu ama nasıl?

Annem haklıydı, kimseyi üzemezdim. Sabah ilk işim daha güçlü bir Duru olarak uyanmak olacaktı. Selin Abla geldi aklıma, evet onunla görüşmek bana iyi gelecekti.

Hemen müsait mi diye bir mesaj attım. Birkaç dakika sonra çalan telefonumu umutla açtım. "Abla kusura bakma rahatsız ediyorum."

"Aa aşk olsun, ne rahatsızlığı hayatım."

"Yarın müsait misin? Yani görüşebilir miyiz?"

"Tabii ki bebeğim, ne zaman müsait olursun?"

"Güzel bir kahvaltı yapsak diyorum."

"Tamam o zaman. Sen iyi misin Duru?"

"Değilim abla, o yüzden görüşmek istiyorum."

"Tamam canım."

Telefonu kapattıktan sonra uyumak için tekrar yatağıma geçtim. Ömer'den gelen hiçbir mesaja cevap veremedim. Her mesajım ona umut olacaktı...

Hazırlanıp çıktığımda Selin Abla çoktan gelmiş dışarıda bekliyordu. Çok mahcup olmuştum.

Ön koltuğa geçip emniyet kemerimi takmadan önce sıkı sıkı sarıldık birbirimize, sanki çok eskiden beri tanışıyormuş gibi bir samimiyet vardı aramızda. "Ya keşke gelmeseydin, çok kötü oldum şimdi."

Arabayı çalıştırmıştı, sağ aynadan yola baktı. "Lütfen böyle düşünme, ben sana söz verdim. Hem çok uzak değiliz ki birbirimize. Bunlar büyütülecek kadar mühim şeyler değil."

"Çok iyisin abla."

"Hadi bakalım söyle, nereye gidiyoruz?"

"İleride Mavi Kafe var, uzun zamandır gitmiyordum."

"Aa ben de biliyorum orayı."

Kafenin kapısının önündeki satılık yazısını görünce içimden bir şeyler koptu. Nedense üzülmüştüm. Her insanda aynıdır, bir veda her zaman soğuktur. Cam kenarında bir masaya geçip siparişlerimizi verdik.

Bir an önce içimden geçenleri anlatmak istiyordum, ama konuya nereden girecektim bilmiyordum.

"Abla ben ayrılmak istiyorum."

Çantasını karıştırmayı bırakıp kafasını kaldırdı. "Neden?"

"Abla onun bakmakla yükümlü olduğu yengesi eşi gibi artık, hem yeğeni de onu baba diyecek kadar benimsemiş."

Kaşlarını kaldırıp hayretle bana baktı. "Zormuş gerçekten."

"Peki ne yapmayı düşünüyorsun? Kalbin bitir mi diyor?"

"Evet. Ben bir şekilde bir yerden başlayıp hayatıma devam ederim, zor olur ama unuturum."

"Ama onlar Ömer olmadan yapamaz diyorsun, doğru mu?"

"Evet"

Siparişlerimiz gelmişti nihayet. Çay o kadar sıcaktı ki elime aldığım gibi geri bırakmak zorunda kaldım.

"Bitir o zaman Duru, hiç zaman kaybetme."

Ömer'e mesaj atıp müsait olmadığımı söylemiştim. Ama o ısrarla sesimi duymak istiyordu.

"Abla o arıyor."

"Çekinme aç, gerekirse biraz soğuk ol."

"Açarsam soğuk olamam ki."

Telefonu sessize alıp ters çevirdim. Onu üzdüğüm için iki kat fazla üzülüyordum. Kahvaltı boyunca içimden geçen her şeyi anlatıp az da olsa rahatlamıştım.

"Hadi biraz yürüyelim." Selin Abla uzun gri hırkasını eline alıp hızlıca kalktı.

"Tamam," dedim gülümseyerek.

Yol boyunca o kadar çok konuşmuştuk ki kendimizi sessiz bir sokakta bulduğumuzda gülmeye başladık.

"Yuh ya, içimiz ne kadar şişmiş bizim."

"Haklısın abla, hadi dönelim, biraz da giderken konuşuruz."

"Bir bağrışma sesi geliyor, duyuyor musun?" Kafasını sağ tarafa çevirip işaret parmağıyla sokağın köşesini gösterdi. "Ses buradan geliyor, gel."

"Abla gitmesek." Tereddütle elini tutup onu hafifçe çekiştirdim.

"Korkma canım, Ankara kızıyız bize bir şey olmaz."

Hızlı adımlarla ilerlerken sesler daha da yaklaşıyordu bize.

"Bırakın beni ya! İstemiyorum dedim kaç kez!"

"Geleceksin! Yürü!"

Bizi fark edince sevinen kız, kolunu sıkı sıkı kavrayan adamın elinden kurtarmaya çalıştı.

Hemen telefonuna sarıldı Selin Abla. "Alo polis mi?"

Adam kolundan tuttuğu kızı kendisiyle birlikte sürükledi ve Selin Abla'nın elinden telefonu hızla aldı. "Ver şu telefonu! Kimi şikâyet ediyorsun sen ha!" Adamın sesi çok kalındı.

Selin Abla, adamın boyu çok uzun olduğundan yukarıya bakarak, "Telefonumu ver pislik herif seni," dedi.

Eliyle onu itince adam çok sinirlendi. "Def olun gidin lan, sabah sabah belanızı benden bulmayın."

"Ya bırak beni!"

"Selin Abla tamam, gidelim."

"Bekle Duru!"

Selin Abla'dan beklemediği bir tekme yiyince adam, kolunu tuttuğu kızı bırakıp Selin Abla'nın çenesini sertçe tutup tehdit etti. "Seni gebertmeden defolup gidin buradan!"

Selin Abla çok sinirlenmişti, adamın suratına tükürdü. Adam nereden çıkardığını anlamadığım bıçağını hızla Selin Abla'nın karnına sapladı ve elini bıraktığı kızın arkasından koşmaya başladı.

Bir an neye uğradığımı şaşırıp, "Yardım edin!" diye bağırdım.

Yere oturup Selin Abla'nın başını dizlerimin üzerine koydum. "Abla ses ver, iyi misin?"

Gözlerini aralayıp, "Kız kaçabildi mi?" diye sordu.

"Abla Allah aşkına adam seni bıçakladı, sen hâlâ kızı düşünüyorsun."

Çantamdan telefonumu bulup ambulansı aradım ve ağlaya ağlaya beklemeye başladım. Ellerim kan içinde kalmıştı. Ambulans sesleri yaklaşırken benim de elim ayağım titriyordu. Kalbim yerinden çıkacak gibi atarken gözlerim kararmıştı...

Belli belirsiz, birbirine karışmış sesler rahatsız ettiğinde gözlerimi yavaşça araladım. Çok geçmeden Selin Abla geldi aklıma. "Selin Abla?"

"Tamam kızım, iyi o da."

Artık gözlerimi tamamen açmıştım ve annemin gözlerine bakıyordum. "İyi misin kızım? Merak etme, Selin de iyi, ufak bir sıyrık almış sadece." Annem yanıma oturup ellerini başımın altına koymuş yanaklarımı, ellerimi öpüp duruyordu.

Gözlerimi kapıya doğru çevirdiğimde, Ömer'in gözleri dolmuş halde beni uzaktan izlediğini fark ettim.

Annem baktığım yönde Ömer'in olduğunu biliyordu. "Ben geliyorum," diyerek kalktı yerinden. Ömer içeri girince kapıyı arkasından kapattı. Ellerimden güç alarak zar zor oturur pozisyona geçtim. Mide bulantımı düşünmemeye çalışsam da ciddi anlamda kötüydüm. Ömer bana doğru yaklaşırken kalp atışlarım kulaklarımda yankılanmaya başladı.

"İntikam mıydı amacın?" Bıçak gibi olan sesi içimi acıtmıştı. Yüzüne bakamıyordum. Yanımdaki koltuğa geçip elimi avuçları arasına aldı.

"Neden her şey güzel giderken bir anda çıkıp gidiyorsun? Biz önümüzdeki engelleri bu şekilde mi aşacağız?"

"Ömer bak, anlamıyorsun."

Elini saçlarıma götürüp, "Sen kendini yorma, ben buraya seni üzmeye ya da hesap sormaya gelmedim. Lütfen Duru, gitme benden, lütfen acıtma canımı daha fazla," dedi.

Gözlerimi kapıya dikip düşünmeye başladım. "Artık bazı şeylerle yüzleşmemiz lazım."

"Neyle mesela?"

"Olmayacak, bugün bitmese bile bir şekilde yarın bitecek."

"Sen biteceğine inanırsan zaten biter." Parmakları yanağımda dolaşırken diğer eliyle sıkı sıkı kavradı elimi. Başımı ona doğru çevirdiğimde gülümsemesi kafamdaki tüm olumsuzlukları siliverdi.

"Kim haber verdi burada olduğumu?" Bir şekilde konuyu değiştirmek istemiştim.

"Seni arayınca annen açtı telefonu. Sonrası malum, hemen atlayıp geldim buraya. Sana bir şey oldu diye çok korktum." Beni kendisine çekip alnımdan öpünce, kalbime yayılan sıcaklıkla dudaklarımda bir tebessüm oluştu.

İçimde kopan sebepsiz fırtınaya kapılıp gidiyordu umutlarım. Kalp atışlarım adeta bedenimi sarsıyordu. Ben ne yapmam gerektiğini bilmiyordum artık. Şimdi tüm duygularımı neşterle kesip duygusuz olmak isterdim. Ne olduğunu anlamadan ne olacağını düşünmekten beynim zonkluyordu.

Ömer'in telefonu çalmasına rağmen ısrarla duymazlıktan gelmekteydi.

"Bak şu telefonuna."

"Lütfen bozma şu anı."

"Aç lütfen, belki acil bir şey olmuştur."

Elini cebine koyup çalan telefonun ekranına sinirle bakınca kimin aradığını anlamıştım.

"Efendim yenge?"

Gözlerini benden kaçırıp kaçamak cevaplar vermesi canımı sıkmıştı. Telefonu kapatıp tekrar elimi tutunca, "Ne olmuş?" diye sordum.

"Yok bir şey, neredesin falan."

"Ne demek neredesin, burada olduğunu bilmiyor mu?"

"Hayır," dedi Ömer soğuk bir şekilde.

İşte buna ben sebep oluyordum. "Ben seninle bu şekilde yapamam."

"Nasıl yani?"

"İki kadın bir adamı bölüşemeyiz."

"Ben seninim zaten."

Avucundaki elimi çekip, "Benim değilsin," dedim.

"Lütfen Duru, başlama yine."

Yerinden kalkıp parmaklarını saçları arasından geçirdi. Çok çaresizdi.

"Böyle olmasını ben de istemezdim ama oldu, kahretsin ki oldu. Ne yapayım? Beni babası olarak bilen çocuğu bırakayım mı bir anda? Bunlar zamanla olur. Ben onlara ayrı ev tutar, sana bakarım."

Yeniden dizleri üstüne çöküp, elimi dudaklarına götürdü. "Lütfen olumsuz değil, biraz yapıcı ol."

"Sürekli seni arayan birileri olacak, ikiye mi bölüneceksin?"

"Hayır, sadece sana bakacağım."

"Ya o kadın?"

Oda siyaha boyanmıştı bir anda, sessizlik hakimdi kalbimizdeki gürültüye.

"Genç kadın, ne yapmak isterse yapar."

"Bu kadar basit yani?"

"Ya ne istiyorsun Duru? Ne yapayım sen söyle?" Sesindeki çaresizlik karşısında zor duruyordum.

"Ben başkasının mutsuzluğunun sebebi olamam. En azından şu kargaşada mutlu olamam. Bir süre görüşmeyelim."

"Hiçbir yere gitmiyorum, eski günleri yakalayana kadar buradayım. Gerekirse kapında sabahlarım."

Birbirimize bakmadan konuşuyorduk. Çünkü gözlerimiz, gözbebeklerimizle buluşunca bu kadar ağır konuşamazdık.

"Lütfen tekrar okula dön."

"Bu da nerden çıktı şimdi?"

"Benim yüzümden yarım bıraktın. Çok bir kaybın yok, açığını bir şekilde kapatırız. Dön İstanbul'a."

"Sen başkasının yanında olacaksın ve ben de acaba ne yapıyor nerde diye seni mi bekleyeceğim?"

"Gerekirse ayrı ev tutarım. Yengemi de memlekete gönderirdim ama-"

"Ama?"

"Yeğenim hasta, onun tedavisi için burada kalmak zorundalar."

"Ben bu sene okula gelemem."

"Bak bunları konuşmak için yanlış zaman. Doktorunla konuştum, bugün çıkabilirsin. Yarın da güzel bir kahvaltı yapalım."

Beynim çok yorulmuştu gerçekten. Ama biraz daha iyiydim, mide bulantım geçmişti. Kapının açılmasıyla ikimiz de kafamızı o yöne çevirdik. Serkan Abi içeri girip Ömer ile tokalaştıktan sonra, "Siz kızları yan yana bırakmamak lazımmış. Ne yaptınız böyle?" dedi.

"Ya abi ben bir şey yapmadım. Selin Abla nasıl iyi mi?"

"Şaka yapıyorum, merak etme gayet iyi. Akşam çıkabilirmiş."

"Çok sevindim, ben de birazdan kalkıp yanına gideceğim."

"Yok canım, sen eve geç. Selin uyuyor zaten şu an ama merak etme iyi."

Annemi soracaktım ki içeri girdi.

"Şimdilik gidiyorum bir şey olursa buralardayım," dedi Serkan Abi

"Tamam Serkan'cım, çok destek oldun eksik olma." Annem elini Serkan Abi'nin omzuna koydu, birlikte dışarı çıktılar.

"Ömer, hadi sen git."

"Yarın görüşelim," dedi kısık sesle ve sonra da gitti.

Annem tekrar içeri girince, "Ne konuştun Serkan Abi'yle?" diye sordum.

"Hiç kızım."

"Sıkıldım yatmaktan ne zaman eve gideceğiz?"

"Birazdan gideriz kızım."

"Neyi bekliyoruz, doktor çıkabilir demiş."

"Ödemeler falan halledilsin çıkarız."

Selin Ablayı görmeden çıkmıştım hastaneden. İçimde tuhaf bir duygu vardı. Karmakarışık, ne olduğunu bilmediğim bir duygu. Artık bir şeyler yolunda gitsin diye geceler boyu ağlamaktan tükenmiştim. Ben bunu hak edecek ne yapmıştım? Kimin canını acıtmıştım da bana ah etmişti.

Şimdi uçurumun dibindeydim. Herkes ve her şey anlamsızdı. Hayatı birkaç yıl ileriye sarıp öyle devam etmek istiyordum.

Sonradan anladım ki kimi insanlar acı çekmek için vardı. Ve ben de onlardan birisiydim. İçimde kopan fırtınaları bir şarkının nakaratına sığdırıyordum. Artık insanlar alışmıştı bu halime, biraz tebessüme bile hasret kalmıştı yüreğimdeki kelebekler.

Sahi mutluluk neydi?

Aşk ne renkti?

Ben aşkın en karanlık mavisiydim. Yalnızlığın adı mavi olsun. Bir şarkısı olsun aşkın.

Penceremden ömrümün nasıl tükendiğini izliyordum. Ve ben, en güzel dönemim diye anlatacağım bu yıllarımı içimdeki umutları öldürerek geçiriyordum...

Yolculuk boyunca hiç konuşmadım. Eve girer girmez odama geçip saatlerce karanlıkta oturdum. Ağlamaktan geberdim.

Acı her geçen gün kalbime işlerken her şey biraz daha normal gelmeye başlıyordu...

ÖMER

Otele gelene kadar tutmuştum kendimi. Odanın kapısını açıp içeri girince gözlerimden yaşlar boşaldı. Kapının dibine oturup ağladım. Bir hayat mahvoluyordu gözlerimin önünde. Ya fedakârlık yapıp yengeme ve evladıma bakacaktım ya da hayatıma girmiş olan bu saf aşkı çöpe atacaktım.

İntihar çözümdü, ama onu bile becerememiştim. Yeğenim benim her şeyimdi. Evladımdı.

Gece boyunca başım ellerimin arasında, saatlerce bir çözüm aramak için düşündüm. Yengem ve Ezgi defalarca aramıştı. Halletmem gereken işler için gelen e-postalar da rahatsız edince kapattım telefonu.

Ağır ağır yerimden doğrulup balkona geçtim. Sigara üstüne sigara yakıp, en sonunda titreyen vücudumu yatağa teslim ettim.

Gözlerime çarpan güneş içime doğmuştu sanki. Her şey daha güzel olacakmış gibi bir his vardı içimde. Yavaş yavaş hazırlanmaya başladım. Saat daha çok erken diye

Duru'yu aramadım ama vakit de geçmek bilmiyordu. Odanın içinde bir o yana bir bu yana yürüyüp televizyona bakıyordum.

En sonunda dayanamayıp telefonuma sarıldım. İlk çalışımda açılmadı telefon. Aslında saat on olmak üzereydi, Duru çoktan uyanmış olmalıydı. Tekrar arayınca annesi telefonu ağlamaklı bir sesle açtı.

"Mahvettin kızımı!"

Bir yandan ağlıyor, diğer yandan sitem ediyordu bana.

"Ne oldu ya? Ne demek bu? Duru nerde?"

"Yok Duru falan!"

Elim ayağım birbirine girdi. "Ya neler oluyor? Bilmece gibi konuşmayın lütfen!"

"Kızım senin yüzünden hastalandı. Gece kriz geçirdi. Apar topar hastaneye kaldırdık."

"Geliyorum hemen."

"Oğlum ne olur gelme, bak ben bir anneyim ve Duru'nun gözlerimin önünde erimesini izliyorum."

"Onu mutlu etmek için elimden geleni yapacağım."

"Eğer onu gerçekten seviyorsan uzak dur ondan."

Telefonu suratıma kapatmıştı. Hızla otelden çıkıp dünkü hastaneye gittim. Orada herhangi bir kayıt bulamadım. İçinden bütün yaşam enerjisi çekilmiş halde, elinden oyuncağı alınmış bir çocuk gibi çıktım hastaneden. İyi olduğunu bilsem yetecekti. Tekrar tekrar aramıştım ama kapalıydı telefonu. Bir banka oturdum.

Yağmur yağmaya başlayınca sağa sola kaçışan insanların aksine, öylece oturup bomboş gözlerle etrafı izledim. Gözlerimdeki yaşlar yağmurla buluşurken şimşekler kalbimde çakıyordu sanki.

Bir adamın yıkılışını izliyor bu şehir. Şimdi vazgeçmem gerekiyordu. Sevdam için, Duru için...

Belki de saatlerce bir umut bekledim ama Duru'dan hiçbir haber alamadım. Hava çoktan kararmıştı. İçime oturan onca acıyı gözyaşlarımla yıkayıp kalktım yerimden. En azından bir vedayı hak etmişti seven kalbim. Duru'nun iyi olup olmadığını çok fazla merak etmekten alamıyordum kendimi. Ama sanırım annesi haklıydı, ben Duru'yu günden güne bitiriyordum. Yağmur dinmesine rağmen hâlâ her yanım ıslaktı. Ellerimi ıslak cebime sokup otelin yolunu tuttum.

Otele gidip hızla üzerimi değiştirdim. Çok üşüdüğümü içeri girince fark etmiştim. Duru'yu bir kez daha aramak için masada bıraktığım telefonuma sarıldım. "Sinyal sesinden sonra mesajınızı bırakın," diyordu o bant kaydındaki kadın sesi.

Sinyal sesini duyduktan sonra derin bir nefes aldım ciğerlerime. "Duru, seni çok seviyorum. Biz aynı durakta karşılaşan iki yolcuyuz. Farklı yollara ayrılan iki yol bizim kaderimiz. Yarın sabah gidiyorum. Aslında haklıydın. Buraya gelmekle sen en doğru kararını vermiştin ama içimdeki özlem beni bu şehre itti. Neyse, kendine iyi bak. Hoşça kal."

Telefonu kapattığımda bir vedanın en keskin bıçağı vardı boğazımda. **Bir bitiş hiç bu kadar canımı yakmamıştı.** İçim acıyordu. Gözlerim nemliydi ve içimde tarifi mümkün olmayan bir his vardı. Bir sona yaklaşmıştı kalbim.

Canımı alsalar bu kadar acır mıydı içim?

Yatağıma geçip uzandım. Dizlerimi karnıma doğru çekip, çaresiz bir çocuk gibi ellerimle yüzümü kapattım. Gözlerimden dökülen yaşlar dudaklarıma doğru iniyordu.

Sabah giyinip, birçok eşyamı otelde bırakıp çıktım dışarı. Takside giderken gözlerim belki Duru'ya denk gelir diye onu arayıp durdu. Düşünmek yetmiyordu...

Ne zaman taksiden inip ne zaman uçağa binmiştim hatırlamıyordum bile. Ruh gibiydim. Yanımda oturan çift yol boyunca bir şeyler konuşup durdu. Bağırmamak için kendimi zor tutmuştum. İki saat boyunca telefonum kapalıydı. Uçaktan indiğimde, Duru belki aramış belki bir şeyler yazmıştır diye heyecanla telefonu açtım. Ama sadece yengem aramıştı. Çok geçmeden eve gittim.

Yeğenim, "Baba!" diyerek kucağıma atladı. O kadar masum bakıyordu ki gözlerime hemen onu öpüp kokladım.

"Neredeydin kaç gündür?" diyerek araya girdi yengem. Sesi hesap sormaktan ziyade yalvarır gibiydi. Yeğenimi kucağımdan indirip yengeme yaklaştım. "Duru'nun yanındaydım."

Simsiyah keskin gözlerini bana dikip korkusuzca baktı. Bu cevabı alacağını biliyordu, ama açık açık benden duymak belli ki canını yakmıştı.

"Aç mısın?"

"Evet," diyerek yanından geçtim. O da mutfağa geçip hazırladığı yemekleri getirdi.

Masada sadece çatal ve kaşık sesleri duyuluyordu.

"Artık kendini topla Ömer, yeter bu kadar acı. Bak burada bir ailen var. İşinin başına geç."

Hiçbir şey demeden yemeğimi yemeye devam ettim. Çok sinirliydim. Her an karşımdaki bu suçsuz kadına bağırabilirdim. Onu kırmamak için kalktım sofradan. "Ellerine sağlık."

"Nereye gidiyorsun?" Kalın sesi merak doluydu.

"Biraz hava alıp geleceğim."

"Bu arada Berat Abi gelmiş haberin olsun. Sen işleri boşlayınca babası git toparla demiş." İşte bu duyduğum en güzel haberdi. Yüzüme yayılan gülümsemeyle, "Nerede peki şu an?" diye sordum.

"Kendi evlerinde," dedi yengem masayı toparlarken.

Heyecanla Berat Abi'yi aradım. "Ne haber hayırsız?"

"Hayırsız diyene bak sen." Bir kahkaha atıp devam etti. "Neredesin? Hadi görüşelim!" Konuşması çok düzgündü. Yengem gibi pek eğip bükmüyordu kelimeleri. Onun azmini hep takdir etmişimdir. Beni bu karmakarışık düzenden, çıkmazın içinden çıkaracak tek kişiydi o.

"Laf sokmasan olmaz değil mi? Evdeyim abi, sen de çık hadi bir saate Taksim'de görüşelim."

"Anlaştık kardeşim, benim de bir-iki işim var onları halledip çıkarım hemen."

"Tamam abi."

Telefonu kapatıp çıktım evden. Hava Ankara'ya göre daha güzeldi burada. Garajdan arabayı çıkarıp yola koyuldum bir an önce.

Akraba ilişkilerinde genelde kazık yiyen insanlardan farklı olarak biz birlikte büyümüştük. İşimizi de birlikte genişletmiştik. Aslında Berat'ın ve abisi Cemal'in çok daha fazla katkısı vardı. Babam sadece maddi anlamda katkı sağlamıştı.

Babam ve abim Osman huy olarak aynıydı aslında. Babam kendisine benzetmişti abimi. Bu hayırsız iki insan bana canımdan yakındı. İnsan yine de kızamıyordu. Sağ olsun amcamlar babamın ve abimin yokluğunu hiç aratmamışlardı bize. Annem de beni bırakıp bu diyardan göç ettikten sonra daha yalnız hissetmeye başlamıştım kendimi.

Taksime gelip ara sokaklarda bir kafeye gittim. Ahşap ve kısa masalar içeriyi hınca hınç doldurmuş gibiydi. Loş havası ve buram buram kahve kokusuyla insanı hüzne itiyordu. Boş bir yere geçtim. Bir kahve söyleyip Berat'a olduğum yerin adresini gönderdim. Gerçi o benden daha iyi biliyordu buraları. Elimi çeneme yaslayıp kahvemin gelmesini bekledim.

Karşı masada oturan çift belli ki ilk kez görüşüyordu. Ellerini masanın altında ovuşturan genç kız çok çekiniyordu ama karşısındaki çocuk onun aksine fazlasıyla rahattı. Kızın ona verdiği değeri görüyor ve biliyordu. Gözlerimi gelen kahveme indirdim.

Düşünüyordum da aşk aslında zor bir eylemdi. Şu hayatta birlikte mutlu olan ve karşısındaki insanı mutlu etmek için uğraşan o kadar az insan vardı ki. **Artık türkü dinleyen, sevgilisini koklayarak, titreyerek öpen kalmamıştı. Herkes bu olmazsa başkaları var düşüncesindeydi.**

Ama Duru ve ben öyle değildik. Bir diğerimiz mutlu olsun diye çekilmiştik hayatlarımızdan. İçime çöken bir karamsarlık vardı. Bir daha asla sevilmeyecektim. Bir daha sevmeyecek ve mutlu olmayacaktım. Nefesimi kesen merak duygusu beni ben olmaktan çıkarıyordu. Sanırım annesi Duru'nun telefonuna el koymuş, belki de beni kötülemişti.

Ah, şu ayrılık kimin ömrüne gelsen gitmek bilmiyorsun. Misafir değil ev sahibi gibisin ömürde. Aşkı hak eden kim varsa ona altın tepsiyle sunuluyordu acı. Ben artık nefes almanın yaşamak olduğunu kabul etmiyordum. Öylesine yaşıyorduk işte. Sessiz sessiz gidiyordu avuçlarımdan mutluluğum. Ne kadar sıkı tutmaya çalışsam o kadar acıyordu ellerim. En sonunda kan revan içinde bir köşeye atılıyordum. Gecenin karanlığı bir ilaç gibiydi. Herkes uykuya çekilince içime gizlenen özlem duygusu uyanıyordu. Biraz daha acıya boyanıyordu gökyüzüm. Her sabah ıslanmış bir yastığa açıyordum gözlerimi.

Ellerimi sıcak kahveye götürüp bir yudum aldım. Düşünmek için çok vaktim vardı. Ama nasıl toparlayacaktım, eski halime nasıl gelecektim bilmiyordum. Bir başlangıç, ancak bu kadar bitirebilirdi beni.

Kahvemi masaya koyup kapıya baktığımda Berat içeri doğru girip gülümsedi. Ona baktığımı fark edince kollarını açıp, "Kaçak," diyerek sarıldı bana.

"Hoş geldin abi, neler yapıyorsun?"

"Senin yarım bıraktıklarını toparlamaya geldim, okumaya gidiyorum dedin karını çocuğunu peşinden sürükledin."

Yüzüm düşmüştü. Bir yudum su içip, "Saçmalama abi, o benim yengem ve yeğenim," dedim.

"5 yıldır karın," dedi sertçe. Sakalını sıvazlayıp bana yaklaştı. "Bak güzel kardeşim, abin bıraktı gitti ablamı. O artık senin karın, bunu kabullen."

"Biz birlikte büyüdük ve senin ablan her zaman benim de ablam oldu. Ona o gözle bakamam."

"O aslında çocukken de seni farklı tutmuştu abinden. Ama senin o şerefsiz abin zorla sahip olmuş ablama. Annem bunu ablamlar konuşurken duymuş. Hemen baş göz etmişler. Çocuk da engelli doğduğunda abin bırakıp gitti. Fakat ablam hep seni sevmiş."

Duyduklarım karşında şoke olmuştum. Sır gibi gerçekler ortaya dökülüyordu. Hayır, abim bu kadarını yapamazdı.

"Bunları ben neden yeni öğreniyorum?"

"Çünkü sen gönüllü evlendin, ben de ablam mutlu olacak diye abini öldürmekten vazgeçtim. Şu saatten sonra bir cinayeti kaldırmaz ailemiz."

Açık açık tehdit etmişti beni. İş için gelmediği çok belliydi.

"Kim doldurdu seni bu kadar?"

"Ömer lütfen..." Konuşurken gözlerini kaçırıyordu. Adım gibi eminim yengem aramıştı onu ve durumu anlatmıştı.

Şimdi bir imkânsızlığa daha saplanmıştım. Hiçbir suçum yokken bunca sırtımdaki yükü kaldıramıyordum. Neyin cezasıydı bu?

DURU

İnsan en kötü günlerinde başını koyacak bir omuz arıyor. Ağır geliyor düşüncelerim, dik tutamıyorum başımı. **Akıyor yine gözlerimdeki yağmurlar.** Ne zaman mutluluk bana adım atsa o kadar uzaklaşıyorum huzurdan. Bazı insanlar vardır, ne yaparsa yapsın yine de mutlu olamaz... Ben de onlardan biriydim sanırım.

Şimdi düşünüyorum da keşke bu kadar imkânsız olmasaydın, keşke az da olsa mümkün olsaydık. **Her gelişin bana umutken, gidişini hesaba katmadı bu kalp. Günler hiç bu kadar kısa, geceler hiç bu kadar siyah olmamıştı.** Geçmemeye yeminli gibiydi saat. Hani zaman her şeyin ilacı derler ya, bence yalan bu. Zaman her şeyin ilacı olsaydı, içimdeki kız çocuğu böyle zehirlenmezdi.

Şimdi bir bilinmezliğe kucak açıyorum. Yeni birisi, yeni bir başlangıç gidişinle kayboldu. **Biz seninle imkânsızlığa koşarak gitmişiz.** Biz birbirimize ne kadar bağlansak o kadar çok acı çekmişiz sevdiğim. Sana dargınım, kırgınım. Sarmak istediğin yaralarımı unutturacak kadar büyük acılar tattırdın yüreğime.

Biz seninle sarıldığımız yerden üşürüz artık. Şimdi içimdeki kız çocuğunun saçlarını kesiyorum. Umutlarım intihar ettiğinden beri biraz daha soğuyorum herkesten, her şeyden, hatta kendimden! Gittiğin günden beri aç uyuyorum, uykularım yarım yamalak artık. Beni bir fırtınaya sokup, "Dik dur sevgilim!" diyorsun.

Şimdi bu eksik yanımla kime kucak açayım? Sana hem kızıyor, hem de seni özlüyorum. **Gözyaşlarım yanaklarıma değmeden öldürüyorum onları ki dudaklarının izlerini silmesin diye.**

Sevgilim, yüreğimin sancıları hediye olsun aşkımıza. **Bugün ben yas tutarken bir başkaları gidişini kutluyor.** Tüm renklerim soldu. Her şey bir kez daha siyaha boyandı.

Gidişinden öpüyorum seni...

Günlerdir Ömer'den haber alamamıştım. Belki de birlikte atlatabileceğimiz ne varsa valizine tıkıp gitmişti son kez. En masum gidişi bu olmuştu. Kızamıyordum bile. Biliyorum ki elinde olsa, her şeyi bırakır yine de mutlu ederdi beni.

Mart bitmek üzereydi. Hava düne göre biraz daha güneşli olsa da içimdeki kara bulutları atamıyordum. Dağınık masamdaki saatime baktım. Sabah olmak üzereydi ve ben gece boyunca karanlıkta öylece yatıp beklemiştim. Günlerdir dışarı çıkmıyor, neredeyse tek lokma yemiyordum. Apar topar hastaneye kaldırılmıştım. Panik atak krizine girmiştim. Düzenli kullanmam gereken ilaçlarım vardı artık. Perdemden içeriye sızan ışığı engellemek için yatağa gömülüp, örtüyü üzerime çektim. Uykuya teslim etmeliydim bedenimi...

Uyandığımda çoktan öğlen olmuştu. Yüzüme gelen saçlarımı toplayıp yatağın kenarına rastgele çıkardığım terlikleri geçirdim ayağıma. Banyoya doğru gittim. Yüzümü yıkadım. Havluyu alıp doğrulduğumda aynadan kendime baktım. Çökmüştüm resmen. Ne ara bu kadar zavallı olmuştum? Bu bencillikti! Evet bencillik, çünkü derdimle herkesin enerjisini çekip alıyordum. Ömer de böyle olmamı istemezdi, biliyordum. Bugün benim için yeni bir başlangıç olmalıydı. Odaya geçip üzerimi değiştirdim. Dağılmış dolabımdan en sevdiğim kıyafetlerden mavi çiçekli olan elbisemi çıkardım. Üzerime geçirip aynanın karşısına geçtim. Saçlarımı taradım ve bu kez toplamadım, her bir telini özgür bıraktım. Yüzümün solgunluğunu alsın diye renkli bir makyaj yaptım bu kez. Evet, gayet iyi görünüyordum!

Mavi Kafe'ye gitmeye niyetlenmiştim yine. Güzel bir kahvaltı sonrası annemi ziyaret eder, ardından biraz dışarıda vakit geçirirdim. Elime aldığım ceketi çantamın yanına asarak çıktım dışarı. Günlerdir karanlıkta kaldığımdan gözlerimi zorlukla açtım. Kahretsin gözlüğüm de yanımda değildi. Zar zor caddeye inip, ilk gelen taksiye bindim. Kafeye gidip güler yüzlü garsona siparişlerimi verdim.

İki gündür kapalı olan telefonumu çantamdan çıkardığımda Ömer aramış mı diye heyecanlandım. Acaba aramış mıydı? Hayır, aramasın hiçbir şekilde. Arayıp ne diyecek ki zaten. Bu kez kabuk tutsun istedim yaralarım.

Telefonu açar açmaz peş peşe gelen mesajların yanında bu defa bir de e-posta almıştım. Merakla tıkladığımda Çınar'ın yazdığını gördüm. Sebepsiz bir gülümseme yayılmıştı yüzüme. Halimi hatırımı sormayı ihmal etmemiş, hatta trip bile atmıştı. Ona cevap verip bu kez aramalara döndüm. Selin Abla defalarca aramıştı. Hiç zaman kaybetmeden numarasını tuşladım. Telefonu elindeydi sanırım, çünkü çalmadan açtı telefonu.

"Sen nerelerdesin kaçak?"

Sesindeki kırgınlık ve meraklı ton beni daha fazla suçlu hissettiriyordu.

"Abla olanları biliyorsun, doktor birkaç gün uzak dur dedi." Sesimdeki durgunluk onu da dizginlemişti.

"Neredesin şimdi? Annen günlerdir dışarı çıkmadığını söylemiş Serkan'a."

"Bugün bir değişiklik olsun deyip dışarı çıktım."

"Nerdesin? Dur söyleme, Mavi Kafe'de misin?"

"Evet," dedim yaramaz bir çocuk edasıyla.

"Geleyim mi yoksa yalnız mı kalacaksın?"

"Aslında gelmeni isterim, ama sen de yeni çıktın hastaneden, bu nedenle olmaz gelme."

"O zaman sen gel," dedi Selin Abla. Sesi bir anda yine heyecana boğulmuştu.

"Tamam, o zaman söz vermiyorum ama akşama doğru gelirim olur mu? Daha annemin yanına gidip onu da şaşırtmak istiyorum."

"Anlaştık canım. Bence de git, o da çok üzülmüştür bu haline. Serkan olan biteni anlattı. Annen dayanamayıp Ömer'i mi ne aramış bırak kızımı demiş."

Duyduklarım gerçek olamazdı. Demek Ömer bu yüzden gitmişti. Annem yüzünden!

"Duru, Duru duyuyor musun beni?"

Masanın öbür ucuna dalmış gözlerimi kırpıştırıp, "Evet abla buradayım," dedim ve hiç çaktırmadan devam ettim. "Ben kapatayım abla, ararım seni olur mu?"

"Tamam hayatım, mutlaka haber ver bana."

"Olur abla."

Telefonu kapattığımda elime öylece bakakalmıştım. Kalbim sanki kilometrelerce koşmuşum gibi atıyordu. Parmak uçlarıma iğneler batıyor gibiydi. Derin derin nefes almaya başladım. Dayanamayıp Ömer'in telefon numarasını çevirdim.

İşte böyleydik biz, ufacık bir sebep bulup koşmak istiyorduk birbirimize. Telefon birkaç kez çaldıktan sonra, "Alo?" diyen kadın sesi kulağıma bıçak gibi vurdu.

Zar zor yutkunup tam cevap verecekken yalvarırcasına bir tonla devam etti. "Duru kurban olayım arama artık, biz mutluyuz. Çocuğum hasta, Ömer olmazsa ölür. Uzak dur kurbanın olayım." Boğazıma dizilen yumruları yutmak zorunda kaldım. Hiçbir şey demeden kapattım telefonu. Evet, haklıydı kadın.

"Başka bir isteğiniz var mı?" Siparişlerim gelmişti.

Uzaktan gelen soruya hayır anlamında başımı salladım. Belki dakikalarca masamdaki çaya takılıp kaldı gözlerim. Ağlamamak için kendimi zor tutuyordum. Ama ağlamayacaktım bu kez. Titreyen dudaklarımı dişlerimin arasına alıp, başımı hafifçe yukarı kaldırdım. Özenle katlanmış peçetelerden birisini çekip titreyen elimle aldım. Gözlerimdeki akmak için sıraya dizilen gözyaşlarımın yolunu kapattım. Bu defa içime atmıştım.

Soğumuş çayımdan bir yudum aldım, şekersiz olduğundan acı bir tat bıraktı ağzımda. Defalarca derin nefes alıp, belki de yarım saat sonra kendime geldim. Bir lokmayı zar zor indirmiştim mideme. Soğuyan çayımı değiştirmesi için garsona elimi kaldırınca Burak'ı gördüm. Beni fark eder fark etmez kalktı yerinden. Bana doğru yaklaşırken yüzüme sahte bir tebessüm yerleştirip ayağa kalktım.

"Nerelerdesin sen?" Sesindeki neşeyi hep kıskanmışımdır.

"Buradayım," diyerek ellerimi yana doğru açtım.

"Neden yalnızsın?"

"Birazdan annemin yanına gideceğim."

"Nereye gideceksin demedim, neden yalnızsın dedim."

Ukalaca verdiği bu cevap karşısında yerime oturdum. Hemen o da bir sandalye çekip meraklı gözlerini üzerime dikti.

"Ne zaman birisiyle gördün ki beni? Ben hep böyleydim, yalnızdım."

Yan masaya gelen garsonu fark edip "Bir çay daha alabilir miyim?" dedim.

"İki olsun," diyerek parmağıyla ikiyi gösterdi garsona.

"Neyin var Duru?" Bana doğru biraz daha yaklaştı. "Neden böyle asi bir kız oldun?"

"Neden bir sebep arıyorsun ki?"

"Çünkü insan sebepsiz değişmez."

"Değişmedim."

"Ama eskisi gibi değilsin. Arkadaşlığımızı, dostluğumuzu özlüyorum."

Hiçbir şey demeden camdan dışarı baktım. "Evli bir adama âşık oldum."

Duydukları karşısında şoke olmasını beklediğim Burak, gayet normal bir şekilde, "Olabilir," dedi.

"Ne demek olabilir!" Sert çıkışmıştım bu kez.

"Duru ben seni tanıyorum, bile bile ateşe atmazsın kendini. Eminim o kansız kimse, kandırmıştır seni."

"Bu konu hakkında konuşmak istemiyorum."

"Bu hayatta olamaz dediğim ne varsa oldu. Öyle kötü şeyler duydu ki bu kulaklarım, inan senin bu temiz kalbinin hissettiği duygular hiç utandırmasın seni. Hayatta her şeyin bir unutma süresi vardır. Takma demiyorum, ama biliyorum unutacaksın."

"İnşallah," diyebildim sadece.

Gelen çayları içene kadar neredeyse hiç konuşmadık. Başparmağını bana doğru uzatıp düşüncelerimi böldü. "Bak işte, bu huyun hiç değişmiyor, yani bir olay olduğunda karşındaki konuşmayana kadar konuşmuyorsun."

Tam o sırada telefonumun ekranında Ömer'in adını gördüm. Kalbim yerinden çıkacak gibi oldu. Elimdeki bardağı masaya bırakıp telefonu hızla elime aldım.

***

Burak önce göz ucuyla telefona, sonra da benim verdiğim tepkiye baktı. Ellerimi birbirine kenetlemiş, parmaklarımla oynuyordum.

"Aç artık şu telefonu," diye beni uyaran Burak'a boş bir bakış attıktan sonra, dayanamayıp telefonu açtım.

"Efendim?" Karşı taraftan gelecek sesi merak ederek neredeyse fısıltıyla konuşmuştum.

"Duru?" Ömer'di bu. İçimi ısıtan sesi yüreğimi ferahlatmıştı.

"Arama kayıtlarına baktım da yengem aramış sanırım seni."

"Neyse Ömer, önemli değil."

"Seni kıracak bir söz mü söyledi?"

Zorla da olsa yutkunarak cevap verdim. "Hayır Ömer, kırmadı. Sıkıntı yok, lütfen arama artık beni."

"Kader bizi yine bir araya getirecek, ben inanıyorum."

"Hoşça kal."

Telefonu masaya bıraktığımda içimde kırılan parçaları hissedebiliyordum. Kafamı kaldırdım ve ancak Burak ile göz göze gelince onun masada olduğunu hatırladım.

"İyi misin?"

Tek kelime bile söylemeden yüzüne baktım. Hayır anlamında başımı iki yana salladım. "Tamam o zaman, ben seni yalnız bırakayım. Daha fazla gelmek istemiyorum üstüne. Ama bir şey olursa lütfen ara beni, olur mu?"

"Tamam," dedim. Burak ayağa kalktı ve gitti.

Çok kötü olmuştum. İlaçlarım yanımda olmadığından hızla hesabı ödeyip eve döndüm.

Kaç defa bitmiştik biz? Bir yara kaç defa kanardı? Mutlu olmak için daha ne kadar üzülmem gerekiyordu? Bir kez daha bitmiştik işte. Kaderin ördüğü ağa takılan duygularım beni bana düşman etmişti. Yığılmış kalmıştım hayat yolunda. İçimi kime döksem toplamak için el atmıyordu. Daha fazla parçalanıyordum. Biraz daha acıyordu içim. Kendimden bile gitmek istiyordum.

Kanadımda sigara söndürmüşlerdi sanki. Ömrümü hediye etmiştim yanımda olmayacaklar için. Bir insan ne kadar yalnızsa, işte o kadar yalnızdım. Mutlu olmayı artık kaldıramam gibime geliyordu. Acı olan ne varsa sanki yüreğime yerleşmişti. Mavi dünyama siyah lekeler bırakıyordu insanlar. Ve ben onlar kırılmasınlar diye hep kırılmayı seçmiştim.

Şimdi gözlerim dolu halde bağıra bağıra hangi şarkıyı söylemeliydim? Farkında olmadan içine düştüğüm bu hüzün girdabından nasıl çıkacaktım?

Bak sevgilim, biraz daha geçiyorum kendimden ama güne senin her zerrene âşık olarak uyanıyorum. Şarkılar armağan ediyorum kuşlara. Sabrediyorum. Her gün bahar gelecek sevinciyle gözlerimi siyah gökyüzüne açıyorum.

4 Ay Sonra

Hava o kadar sıcaktı ki uyuyamıyordum. Odam son aylarda hiç olmadığı kadar düzenliydi. Okulu tamamen bırakıp tedavi görmeye başlamıştım ve dün son seansım vardı. El titremelerim ve krizlerim nihayet geçmişti. Yine de sol yanım sızlamıyor değildi. Ama yalnızlığa alışmıştım. O ne yapıyor ne ediyor, bilmek bile istemiyordum. Sabahın ilk ışıklarıyla ayağa kalktım. Spora başlamıştım. Aylardır aldığım ilaçlar ve evden çıkmayışım bana çok kilo aldırmıştı.

Yanıma suyumu da alıp spor salonuna gittim. Yeni başladığımdan pek kimseyi tanımıyordum. Salonda pek kimse yoktu bugün. Yeliz Hoca bir masada tek başına oturuyordu, beni görünce gülümseyerek elini kaldırdı.

"Merhaba hocam, nasılsınız?"

"Teşekkür ederim Duru, iyiyim. Sen nasılsın, nasıl geçti dünkü seansın?" Topladığı saçlarını eliyle tekrar düzeltirken ayağa kalktı.

"Güzel geçti, beklenenden daha kısa sürede atlattım her şeyi."

Yaşının getirdiği gözlerinin kenarlarındaki kırışıklıklar nedense ona ayrı bir hava katıyordu. Elini sırtıma koyup, "Ben sana her şey geçecek demiştim," dedi.

Yeşim Hoca ile bir kriz anımda tanışmıştım. Her zamanki gibi yalnız başıma bir bankta otururken, aniden terleyip kendimi yerde bulunca hızla yanıma gelmiş ve abla kardeş ilişkimiz de böylece başlamıştı.

"Bugün Selin de gelecekti, neden yok?"

"Bilmiyorum ki," diyerek elimdeki suyu masaya bıraktım.

"İşi çıktı belli ki. Tamam o zaman, biz derse geçelim."

Bir saatin sonunda nefes nefese kalmıştım. "Hocam benden bu kadar," diyerek ellerimi yukarı kaldırdım.

"Tamam o zaman canım, öğleden sonra ne yapacaksın?"

Ellerimi belime koymuş, nefes nefese kalmış bir halde zorlukla konuşuyordum. "Bilmiyorum, evde kitap okurum her halde."

"Annen artık çağırmıyor mu şirkete?"

"Açıkçası durumum bu kadar ilerleyince beni kendi halime bıraktı."

"O zaman akşama doğru benim de işlerim bitiyor, Mavi Kafe'de görüşelim."

"Tamam," derken enseme yapışan saçlarımı kurtarmaya çalışıyordum.

"Selini de almayı unutma."

"Tamam, bir haftadır ben de görmüyorum zaten onu," dedim.

Eve gelir gelmez ılık suyun altına attım kendimi. Bıraksalar saatlerce kalırdım. Banyodan çıkıp saçlarımı kurulayıp bahçeye indim.

Bir koltuğa oturup Serkan Abi'nin aldığı kitabı okumaya başladım. Hava çok güzeldi. Banyodan sonra tamamen mayışmıştım. Kitabın sayfalarını hızla çevirip, kendimi olayın akışına bıraktım.

Biraz ara verip mutfaktan kurabiye ve meyve suyu aldım, önümdeki masaya koydum. Kitabın kıvırdığım sayfasını açıp kaldığım yerden devam edecektim ki bahçenin karşı ucundaki ağacın arkasında birinin olduğunu sandım. Dikkatlice o yöne baktığımda kimsenin olmadığını görünce rahatlayıp meyve suyumdan bir yudum aldım.

Kitabı okumaya devam ettim. Yaklaşık bir saat sonra aynı şekilde hissedince dayanamayıp yerimden kalktım. Emindim, orada birisi vardı. Kitabı koltuğa bırakıp diğer kapıdan çıkarak bahçeyi dolandım. Haklıydım işte, birisi gizlice ağacın arkasında beni izliyordu. Selin Abla'nın bıçaklanma olayından sonra daha ürkek olmuştum. Taktığı büyük gözlük ve şapkasıyla gizlenmeye çalışan bu akıllı beni fark etmemişti. Uzaktan, "Kimsin sen?" diye bağırmamla karşımdakinin eli ayağı birbirine girdi. Hızla koşmaya başladığında dayanamayıp onu takip ettim. Gittiği yolun sonu çıkmaz sokaktı, biliyordum. Hiç bu kadar hızlı koşmamıştım.

"Bekle," diye bağırıp devam ettim. Ve sonunda sokağa sıkışıp kaldı. Arkası dönük halde bekliyordu.

"Kimsin ve neden bahçemizi gizlice izliyorsun?" Cevap gelmeyince korkarak elimi onun koluna götürdüm. "Kimsin dedim!"

Bana doğru dönüp gözlüğünü çıkardı.

"Ömer."

İkimiz de olduğumuz yerde çivilenmiş gibi kaldık. Kalbim daha hızlı atıyordu şimdi. Ne kadar da değişmişti. Gözleri çökmüş ve zayıflamıştı. Neredeyse tanıyamayacaktım.

Elimi tutup, "Beni bırakma," dediği anda arkamdan bir ses, "Ömer!" haykırdı. Sesin geldiği yöne kafamı çevirdiğimde kimseler yoktu. Kalbim yerinden çıkacakmış gibi atıyordu. Kimdi bağıran? Kendi etrafımda dönüp durdum. Evet, artık Ömer de yoktu. Gitmişti bir kez daha. Bir anda karanlık çöktü ve ben hiç bilmediğim bir sokakta kendimi buldum.

Hızla bilmediğim bir yöne doğru koşmaya başladım. Ayağım bir taşa takıldı ve tam yere düşecekken uykumdan uyandım. Elimdeki kitap yere düşmüştü. Bir süre boş gözlerle kitaba baktıktan sonra eğilip aldım. Katlanan sayfasını düzeltip ilerdeki ağaca baktım.

Gördüğüm her rüya gerçek gibiydi. Etkisinden çıkamıyordum. Ne ara uyudum ne ara rüya gördüm bilmiyorum, ama okumuş olduğum bir yazıda aklı çok dolu olan kişiler karışık ve fazla rüya görürmüş yazıyordu. Sanırım bu rüyaların sebebi buydu. Ama keşke Ömer'i görmeseydim. İyileştim dediğim yerden tekrar kanıyordu yaram.

Unutmak için ne yaparsam yapayım, bir bahaneyle aklıma geliyordu. İyi miydi? Neler yapıyordu? Unutmuştu belki de her şeyi. Yenge dediği kadını koynuna bile almış olabilirdi.

Bir gün daha bitiyor sensiz. Ben herkesten gizlediğim acılarımla yüzleşmekten çok yoruldum. Şimdi içimdeki yaralarım sana bile anlatamayacak kadar çok. Kalabalıklar arasında yalnızlık benimkisi, sen olmayınca kimsem yok. Bugün de özledim seni. Bugün de yokluğunda mavi rüyalarımla hasret giderdim.

Derin bir nefes alıp içeriye geçtim. Düşünmemek için erkenden Yeliz Abla'nın yanına gidecektim…

ÖMER

İlk kez bir ağrı ile değil de kendiliğinden uyanmıştım. Son bir haftadır daha iyiydim. İnsan zamanla asla kabullenmem dediği ne varsa kabulleniyor. Zaman geçtikçe geçmeyen yaralar bir bir geçiyor. Evet, hiç tartışmasız izi kalıyor ama geçiyor işte.

Sırtüstü uzandığım yatağımın yanındaki gece lambasını açıp, bir süre tavana baktım. Daha kötü şeyler düşünmemek için yerimden doğruldum. İnsan yine de düşünmeden edemiyordu. Şimdi ne yapıyordu? Nasıldı? Mutlu muydu? Rahatsızlığı geçmiş miydi? Acaba beni unutmuş muydu?

Düşüncelerim yaralarımı kemirmeye devam ederken hızla ışığı kapattım ve kendimi tekrar uykuya teslim ettim. Bir insan ne kadar çaresiz olabilirse işte o kadar çaresizdim ben de.

Bak sevgilim, biz seninle ne kadar uzaksak aslında o kadar yakınız. Ne zaman aklıma gelsen biliyorum ki sen de beni düşünüyorsun kalbinin derinliklerinde. Biz mavinin en uç tonlarıyız. Ama yan yana gelince en güzeli biz oluruz. Karışırız, dolanırız denizin mavisinden gökyüzüne. Ben bulutlardan toplarım papatyaları, dökerim okyanuslara...

Acı yerini yavaş yavaş uyuşmaya bırakıyordu. Evet, unutmak istemiyordum. Ben onun bendeki acısını bile seviyordum.

Sabah baş ağrısıyla uyandım. Masamdaki tok karna içmem gereken ilacı alıp mideme indirdim ve mutfağa doğru gittim. Kahvaltı çoktan hazırlanmıştı. Aldırış etmeden dolaptan su alıp içtim.

Elindeki kızarmış ekmeği masaya koyan yengem güler yüzle, "Bari bugün bir şeyler yesen olmaz mı?" dedi.

"İstemiyorum." Gözlerimi devirip elimdeki bardağı masaya bıraktım.

Tam kapıdan çıkacakken sözleri beni durdurdu.

"Aklın hâlâ o kızda değil mi? Unutmadın ve unutmayacaksın, biliyorum. Kaç ay oldu yüzünü bir kez gülerken görmedim. Gece sen uyurken üstünü örtmeye geldiğimde yere düşen fotoğrafları gördüm yine. Emin ol, ben senden daha çok vicdan azabı çekiyorum."

Arkam hâlâ dönüktü ama onu dikkatle dinliyordum.

"Git Ömer." Hızla ona döndüm, meraklı gözlerle ona bakıyordum artık.

"Git o kıza. Biliyorum, o da üzülüyor. Buna ben sebep oldum. Her gece vicdanımı susturup uykuya dalmak zor geliyor. Merak etme, ben de bir şekilde bakarım hayatıma. Abimin yanına giderim. Korkma, beni bıraktı demem. İstemiyorum derim. Öldürseler bile inan umurumda değil Ömer. Ben bu şekilde her gün ölüp ölüp diriliyorum." Neredeyse ağlamaklı olmuştu.

Yengeme doğru yaklaşıp, "Ne gerekiyorsa yaparım. Her ay düzenli para gönderirim sana, merak etme," dedim.

"İstemiyorum," dedi.

Sesi içimi acıttı ilk kez. Bir şey diyemeden çıktım odadan. Hemen Duru'yu aramak için elimi telefona götürdüm. Tam arayacakken vazgeçtim, evet en güzeli Ankara'ya gitmekti. Hiç zaman kaybetmeden hazırlanıp çıktım yola.

Heyecanımdan nereye gideceğimi şaşırıp duruyordum. Yüzümdeki gülümsemeyi silemiyordum. Taksiye atladım, yoldayken de telefonla biletimi ayarladım. İlk uçakla düştüm yola.

Uçaktan indiğimde çıkış kısmında beni bekleyen Duru'yu gördüm. Her şey o kadar hızlı gelişiyordu ki hem gülümsüyor hem de ağlıyordum. Hızla huzura, ona doğru koşup sıkı sıkı sarıldım. Nefesim kesilene kadar kokusunu içime çekip, ellerini ve saçlarını öpüp durdum. Yüzünü avuçlarımın arasına aldığımda, çaresizce birbirimize bakıp tek kelime etmeden içimizdeki özlemi paylaştık. Birbirimizin gözyaşlarını sildik.

Zorla yutkunup, "Yengem mi aradı?" diye sordum.

Başını aşağı yukarı sallayıp, "Evet," dedi Duru.

"Seni çok özledim," dedik aynı anda. Durmadan, hiç durmadan sarılmak istiyordum ona.

"Tamam ama, artık ağlamak yok," dedim parmağımla gözyaşlarını silerken.

"Tamam, tamam iyiyim." Yüzündeki mutluluğu görmek gözlerimin dolmasına neden oldu.

Zaman kaybetmeden oturup konuştuk her şeyi. Yepyeni bir hayata başlıyorduk.

DURU

1 Ay Sonra

Elimdeki tabloyu yerine asıp arkamı döndüğümde, Ömer kollarını göğsünde bağlamış beni izliyordu.

"Ne oldu?" dedim gülümseyerek,

"Hiç, öylesine bakıyordum."

Mavi Kafe'yi biz devralmıştık. İsmi dışında da her şeyini değiştirmiştik. Duvara astığımız fotoğrafların her karesinde maviye dair mutluluklar vardı. Dekorasyonda beyaz ve mavi dışında siyahı da kullanmıştık. Çünkü insan ne kadar mutlu olursa olsun, hayatında siyah lekeler oluyordu. Beyazın bile kirli tonu vardı.

Ben Ömer'in ben de bıraktığı acısını da sevmiştim, çünkü bir gün geleceğini biliyor ve o günü bekliyordum. Şimdiyse mavinin en huzurlu tonunu yaşıyordum.

"Hadi işler bitti, biraz dışarıya çıkalım."

"Tamam," deyip yanına gittim.

Yüzüme hafif hafif vuran rüzgâr gülüşümü daha da genişletti. Ömer ellerimi hiç bırakmayacakmış gibi sıkı sıkı tutuyordu. İnsan ne kadar acı çekerse çeksin, mutluluk bir şekilde çalıyordu kapısını.

Bak sevgilim, güneş bugün huzuru getirdi bize. Sen benim mutsuz yanımın en güzel cennetisin. Sen bekleyişlerimin sonu, mutluluğumun sonsuzluğusun. Sen benim siyaha bile renk veren mavi yanımsın. Gülüşünden mavi kelebekleri toplayıp kalbime götürüyorum. Ve ne zaman senden uzak kalsam her şeyden uzaklaşıyorum.

Her aşkın bir kaderi vardır. Kimisi beyaz gibi, hiç zorlanmadan mutlu olur. Kimisi tam bir siyahtır; çetin, zor ve imkânsız. Kapkaranlık olur onların dünyaları. Bazılarıysa kırmızı ve tutkuludur.

Sen sevgilim, benim aşkımın mavi tonusun ve her tonun ayrı anlam yüklü.

Yolun ortasında durup Ömer'in boynuna sarıldım.